❖ 후한 말 삼국지 배경 시기의 13개 주 지도

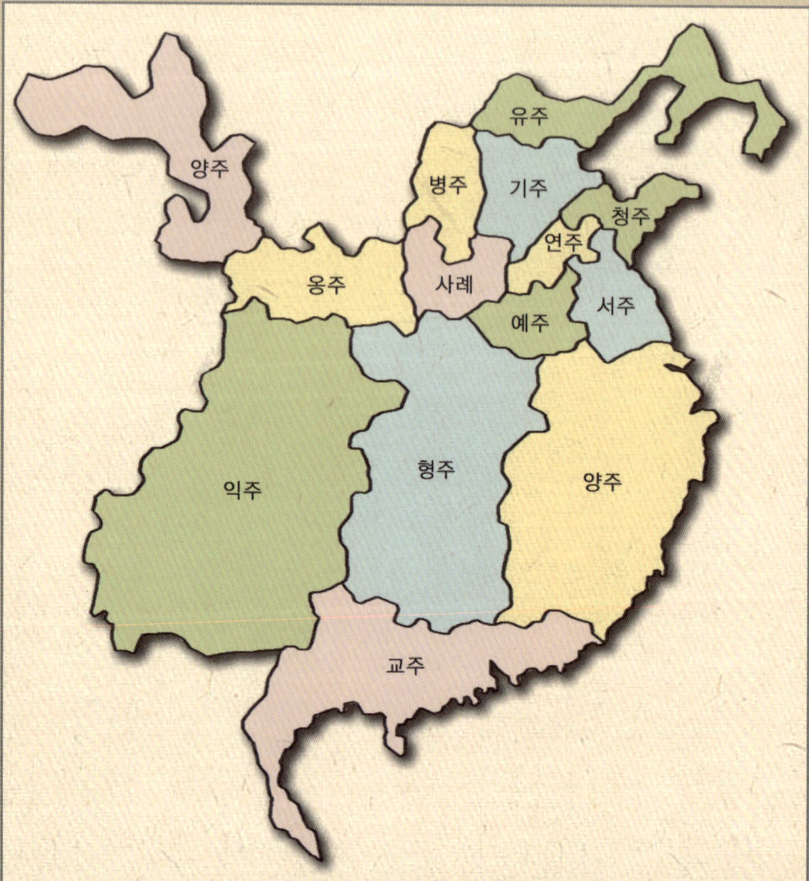

❖후한 말 군웅할거시대의 세력도(2세기 말)

동탁의 죽음 이후 각지에 난립하던 군웅들의 세력도이다. 손책은 아버지 손견이 죽은 후에 원술 밑으로 들어갔다가 독립하여 자신의 세력을 얻고, 파죽지세로 주변의 성을 정복해나간다. 동탁이 죽은 후에 조조는 청주의 황건적 토벌을 위해 출진하여 보다 많은 병력을 얻게 되고, 조조는 아버지를 맞아들이려 한다. 그러나 도중에 도겸의 부하인 장개에게 살해당하고 이에 화가 난 조조는 서주의 도겸을 토벌하기 위해 군사를 일으킨다. 그때 조조는 백성들까지 모두 살해하며, 도겸은 유비에게 서주를 양도하게 된다. 그 틈을 타 여포가 조조의 세력권 안에서 반란을 일으키나 진압당하고 유비에게 가서 소패를 얻는다. 또한 황제는 이각, 곽사 들에게서 달아나 조조가 천자를 받들게 된다.

三國志

삼국지 6

적벽대전 · 적벽赤壁의 바람, 오림烏林의 불길

초판 1쇄 발행 2013년 1월 10일
15쇄 발행 2018년 8월 25일

지은이 나관중
평 역 요시카와 에이지吉川英治
옮긴이 강성욱
펴낸이 한승수
펴낸곳 문예춘추사

편 집 정내현
마케팅 신기탁
디자인 이은주

등록번호 제300-1994-16
등록일자 1994년 1월 24일

주 소 서울특별시 마포구 동교로27길 53 지남빌딩 309호
전 화 02 338 0084
팩 스 02 338 0087
E-mail moonchusa@naver.com

ISBN 978-89-7604-108-1 04820
978-89-7604-107-4 (전10권)

三國志 6

적벽대전 · 적벽赤壁의 바람, 오림烏林의 불길

나관중 지음
요시카와 에이지吉川英治 평역

문예춘추사

차 례

| 일러두기 |

1. 이 책은 일본 고단샤講談社에서 발간한 요시카와 에이지 평역의 『삼국지』(요시카와 에이지 역사시대 문고 33~40, 1989년 초판)를 저본底本으로 삼았다.
2. 원서는 총 8권으로 구성되어 있으나 커다란 제목에 따라 각 권으로 분리하여 총 10권으로 재편집했다.
3. 가능한 한 원본에 가깝게 번역했으나 지나치게 일본적인 표현은 중국 고전소설임을 고려하여 우리 실정에 맞게 고쳤고, 원서 내용을 해치지 않는 범위 안에서 대화와 본문이 연결되는 부분을 일부 수정하여 우리 독자들이 읽기 편하게 했다.
4. 각 권 및 각 장의 제목은 가능한 한 원서의 제목을 살려 풀어 썼으며, 원서의 각 장을 재편집하여 내용의 흐름을 쉽게 이해할 수 있도록 했다.
5. 한자 표기는 정오正誤에 상관없이 원서를 따랐으나 동일 인물이나 지명의 상반된 표기가 있는 경우에는 올바른 한자를 찾아 표기했다.
6. 이 책의 삽화 및 지도는 내용에 맞게 새로 제작한 것이다.

58
오두막을 나오다

삼고의 예 끝에 비로소 만나게 된 유비와 제갈량.
복룡은 원대한 천하삼분지계를 밝히고 오두막을 나선다

10년을 이야기해도 서로를 이해하지 못하는 사람들이 있으며, 하룻밤 사이에 백년지기가 되는 사람들도 있는 법이다. 유비와 공명은 한 번 본 것만으로도 오랜 벗과 같은 정을 품게 되었다. 서로가 서로의 마음을 허락한 것이라 할 수 있었다.

공명이 드디어 입을 열었다.

"방금 말씀하신 것처럼 만일 장군께서 저처럼 어리석은 자의 우론愚論이라도 허물하지 않고 들어주신다면, 소생에게도 약간의 소견이 없는 것은 아닙니다만……."

유비가 옷깃을 바로 하며 말했다.

"아아, 선생님의 생각을 기탄없이 들려주시기 바랍니다. 한실의 쇠퇴를 감출 수 없게 되자 간신배들이 날뛰어 내외를 어지럽혔으며, 주상은 마침내 낙양을 버리고 장안으로 난을 피했고, 이후 어가에 흙을 묻히기를 두 차례, 하지만 우리 초망草莽의 미신微臣들은 근심만 할 뿐 힘이 미치지 못해 역도들의 창궐을 막지 못한 채 오늘에 이르렀습니다. 오로지 지금도 잃지 않은 것은 일편단심뿐입니다. 선생님, 이러한 시대에 펼칠 계책은 어떠한 것입니까?"

공명이 말했다.

"동탁의 난 이후 지금까지 크고 작은 호걸들이 헤아릴 수 없을 정도로 배출되었습니다. 그 가운데서도 하북의 원소는 특히 강대한 최고 유력자였습니다. 그런데 그보다 훨씬 더 실력도 없고 나이도 어린 조조의 손에 쓰러지고 말았습니다."

"약자가 오히려 강자를 쓰러뜨렸다. 이것은 천운에 의한 것입니까? 땅의 이로움에 의한 것입니까?"

"사람의 힘입니다. 사상, 경영, 작전, 인망 모두 사람의 힘에 의한 바가 매우 큽니다. 조조는 지금 중원에 자리 잡고 앉아 천자를 끼고 제후에게 호령하고 있으며, 군정軍政을 모두 장악하여, 그 기세가 떠오르는 아침 해와 같으니 그와 창을 맞대기란 결코 쉬운 일이 아닙니다. 아니, 이제는 그와 싸울 수 없다고 해도 과언이 아닐 것입니다."

"아아, 때는 이미 지나버린 것입니까?"

"하지만 여기서 강남과 강동 지방을 돌아볼 필요가 있습니다. 그곳은 손권의 땅으로 주인의 자리를 이미 삼대째 이어오고 있는데, 나라는 험한 지세에 의지하고 있으며, 바다와 산의 산물이 풍부합니다. 또한 백성들이 기꺼이 따르고 있으며, 현명하고 재주 많은 신하들이 많아 지반이 매우 탄탄합니다. 따라서 외교적인 수단으로 오의 힘을 아군의 힘으로 만들 수는 있어도 그들을 쳐서 빼앗을 수는 없습니다."

"참으로 옳으신 말씀입니다."

"이렇게 보면 지금의 천하는 조조와 손권으로 이분되어 남북 어디에도 뜻을 펼칠 곳이 없는 듯 여겨지나…… 아직 양자의 세력 어디에도 속하지 않은 곳이 있습니다. 그곳이 바로 형주입니다. 그리고 익주입니다."

"오호라."

"형주는 무武를 기르고 문文을 흥하게 하기에 족한 땅입니다. 또한 교통의 요충에 해당하여 남방과는 무역을 할 수 있는 이점이 있으며, 북방에서도 자원을 구할 수 있으니 이른바 천부天府의 땅이라 할 수 있을 것입니다. 게다가 장군께 다시없는 요행을 하늘이 주셨다 할 수 있는 이유는, 이 형주의 주인인 유표는 우유부단한 데다 이미 늙고 병들었으며 그의 두 아들인 유기와 유종도 범용凡庸하여 의지할 만한 인물이 되지 못합니다. 익주(사천성)를 살펴보면, 천연의 요해로 지키기에 좋으며, 장강과 만산의 품속에는 옥토가 널리 펼쳐져 있어 이곳도 장래를 약속받은 지방입니다만, 그 땅의 주인인 유장은 시대의 흐름에 어둡고 성질 또한 좋지 못합니다. 요사스러운 종교가 함부로 날뛰고 있으며, 백성들은 악정에 시달리고 있어 밝은 주인이 나타나기를 갈망하고 있습니다. 그러니 이 형주에서 일어나 익주를 취해, 두 주에 걸터앉아 천하에 임한다면 그때는 조조와도 맞설 수 있을 것입니다. 오와도 때로는 싸우고 때로는 화친하며 외교를 펼칠 수 있게 될 것입니다. 그렇게 하면 풍전등화와도 같은 한실의 부흥도 더는 어리석은 자의 꿈이 아닙니다. 부흥을 실현할 수 있다고 저는 믿고 있습니다."

공명이 자신의 생각을 자세히 밝혔다. 그가 자신의 포부를 남에게 이야기한 것은 아마도 이번이 처음이었을 것이다. 공명이 역설한 것은 평소 그의 지론이었던, '천하삼분지계天下三分之計'다. 중국 대륙은 너무 넓다. 그렇기 때문에 늘 어딘가에서 소란이 일어나며 그것이 일파만파로 번져나가 전토의 재난이 되는 것이다. 이를 통일하기란 쉬운 일이 아니다. 하물며 지금의 세상에서는 더욱 어렵다. 지금 북쪽에는 조조가 있으며 남쪽에는 손권이 있으나 형주와 익주의 서촉西蜀 54개 주는 아직 평정되지 않았다. 조금 늦기는 했으나 이제라도 일어서려면 이 지방밖에 없다. 북쪽에 자리하고 있는 조조는 하늘의 때를 얻은 자라 할 수 있으며, 남쪽의 손권은 땅의 이로움을 점한 자라 할 수 있다. 유비는 사람들을 잘 융화하여 솥의 세 발과 같은 형태를 취해 천하삼분의 대기운을 일으켜야 한다. 이것이 바로 공명이 주장하는 내용이었다.

유비는 자신도 모르게 무릎을 쳤다.

"선생님의 말씀을 듣고 나니 운무가 걷혀 이 대륙의 구석구석까지 한눈에 들어오는 듯한 느낌이 듭니다. 익주의 정병을 길러 진천秦川으로 나간다……. 아아, 지금까지 꿈에도 생각지 못했습니다."

유비의 눈동자는 미래에 대한 희망과 이상으로 불타오르는 듯했다.

그때 공명이 동자를 불러 말했다.

"서고에 있는 그 커다란 두루마리를 가져와 보여드려라."

잠시 뒤, 동자가 자신의 키보다 더 큰 두루마리 하나를 가져와 벽에 걸었다. 서촉 54개 주의 지도였다. 공명이 그것을 가리키며 눈앞의 일에만 혈안이 되어 있는 세상 사람들을 비웃듯 말했다.

"어떻습니까? 천하의 크기가."

하지만 유비는 딱 한 가지 마음에 걸리는 일이 있었다.

"형주의 유표와 익주의 유장은 모두 저와 마찬가지로 한실의 종친인데, 어찌 그들의 땅을 빼앗을 수 있겠습니까? 동족상잔이라는 세상의 비난을 피할 수 없을 것입니다."

그에 대한 공명의 답은 매우 명확했다. 그가 단호하게 말했다.

"걱정하실 필요 없습니다. 유표는 머지않아 세상을 떠날 것입니다. 그의 병이 매우 중하다는 사실을 양양의 한 의원에게서 들었습니다. 고질痼疾이 없다 할지라도 이미 나이가 들지 않았습니까. 그의 아들들은 특별히 언급할 필요도 없습니다. 한편 익주의 유장은 아직 건재하나 정치가 문란하다 보니 백성들이 괴로워합니다. 그것을 바로잡으려 하는데 누가 인의에 어긋난다고 하겠습니까? 오히려 그처럼 도탄에 빠진 백성들을 구하여 그 땅에 복리와 희망을 가져다주는 것이 장군의 사명 아닙니까? 그렇지 않다면 장군께서 천하에 호령하고 위魏와 오에 맞서 정립鼎立하려는 의의가 어디에 있겠습니까?"

그 한마디에 유비는 심복心服하여 자신의 어리석음을 사죄했다.

"잘 알았습니다. 돌아보니 우부愚夫 유비는 그동안 대의大義와 소의小

義를 혼동하고 있었던 듯합니다. 지금 문득 크게 깨달은 바가 있습니다."

"장군뿐만이 아닙니다. 무릇 모든 사람들이 가지고 있는 약점입니다."

"부디 저희 진영에 머무시며 이 우부를 조석으로 일깨워주시기 바랍니다."

공명이 급히 어조를 바꾸어 말했다.

"아닙니다. 오늘 약간의 소신을 말씀드린 것은 제가 저지른 실례를 사죄하기 위한 조그만 뜻이었습니다. 조석으로 곁에 머물 수는 없습니다. 저는 역시 분수를 지켜 이곳에서 청경우독하고 싶습니다."

"선생님께서 일어서지 않으신다면 한의 천하는 마침내 끊기고 말 것입니다. 이를 어찌하면 좋을꼬."

유비는 눈물을 흘렸다.

지성至誠은 사람을 움직인다. 유비는 천하를 걱정하여 눈물을 흘리는 것이었다. 그 눈물은 한낱 개인이나 조그만 사정私情 때문에 흘리는 것이 아니었다.

"……."

깊은 생각에 잠겼던 공명이 마침내 입을 열어 조용히, 하지만 강한 어조로 말했다.

"장군의 마음은 잘 알았습니다. 만일 오래도록 버리지 않으신다면 부족하나마 견마의 노고를 아끼지 않고, 조그만 힘이나마 국사를 위해 바치도록 하겠습니다."

"그렇다면 저의 부름에 응하시어 이 오두막을 나오시겠다는 말씀입니까?"

"이것도 다 인연인 듯합니다. 장군께서는 저를 만나기 위해 지금까지 각 주를 떠돌아다니셨으며, 저는 장군의 부름을 받기 위해 오늘까지 시골의 오두막에 숨어 밝은 날을 기다리고 있었던 것일지도 모르겠습니다."

"너무 기뻐서 꿈을 꾸고 있는 듯합니다."

유비는 관우와 장비를 불러 자세한 이야기를 들려주고 예물로 가져온 금과 비단을 공명에게 주었다.

"주종의 언약에 대한 마음의 표시입니다."

공명이 사양하자 유비가 말했다.

"대현大賢을 부르는 데도 예의가 있는 법입니다. 제 마음을 나타내는 물건이니 받아주십시오."

"그럼, 감사히 받겠습니다."

공명은 동생 제갈균에게 그것을 거두게 한 후 말했다.

"이렇다 할 재능도 없는 이 몸에 대해 유 황숙께서는 삼고의 예를 보이셨으며, 과분한 기대로 나를 부르셨다. 타고난 나부懦夫도 일어서지 않을 수가 없구나. 이제 나는 황숙을 모시고 신야성으로 들어갈 생각이다. 너는 형수를 모시고 이 오두막을 잘 지키며 하늘의 때를 즐기도록 해라. 다행히 공을 이루고 이름을 떨치는 날이 오면 나도 다시 이곳으로 돌아올 것이다."

"네, 그날이 오기를 기다리며 집을 잘 지키고 있겠습니다."

제갈균은 공손히 형의 뜻을 받아들였다.

그날 밤, 유비는 그곳에서 하룻밤을 묵고 이튿날 공명과 말 머리를 나란히 하여 오두막을 나왔다. 그렇게 언덕을 내려가고 있는데 함께 따라왔던 사람 중 하나가 전날 밤 그 사실을 신야성에 알렸는지 그들을 맞이하는 수레가 마을까지 나와 있었다. 유비와 공명은 같은 수레에 올라 신야성으로 가는 길에도 깊은 대화를 나누었다. 그때 공명의 나이는 27세, 유비의 나이는 47세였다.

신야에 돌아와서도 두 사람은 잠자리를 같이하고, 식사를 할 때도 다른 상에서 먹은 적이 없었다. 밤낮으로 천하를 논하고, 인물을 평하고, 역사를 살피고, 영슈을 생각했다.

신야의 병력은 겨우 수천 명밖에 되지 않았다. 재력도 참으로 빈약했다. 이에 공명은 유비에게 권했다.

"형주는 인구가 적은 것이 아니라 호적에 실제로 올라 있는 사람이 적은 것입니다. 그러니 유표에게 권하여 호적을 정리하고 유민을 받아들여 비상시에 바로 병적兵籍에 올릴 수 있도록 해야 합니다."

그리고 자신이 보증인이 되어 남양의 부호 맹黽씨에게 전錢 천만 관貫을 빌려다, 그것을 은밀하게 유비의 군자금으로 돌려 내실을 다졌다.

공명의 집안을 살펴보면 그의 숙부였던 제갈현도, 지금은 오의 손권을 섬기고 있는 형 제갈근도, 그의 아내 황씨의 친정도 모두 당시의 명문이었다. 게다가 공명의 성실함과 진지한 인격만은 모든 사람들이 인정하는 것이었다. 그런 그를 휘하로 받아들인 유비는 그의 배경과 신용까지도 함께 자기편으로 만든 셈이었다. 원대한 '천하삼분지계'는 유비와 공명, 두 사람의 가슴속에만 숨겨둔 채 당분간은 내실을 다지며 대륙의 북부와 중부, 그리고 강서와 강남의 정황을 신중하게 지켜보기로 했다.

59
오의 정열

강동에서 세력을 점점 굳혀가는 손권.
이제는 조조의 뜻마저 거스르고 독자노선을 걷는데……

지난 수년 사이에 조조는 북방 공략이라는 대사업을 이루어냈다. 그에 반해 유비는 거듭 역경을 겪었으나 잘 견디며 살아날 길을 발견했고, 마침내 공명을 오두막 밖으로 나오게 하여 공명이라는 인재를 얻었다. 광활한 북방의 땅을 차지한 조조의 업적과 하나의 인물을 초야에서 찾아낸 유비의 수확 중 어느 것이 크고 어느 것이 작은지, 그 답은 결과를 알게 되기까지 속단할 수 없을 것이다.

그사이 오가 보여준 발전은 어디까지나 문화적인 것이었으며, 내실을 다지는 것이었다. 무엇보다 손책의 뒤를 이어 주인의 자리에 오른 손권은 아직 어렸다. 조조보다 28세나 어렸으며, 유비와 비교해도 22세나 어렸다. 게다가 남방은 천산물이 풍부하고 교통이 좋기 때문에 사람들과 지식이 자연스럽게 그곳으로 모여들었다. 문화, 산업, 그리고 군수와 정치 등의 기능이 활발한 이유이기도 했다.

때는 건안 7년(202년) 무렵이었다. 그러니까 공명이 오두막에서 나오기 6년 전이었다.

아름다운 관선官船이 돛대 끝에 허도 정부의 깃발을 펄럭이며 양자강을 따라 내려왔다. 중앙에서 보낸 사자였다. 사자 일행은 오의 빈관賓館으로 들어갔다가 후에 손권에게로 가서 조조의 말을 전했다.

"아직 어리기는 하나 손 각하의 장남을 이번에 허도로 부르기로 했습니다. 조정에서 교육하여 성인이 된 후에는 관인官人으로 삼겠다는 뜻에서입니다. 물론 폐하의 황송한 뜻이기도 합니다."

언뜻 듣기에 굉장한 영광인 것처럼 여겨지지만 이는 말할 것도 없이 장남을 볼모로 삼겠다는 뜻이었다. 오도 그 사실을 잘 알고 있었다. 하지만 공손하게 은명에 감사를 표하고 회의를 열어 결정하겠다고 답했다. 문제에 대한 지연책을 택한 것이었다. 그 뒤에도 조조는 종종 장남을 허도로 보내라며 재촉을 했다. 그의 명은 조정을 끼고 있는 만큼 명에 그치지 않고 절대적인 권위를 가지고 있었다.

"어머니, 어찌하면 좋겠습니까?"

손권이 노모 오 부인에게 의향을 묻자, 오 부인이 대답했다.

"네게도 이제는 좋은 신하들이 여럿 있지 않느냐. 어째서 이러한 때 여러 신하들을 모아 의견을 묻지 않는 것이냐?"

생각해보니 이는 아들 하나만 보내면 되는 문제가 아니었다. 조조의 명을 거절하면 당연히 조조와는 적이 되는 것이었다. 이에 손권은 오회吳會의 빈관에서 회의를 열었다. 당시 오의 두뇌라 할 수 있는 자들이 거의 대부분 한자리에 모였다.

장소, 장굉, 주유, 노숙 등의 숙장을 비롯해 팽성彭城의 만재曼才, 회계의 덕윤德潤, 패현沛縣의 경문敬文, 여남의 덕추德樞, 오군의 휴목休穆, 그리고 공기公紀, 오정吳亭의 공휴孔休 등이 모였다. 수경 선생이 복룡, 봉추라며 공명과 함께 이야기했던 봉추란 양양의 방통을 말하는 것이었는데, 그 방통도 그 자리에 있었다. 그 외에도 여양의 여몽呂蒙, 오군의 육손陸遜, 낭야의 서성徐盛 등 인재들이 구름처럼 모여 있었다. 그곳에 모인 사람만 봐도 오가 그냥 번성한 것이 아니라는 사실을 알 수 있었다.

의장 격인 장소가 먼저 자리에서 일어나 모두에게 발언을 요구했다.

"지금 조조가 오에 장남을 볼모로 요구하는 것은 제후諸侯의 예에 의한 것입니다. 장남을 볼모로 보내는 것은 조조에게 복종을 맹세하는 것이며, 그것을 거절하는 것은 즉, 적대의 표시가 되는 것입니다. 지금 오는 중대한 기로에 서 있습니다. 어떻게 해야 좋을지 각위各位께서는 기탄없이 의견을 토로해주기 바랍니다."

사람들이 갈마들며 일어나 저마다 각자의 의견을 이야기했다. 결국 장남을 볼모로 보내야 한다고 주장하는 사람과 볼모로 보내서는 안 된다고 주장하는 사람, 두 파로 나뉘어 토론이 끝도 없이 이어졌다. 그때 주유가 처음으로 일어나 자신의 의견을 밝히겠다고 했다. 오 부인의 동생의 아들인 주유는 손책과 동갑으로 손권보다는 나이가 많았으나, 여러 장군들 중에서는 나이가 가장 어렸다.

"그래, 주유의 말을 들어봅시다. 어디 말씀해보시오."

사람들이 일제히 주유를 바라보며 귀를 기울였다. 주유가 말했다.

"외람된 말씀이오나 저는 지금 초楚나라의 초기를 생각하고 있습니다. 초나라는 원래 형산荊山의 한 부근, 백 리에도 미치지 못하는 토지를 영유하고 있던 참으로 미미한 존재였습니다. 하지만 현자와 재주 있는 인사가 모여 마침내 9백여 년의 기초를 닦았습니다. 지금 우리 오는 손 장군께서 부형의 업을 물려받아 이미 삼대에 이르고 있으며, 땅은 6개 군에 걸쳐 있고, 군대는 강성합니다. 또한 양식은 풍부하고, 산을 녹여 동을 만들고, 바다를 구워 소금을 만들고 있습니다. 백성은 난亂을 생각지 않고, 무사는 용맹하여 그 어디에도 맞서는 적이 없습니다."

"……."

그의 말을 처음 듣는 사람들도 있었기에, 대부분의 사람들이 그의 시원시원한 말씨와 명백한 이론에 뜻밖이라는 듯한 표정을 짓고 있었다.

"그러하니 무엇이 두려워 조조 밑에 스스로 들어갈 필요가 있겠습니까? 장남을 볼모로 보내는 것은 속령屬領임을 승인하는 것과 다를 바 없는 일입니다. 그렇게 되면 우리 오의 주인이라 할지라도 부름을 받으면 언제든 허도에 가지 않을 수 없습니다. 그러한 때에는 승상부에 몸을 굽혀야 하고, 위계는 일개 후侯 이상 오를 수 없으며, 수레 몇 승, 말 몇 필 등 정해진 것 이상의 의장도 갖출 수가 없습니다. 남쪽에 자리하여 천하의 패업을 행하겠다는 생각은 꿈에도 하지 못하게 될 것입니다. 지금은 장남을 볼모로 보내지 말고 어디까지나 침묵을 지키며 조조의 움직임을 지켜봐야 할 때가 아니겠습니까? 조조가 한나라의 참된 충신으로서의 정의를 보이며 천하에 임한다면, 그때 비로소 그와 화친해도 늦지는 않을 것입니다. 또 만일 조조가 포학함으로 조정에 충성스러운 재상이 아님을 드러낸다면 그때야말로 오는 하늘의 때를 보아 큰 이상을 품어야 할 것입니다."

'옳은 말이다.'

'그래, 바로 그때다!'

그의 말에 사람들이 감동하여 속으로 생각했다. 주유가 자리에 앉은 뒤에도 사람들은 한동안 아무 말도 하지 못했다. 의견은 완전히 일치되었다. 무언중에 하나가 된 셈이었다. 발 뒤에서 회의를 듣고 있던 오부인도 조카 주유의 기량을 믿음직스럽게 생각했다. 훗날 그녀는 주유를 따로 불러 간곡하게 부탁을 했다.

"너는 손책과 같은 나이로 겨우 1개월 늦게 태어났을 뿐이니 내 아들과 다를 바 없다. 앞으로도 우리 권權이를 잘 도와주기 바란다."

조조의 명은 오의 묵살로 인해 아무런 조치도 취해지지 않은 채 방치되었다. 그러니 중앙의 권위는 커다란 상처를 입게 된 셈이었다. 그 뒤로는 조조도 사자를 보내오지 않았다. 조조가 오에 대해 중대한 결의를 품었으리라는 점은 쉽게 상상할 수 있었다. 선전宣戰하지 않은 선전, 무언의 교류 단절 상태에 들어갔다. 하지만 장강의 물만은 천 리를 흘렀다.

건안 8년(203년) 11월 무렵, 손권은 출정 준비를 하지 않을 수 없었다. 형주의 영지인 강하(호북성 무창)성에 있는 황조를 치기 위해서였다. 준비한 병선에 병사들을 가득 실은 오군은 장강을 거슬러 올라갔다. 그 위용은 오에서만 볼 수 있는, 참으로 장대한 광경이었다.

이번 전쟁의 첫 번째 전투는 강 위에서 펼쳐졌는데, 오군이 절대적인 우위를 보였다.

"황조의 목은 이미 우리 손안에 있다."

하지만 적을 너무 우습게 본 탓에 육상전에서는 오군이 커다란 패배를 맛보았다. 가장 뼈아픈 타격은 손권의 부하인 맹장 능조凌操가 적진 속으로 너무 깊이 들어갔다가 황조의 부하인 감녕甘寧의 화살에 맞아 전사한 일이었다. 그 때문에 오군은 사기가 떨어져 어쩔 수 없이 후퇴하고 말았는데, 그때 오의 무사 가운데 용기를 내보인 젊은이가 있었다. 장군 능조의 아들 능통凌統으로 아직 15세의 소년이었으나, 그는 아버지가 난군 중에 화살을 맞아 쓰러졌다는 소리를 듣자마자 적 속으로 뛰어들어 아버지의 유해를 찾아가지고 돌아왔다.

손권은 상황이 불리하다고 판단하고, 곧 군대를 거두어 오로 돌아갔다. 하지만 나이 어린 능통의 이름은 아군 사이에서 단번에 유명해졌다.

"능통의 이름을 널리 알리기 위해 전쟁에 다녀온 듯하군."

이듬해인 건안 9년(204년) 겨울, 손권의 동생 손익은 단양태수가 되어 임지로 향했다. 손익은 아직 너무 어린 데다 성격이 급하고 거칠었다. 게다가 술을 매우 좋아해서 평소 마음에 들지 않는 일이 있으면 부하 관원이든 사졸이든 바로 욕을 하며 때리는 버릇이 있었다.

"없애버리겠다."

"자네가 그럴 생각이라면 나도 돕겠네."

단양의 도독 규람嬀覽은 같은 원한을 품고 있는 군승 대원戴員과 함께 손익의 동정을 가만히 살피고 있었다. 아직 어리기는 했으나 손익은 힘이 매우 센 걸물이었다. 손익이 언제나 칼을 차고 다니며 빈틈을 보이지 않았기에 그들은 헛되이 날만 보내야 했다. 이에 두 사람은 꾀 하나를 내어 오의 주인인 손권에게 부근의 산적을 토벌하고 싶다는 청을 했다. 바로 허락이 떨어지자 규람은 손익의 부장인 변홍邊洪을 동지로 끌어들인 뒤, 현령과 각 장군들에게 회의를 위해 모여달라는 글을 돌렸고, 회의를 마친 후에는 주연을 펼치기로 했다. 물론 손익도 참석하지 않을 수 없는 모임이었기에 준비를 하고 아내의 방으로 들어갔다.

"그럼 다녀오겠소."

그의 아내는 서씨라는 여자였다. 오에는 미인이 많으나 그중에서도 아름답기로 이름난 여성이었다. 그리고 어렸을 때부터 역학을 좋아하여 점을 잘 쳤다. 그날도 남편이 나가기 전에 점을 쳤는데, 괘가 별로 좋지 않았기에 거듭 남편을 말렸다.

"무슨 일이 생기려는지 오늘은 불길한 괘가 나왔어요. 구실을 만들어 자리에 나가지 마세요."

"무슨 말씀이오. 남자들끼리의 모임인데 어찌 나가지 않을 수 있겠소. 하하하."

손익은 대수롭지 않게 생각하고 회의에 나갔다. 회의가 끝난 뒤 술자리가 벌어졌고 밤이 늦어서야 집으로 돌아가게 되었다. 많은 술을 마신 손익이 비틀거리며 문밖으로 나섰다. 미리 준비하고 있던 변홍이 갑자기 달려들어 손익을 한칼에 쓰러뜨렸다. 그러자 그 변홍을 부추겼던 규람과 대원이 갑자기 놀란 모습으로 달려나오더니, 주공을 살해한 역적이라며 변홍을 잡아다 거리로 끌어내 목을 치려고 했다.

"약속이 다르지 않소. 이 교활한 놈들! 일을 꾸민 장본인은 네놈들이 아니냐."

변홍이 놀라 아우성쳤으나 그사이에 목은 땅으로 떨어지고 말았다.

규람의 악행은 거기에서 그치지 않았다. 그는 또 다른 야망을 품고 있었던 것이다.

한편 손익의 아내 서씨는 남편이 밤늦도록 돌아오지 않자 매우 걱정을 했다.

"점괘처럼 흉사凶事가 있었던 게 아닐까?"

그러면서 자신의 점이 틀리기만을 간절하게 빌었다. 마음이 불안해서인지 그날 밤은 등불의 빛깔도 흉해 보였다.

"어째서 이렇게 마음이 어지러운지……."

그녀가 답답한 마음에 휘장에서 나와 밤하늘을 올려다보고 있는데, 중문에서 회랑 쪽으로 한 무리의 병사들이 우르르 달려 들어왔다.

"부인 아니십니까?"

무리의 선두에 선 사람이 말했다. 가만히 보니 칼을 차고 있는 도독 규람이었다. 그는 병사들을 뒤에 남겨둔 채 열 걸음 정도 성큼성큼 다가와 말했다.

"부인, 태수님께서는 오늘 밤 회관의 문밖에서 부하인 변홍의 손에 살해당하셨습니다. 하지만 곧 죄인 변홍을 붙들어다 거리로 끌어내 목을 쳐서 원수를 갚았습니다. 이 규람이 부인을 대신하여 원수를 없앴으니, 너무 슬퍼하지 마십시오. 앞으로는 이 규람이 힘이 되어 드리겠습니다. 무슨 일이든 이 규람과 상의하시기 바랍니다."

그는 그녀의 손을 잡고 방으로 들어가려 했다.

"……."

잠시 넋을 놓고 있던 서씨가 가볍게 손을 뿌리치며 말했다.

"지금은 상의드릴 만한 일이 아무것도 없습니다."

"그럼 훗날 다시 오겠습니다."

"사람들의 눈도 있고 하니 이달 말일쯤에."

서씨가 눈물을 보이기는커녕 오히려 교태를 부리는 듯한 눈빛으로 말했다. 그러자 규람이 저 혼자 신이 나서 돌아갔다.

"알겠습니다, 그럼 그때."

천하의 악당이란 규람 같은 사람을 두고 하는 말이었다. 그는 예전부터 서씨의 미모를 엿보며 독니를 감추고 있었던 것이다.

서씨는 비탄 속에서도 남편의 장례를 마친 뒤, 남편의 심복이었던 손고孫高와 부영傅嬰 두 무사를 은밀히 불렀다. 그리고 울며 말했다.

"변홍이라는 자가 태수를 죽였다고들 하나 저는 믿지 않습니다. 진짜 범인은 도독 규람입니다. 점을 쳐보고 드리는 말씀이 아닙니다. 증거가 있는 일입니다. 장군들께 말씀드리기도 부끄러운 일입니다만, 규람은 제게 짐승과도 같은 욕정을 품고 있습니다. 자신의 아내가 되라는 것입니다. 이에 화를 억누르고 그를 잠시 달래 이달 말일 저녁에 오라고 약속해두었으니, 그때 제가 신호를 보내면 두 분께서 달려들어 남편의 원수를 갚아주셨으면 합니다. 부디 제게 힘이 되어주시기 바랍니다."

그녀가 충성스러운 사람들을 골라 진상을 밝히자, 두 사람은 비통한 눈물을 흘리며 돌아가신 주공의 원수를 갚겠다고 굳게 맹세했다. 그리고 그날 밤이 오기만을 기다렸다.

드디어 말일이 되자 규람이 찾아왔다. 화장을 한 서씨가 술잔을 준비해놓고 기다리고 있었다. 규람은 약간 취기가 오르자 본성을 드러내기 시작했다. 그는 서씨의 가슴에 칼을 들이대고 물었다.

"아내가 되시오. 어떻소?"

서씨가 웃으며 말했다.

"당신이 맞죠?"

"당연히 내 아내가 되란 말이지, 그럼 누구의 아내가 되라는 말이겠소."

"아니, 남편 손익을 죽인 장본인 말이오."

"응? 무, 무슨 소리요?"

서씨가 갑자기 검을 든 그의 손을 쥐고 큰 소리로 외쳤다.

"남편의 원수! 부영 장군, 손고 장군, 이 도적의 목을 베어주시오."

"이놈!"

뛰쳐나온 두 충복이 뒤에서 규람에게 한칼씩 내질렀다. 서씨 역시 빼앗은 칼로 규람의 배를 찔렀다. 그런 다음 비로소 낭자한 핏속에 엎드려 마음껏 눈물을 흘렸다.

* * *

그날 밤 손고와 부영은 병사 50명과 함께 대원의 집을 습격했다. 그리고 그의 목을 베어 옛 주공의 부인인 서씨에게 가져갔다. 상복을 입고 남편의 영을 제사한 서씨가 규람과 대원 두 사람의 목을 바치며 맹세했다.

"원한을 풀었습니다. 저는 평생 다른 집안으로는 시집가지 않겠습니다."

그 소동은 곧 오의 주인 손권의 귀에도 들어갔다.

"내 동생을 죽인 자는 내게 칼을 들이댄 것이나 다를 바 없다."

손권은 바로 군대를 이끌고 단양으로 달려가서 일당 전부를 주벌한 뒤, 손고와 부영을 등용하여 아문독병牙門督兵에 임명했다. 그리고 동생의 아내 서씨에게는 땅을 내주어 고향으로 돌아가게 했다.

"남은 생을 제수씨 뜻대로 편히 지내기 바라오."

강동 사람들은 서씨를 '오의 이름난 꽃'이라고 부르며 그녀의 정절을 높이 칭송했고, 사서에까지 그녀의 이름을 기록했다.

그로부터 3, 4년간 오는 지극히 평화로웠으나, 건안 12년(207년) 11월에 손권의 어머니인 오 부인이 큰 병에 걸려 위독한 상태에 이르렀다. 오 부인은 여생이 얼마 남지 않았다는 사실을 깨달았는지, 병실로 장소와 주유 등의 중신을 불러 유언을 했다.

"내 아들 권權은 오의 기업을 물려받은 지 얼마 되지 않았을 뿐만 아니라 아직 나이도 어리오. 장소와 주유 두 분께서 사부의 마음으로 권이를 잘 가르치시기 바라오. 다른 분들께서도 한마음으로 오의 주인을 도와 이 땅을 잃는 일이 없도록 힘써주시기 바라오. 강하의 황조는 예전에 남편 손견의 목숨을 앗은 자이니 반드시 원수를 갚아주기 바라오."

그런 다음 이번에는 손권을 향해 말했다.

"네게는 너만의 장점도 있다만, 단점 또한 없지는 않다. 아버지 손견과 형 손책은 적은 병사를 이끌고 전란 속에서 일어나 천신만고의 부침을 철저히 맛보며 마침내 오의 기업을 닦았다. 하지만 너는 오성의 낙원에서 나고 자라 지금 삼대째 업을 물려받아 군림하고 있다. 결코 아버지와 형의 고생을 잊고 오만해져서는 안 될 것이다."

"걱정 마십시오."

손권은 가볍게 쥔 노모의 손이 너무나도 야위어 있었기에 깜짝 놀랐다.

"그리고 장소와 주유는 좋은 신하이니 오의 보물이라 생각하고 평소 가르침을 받기 바란다. 또한 나의 동생도 후당에 있다. 이후로는 너의 어머니로 모셔야 할 것이다."

"네."

"나는 어렸을 때 부모를 잃고 동생 오경吳景과 함께 전당錢塘에서 살다가 네 아버지의 눈에 띄어 시집을 오게 됐다. 그리고 아이 넷을 낳았다. 그런데 장남인 손책은 요절했고, 얼마 전에는 셋째인 손익마저 횡사했다. 이제 남은 것은 너와 막내딸 둘뿐이니 권아, 막내 동생도 잘 보살펴주기 바란다. 좋은 남편을 골라 시집보내주렴. 만일 이 어미의 말을 어기면 구천에서라도 나를 볼 생각은 말아라."

노모는 말을 마치자마가 숨을 거두었다. 병상을 둘러싸고 있던 사람들이 오열하는 소리가 밖까지 흘러나왔다.

손권은 고릉에 있는 아버지의 무덤 곁에 관곽의금棺槨衣衾을 아름답게 꾸며 어머니를 묻었다. 가무음곡歌舞音曲이 끊긴 지도 한 달 남짓, 그저 제사를 지내는 방울 소리와 지저귀는 새소리만 들려올 뿐이었다.

겨울이 지나고 건안 13년(208년)이 되었다. 강남의 봄이 싹트기 시작했으며 맑은 날이 연일 계속되었다. 오의 젊은 주인 손권이 신하들을 모아놓고 회의를 시작했다.

"황조를 치는 것이 어떻겠소?"

장소가 말했다.

"아직 상도 끝나지 않았는데 병사를 움직이는 것은 좋지 않을 듯합니다."

그러자 주유가 반대했다.

"황조를 치는 것은 부인의 유언 중 하나였습니다. 어찌 때를 가릴 필요가 있겠습니까?"

어느 쪽을 취해야 할지 손권은 아직 결정을 내리지 못하고 있었다. 그때 도위 여몽이 와서 사건 하나를 고했다.

"저희가 용추龍湫의 나루터를 지키고 있는데, 상류인 강하 쪽에서 배 한 척이 내려오더니 20명쯤 되는 도적들이 뭍으로 올라왔습니다."

여몽은 그렇게 운을 뗀 뒤, 계속해서 말을 이어나갔다.

"바로 달려가서 누구냐고 물으니, 두목인 듯 가장 앞에 섰던 자가 다음과 같이 말했습니다. 나는 황조의 부하인 감녕으로 자는 흥패興霸요. 원래는 파군巴郡의 임강臨江에서 자랐는데, 어렸을 때부터 완력을 자랑하며 주위의 망나니들을 모아 그들의 두목이 되었소. 그 뒤로는 싸움을 일삼고, 협기를 자랑하고, 언제나 강궁强弓과 도끼를 들고, 갑옷을 입고, 허리에는 커다란 칼과 방울을 차고 수년 동안 강호를 횡행했소. 그렇다 보니 사람들은 방울 소리만 들려도 '금범錦帆의 도적이 왔다, 금범이 왔다!' 하며 달아났소. 나는 그것을 보며 더욱 재미있어 했고, 마침내 무리가 8백여 명에 이르자 마음껏 악행을 저지르며 돌아다녔소. 그러나 시세의 흐름을 보고 지난날의 죄를 후회했고, 한때 형주로 가서 유표를 섬겼지만 유표의 사람됨이 썩 믿을 만하지 못하다는 걸 알았소. 어차피 누군가의 밑에 있을 거라면 오로 가서 분골쇄신하여 뜻을 이루자 생각하고 동료들과 상의한 끝에 형주에서 빠져나와 강하까지 왔는데, 강하의 황조가 끝끝내 앞길을 막아섰소. 어쩔 수 없이 한동안 머물며 황조를 따랐으나 애초부터 중히 쓰일 가망은 전혀 없었소. 어느 해의 전쟁에서는 황조가 적에게 포위를 당해 목숨을 잃을 위기에 처한 것을 나 혼자 달려가 구해낸 적도 있었으나 그에 대한 은상은커녕 언제까지고 하급 관리에만 머물러 있었소. 또 황조의 신하 중에 소비蘇飛라는 자가 있는데, 그가 내 처지를 동정하여 황조에게 감녕을 좀 더 중히 쓰는 게 어떻겠느냐고 은근히 추천해준 적이 있었소. 그랬더니 황조가 '감녕은 원래 강 위의 수적이었는데 어찌 강도를 중히 쓸 수 있겠느냐, 잘 데리고 있으면서 맹수 대신 쓰는 것이 가장 좋다'고 말했다 하오. 나를 더욱 가엾게 여긴 소비가 어느 날 밤의 주연 자리에서 위와 같은 사정을 내게 들려주고, 인생이 얼마나 되겠소, 얼른 다른 곳으로 가서 좋은 주인을 찾아보도록 하시오, 여기서는 귀하가 아무리 충성을 다해도 전과가 평생을 따라다녀 사람들 위에 설 수 없을 것이오, 하고 가르쳐주었소. 그래서 어떻게 하면 좋겠느냐고 소비에게 되물었더니, 조만간 악현鄂縣의 관리로 갈 수 있게 해줄 테니 그때 도망치라는 것이었소. 이에 삼배하고 그날을 기다렸다 임지로 가는 배라 속이며 며칠 밤 동안 강을 타고 내려와 마침내 오의 땅에 다다른 것이요. 그렇게 자신의 신상을 밝히고 장군께 잘 좀 말해달라고 했습니다."

"음, 그런 일이 있었소?"

손권을 비롯해 각 장군들 모두 엄숙하게 고개를 끄덕였다. 여몽이 다시 덧붙여 말했다.

"감녕은 황조의 진영에서도 용맹하기로 이름난 자입니다. 그의 말을 듣고 저도 그를 딱하게 생각하여 '우리 주공께서 쓰실지 안 쓰실지는 모르겠으나, 유능한 자가 있으면 두텁게 대하고, 현명한 자가 있으면 예를 다해 맞아들이는 밝은 주공이시니 어쨌든 말씀드리도록 하겠소' 라고 굳게 약속했습니다. 그러자 감녕은 강 위의 배에서 수백 명의 부하들을 뭍으로 불러 내린 뒤, '말씀이 있으실 때까지 여기서 얌전히 기다리겠습니다'라고 말한 후 지금 용추의 강변에 머물며 처분을 기다리고 있습니다."

손권이 손뼉을 치며 기뻐했다.

"드디어 때가 왔구나! 황조를 칠 계책을 논의하는 때에 감녕이 수백 명을 이끌고 우리 영토로 망명해온 것은 만조滿潮를 맞아 강가의 풀들이 흔들리는 것이나 다를 바 없는 일이오. 이는 하늘이 주신 때이자 황조가 망할 전조로다. 감녕을 불러오시오."

손권의 명령을 받은 여몽은 자신의 체면도 세울 수 있었기에 바로 말을 달려 용추로 향했다.

며칠 후, 감녕이 오회의 성으로 들어왔다. 손권이 여러 신하들과 함께 그를 만났다.

"예전부터 그대의 이름을 알고 있었소. 또한 이곳으로 오게 된 사정도 여몽에게 들었소. 우리 오를 위해 황조를 깰 계략을 들려주었으면 하오. 기탄없이 말씀해주시오."

손권이 먼저 말하자 감녕이 배례하고 대답했다.

"한실의 사직은 더욱 커다란 위기에 처해 있습니다. 조조의 교만함과 난폭함이 날이 갈수록 그 도를 더하고 있습니다. 찬탈의 역의逆意를 드러낼 날도 그리 멀지 않은 듯합니다."

"형주는 오와 인접해 있소. 형주의 내정을 자세히 들려주시오."

"산과 언덕을 끼고 강이 흐르고 있어 공격과 수비 모두 유리하며 땅이 비옥하여 백성들은 풍요롭습니다. 그러나 이처럼 더할 나위 없는 땅에도 딱 한 가지 취약한 단점이 있습니다. 그곳의 주인인 유표의 집안에 분쟁이 있고, 또 신하들의 마음도 일치되지 않는다는 점입니다."

"유표는 온량하고 박학할 뿐만 아니라 인재를 중히 여기고 문화를 애육愛育하여 천하의 현재賢才가 모두 그 땅으로 모이고 있다는 소리를 들은 적이 있소만."

"옳은 소리이기는 합니다만, 그것은 유표가 장년이었을 때의 평가입니다. 지금은 만년, 마음이 늙고 몸이 병들어 그의 장점이었던 것들이 오히려 단점이 되었습니다. 그는 우유부단할 뿐만 아니라 밖으로 나아가려는 큰 뜻이 없습니다. 게다가 안으로는, 그의 몸이 허약해진 것을 틈타 규문에서 분쟁이 일어 적자와 서자가 암투를 펼치는 등 더는 망조亡兆를 감출 수 없는 상황에 이르렀습니다. 형주를 치려면 지금밖에 없습니다."

"그 형주로 들어가려면 어찌해야 좋겠소."

"물론 그 전에 강하의 황조를 제거해야 할 것입니다. 황조는 조금도 두려워할 것이 없습니다. 그도 이제는 나이가 들어 시무時務에는 힘쓰지 않고 오로지 재물만을 밝히니, 진심으로 그를 따르는 자가 없습니다."

"군량과 무기의 준비는 어떠한가?"

"군비는 충분합니다만 제대로 활용할 줄 모르며, 법령도 엄하지 않으니 이를 공격하면 곧 무너질 것입니다. 지금 기세를 몰아 강하, 양양을 치고 초관楚關까지 진군하면 파촉을 꾀하는 것도 그리 어려운 일은 아닐 것입니다."

"금옥金玉과도 같은 말씀 참으로 잘 들었소. 이때를 놓쳐서는 안 될 것이오."

손권은 주유에게 병선을 준비하라고 명했다. 그러자 장소가 근심스럽다는 듯 간했다.

"지금 병사를 움직이시면 성안의 빈틈을 노리고 틀림없이 난이 일어날 것입니다. 하다못해 어머니의 상이 끝날 때까지만이라도 오의 내실을 다지는 것이 좋을 듯합니다."

감녕이 반대하고 나섰다.

"바로 그렇기 때문에 귀공께 소하의 임무를 맡기는 것 아닙니까? 내란의 우려가 있다면 성을 잘 지켜 후방을 튼튼히 하는 데 힘써주시기 바랍니다."

"나는 이미 마음을 정했소. 장소도 더는 다른 말을 하지 마시오. 한마음으로 잔을 듭시다."

손권이 한마디로 중론을 가라앉혔다. 그리고 다시 감녕에게 말했다.

"그대를 보내 황조를 치는 것은 곧 이 술과 같은 것이오. 단숨에 들이키도록 하시오. 만약 황조를 쳐부순다면 그 공은 그대의 것이오."

그러고는 잔이 넘칠 정도로 술을 따라주었다.

손권은 주유를 대도독으로 임명하고 여몽을 선봉에 세웠으며, 동습董襲과 감녕을 양 날개의 부장으로 삼았다. 드디어 오의 10만 대군이 장강을 거슬러 올라 강하로 향했다.

기러기가 어지러이 날아올라 구름 뒤로 숨었으며, 버드나무와 매화나무가 바람에 흔들려 강가의 봄을 어둡게 했다. 수백 척의 병선이 뱃머리를 나란히 하여 강을 거슬러 올라갔다.

그 무렵 강하에서는 전령 하나가 달려와 다급한 상황을 알렸다. 황조는 크게 놀랐으나 이내 지난 싸움에서 승리했던 기억을 떠올렸다.

"오의 애송이 녀석."

그는 소비를 대장으로, 진취陳就와 등룡鄧龍을 선봉으로 삼아 병선을 밀고 나갔다. 그러고는 강 위에서 적을 맞기 위해 철저히 대비를 했다. 강의 물결이 어지러이 일었다.

오군은 면구의 수면을 서서히 제압하며 시가지로 들어가는 만의 입구로 공격해 들어갔다. 수비군은 작은 배들을 모아다 강가 일대에 요새를 만든 후 크고 작은 활을 걸어놓고 일제히 화살을 날렸다. 오의 병선 위로 빗발치듯 화살이 쏟아졌다. 오군이 진로를 잃고 어지러이 달아났다. 하지만 물 밑에 종횡으로 쳐놓은 굵은 밧줄에 걸려 노를 놓치고 키가 부러져버렸다.

"이번에도 대세가 기울었단 말인가?"

주유가 눈썹을 찌푸렸다. 그러자 감녕이 나서서 말했다.

"아니, 지금부텁니다."

그러고는 동습과 미리 얘기해두었던 대로, 돛대 위에 신호의 깃발을 올려 적을 향해 돌진할 준비를 했다. 백여 척의 가벼운 배가 강 위로 내려지자 죽음을 두려워하지 않는 병사들이 스무 명, 서른 명씩 그 배 위에 올랐다. 죽음을 각오한 가벼운 배들이 함성과 북소리를 올리며 거침없이 뭍을 향해 돌진했다. 어떤 사람은 물속에 묶어놓은 밧줄을 끊었으며, 어떤 사람은 빗발처럼 쏟아지는 화살을 막았다. 또 뱃전에 선 궁수들은 뭍에 있는 적을 향해 어지러이 화살을 날렸다.

"막아라."

"땅에 올라오게 해서는 안 된다."

적의 작은 배들도 정신없이 흔들렸다. 불을 던지고 기름을 뿌려대자, 하얀 파도가 하늘을 향해 울부짖었으며, 피가 강물을 저녁노을처럼 물들였다. 황조의 선봉을 지휘하던 진취가 마침내 뭍으로 물러났다.

"분하다, 강 위의 선봉은 패하고 말았구나. 제2진, 뭍의 방어책을 더욱 굳건히 하라!"

그가 소리 높여 좌우의 부하들에게 명령하자 여몽이 달려들며 외쳤다.

"꼼짝 마라!"

여몽은 뭍으로 오르자마자 창을 휘두르며 달려들었다. 당황한 진취가 칼을 들어 막았다.

"앗, 오의 여몽!"

그러고는 부하들에게 주의를 주며 달아나기 시작했다.

"조심해라, 적은 이미 상륙했다."

진취는 적이 그렇게 빨리 상륙할 줄은 예상치 못했던 것이다.

"이놈, 이름이 아깝지도 않느냐!"

여몽이 소리를 지르며 진취를 쫓아가 뒤에서 창을 내질렀다. 그리고 그가 쓰러지는 것을 보고 대검을 뽑아 목을 베었다.

대장 소비가 수군의 붕괴를 막기 위해 강기슭까지 말을 몰고 왔다. 그것을 본 오의 장병들이 공을 세우기 위해 앞다퉈 소비의 주위로 몰려들었다. 하지만 그들은 등불로 뛰어드는 여름벌레들처럼 시체가 되어 쓰러질 뿐이었다.

그런데 오의 장군 중 반장潘璋이 한바탕 싸움이 벌어진 사이를 헤치고 들어가 말 위에 탄 채로 소비와 엉겨 붙었다. 몸을 마음대로 움직이지 못하게 된 소비는 그대로 붙들려 곧 적군의 배로 끌려갔다. 반장이 손권에게 소비를 바치자 손권이 부릅뜬 눈으로 소비를 노려보며 주위의 부하들에게 명령했다.

"우리 아버지 손견을 살해한 적장이 바로 이놈 아니냐! 지금 목을 치기는 아깝다. 황조의 목과 함께 들고 가 아버지의 무덤에 바치겠다."

***

육해군 모두 대승을 거둔 오군은 기세를 몰아 수륙 양로로 적의 본성을 향해 진격했다. 오랜 세월 황조가 굳건히 지킨 강하는 흔적을 찾아볼 수 없을 정도로 오군에게 유린당했다. 성 밑으로 몰려가자마자 이 지방을 누구보다도 잘 알고 있는 감녕이 가장 먼저 달려나갔다.

"다른 자에게 황조의 목을 내주는 것은 나의 치욕이다."

서문과 남문으로는 아군들이 몰려들었으나 동문으로는 아직 누구도 들어가지 않았다. 감녕은 황조가 틀림없이 그곳으로 도망칠 것이라 생각하고 성문에서 몇 리 떨어진 곳에 매복해 있었다.

잠시 뒤, 강하성 위로 검은 연기가 피어오르고 망루와 누각이 모두 불기둥으로 화했다. 그 순간 대장 황조가 겨우 부하 20기 정도만을 데리고 허겁지겁 동문에서 달려나왔다. 그러자 길옆에서 철갑 5, 6기가 갑자기 소리를 지르며 튀어나와 황조의 길을 가로막았다. 결국 감녕은 다른 이에게 황조를 빼앗기고 말았다. 감녕이 그들을 살펴보니 오의 숙장인 정보와 그의 부하들이었다. 정보가 이번 싸움에 크게 기대를 걸고, 황조의 목을 노린 것은 당연한 일이었다. 정보는 황조 때문에 원정길에서 허무하게 목숨을 잃은 손견 이후 손책, 그리고 손권에 이르기까지 삼대를 섬기면서 누구에게도 뒤지지 않는 무용을 자랑하던 숙장이었다. 그랬기에 그는 '오늘이야말로' 하며 옛 주인의 복수를 굳게 다짐했을 것이다.

그렇다고 감녕도 팔짱을 낀 채 보고 있을 수만은 없었다. 그는 서둘러 허리에 차고 있던 철궁을 들어 화살 한 발을 날렸다. 화살이 날아가 황조의 등판을 그대로 꿰뚫었다.

"적장 황조가 화살에 맞아 쓰러졌다!"

감녕은 황조가 땅바닥으로 털썩 떨어지는 것을 보고 소리를 지르며 달려나갔다. 그리고 정보와 함께 그의 목을 베었다.

강하를 점령한 이후, 두 사람이 손권 앞으로 나란히 나가 황조의 목을 바쳤다. 손권이 목을 땅바닥에 집어 던지며 고함을 질렀다.

"아버지 손견을 살해한 원수! 상자에 넣어 오로 보내라. 소비의 목과 함께 나란히 아버지 무덤에 바치겠다."

손권은 모두에게 은상을 내린 뒤 오로 돌아갈 예정이었다. 그는 그에 앞서 감녕에 대한 처분을 명령했다.

"감녕의 공은 적지 않다. 도위에 봉하겠다."

그리고 병사 약간과 함께 강하성에 남겨 수비를 맡기려 했다. 그러자 장소가 다시 생각해볼 것을 권했다.

"그것은 상책이 아닌 듯합니다. 이 작은 성 하나를 지키기 위해 병사들을 남겨두면 이후에도 계속 신경을 써야 할 것입니다. 그러나 오래는 지키지 못할 것입니다. 차라리 이대로 버리고 돌아가면 유표가 황조의 원수를 갚겠다며 반드시 병사를 내어 공격해 들어올 것입니다. 그들을 공격하여 깨뜨리고 승기를 몰아 형주까지 공격해 들어가면 형주에 들어가기도 쉬울 것입니다. 뿐만 아니라, 이 부근의 지세와 요해는 아군도 이미 경험했으니, 두 번이고 세 번이고 깨는 것은 어렵지 않을 것입니다."

다시 말해 강하를 미끼로 하여 유표를 끌어내자는 것이었다.

"참으로 묘책이오."

손권은 점령지 전부를 내버려둔 채 전군을 병선에 싣고 깨끗이 오로 돌아갔다.

함거에 실려 먼저 오로 호송되었던 황조의 신하 소비도 오의 전군이 개선했다는 소식을 전해 들었다.

'그래, 내가 예전에 감녕을 도와준 적이 있으니, 감녕에게 부탁하면 나를 위해 힘을 써줄지도 모르겠다.'

문득 옛일을 떠올린 소비는 편지 한 통을 써서 은밀히 전해달라고 옥리에게 부탁했다.

개선 직후, 손권은 부형의 무덤을 찾아 이번 승리를 보고했다. 그리고 공신들과 함께 잔치를 벌였다. 그 자리에서 감녕이 손권의 발밑에 무릎을 꿇고 말했다.

"청이 한 가지 있습니다."

"새삼스럽게 무슨 일이오?"

손권이 묻자 감녕이 머리를 조아리며 대답했다.

"저의 조그만 공에 대한 은상으로 소비의 목숨을 살려주시기 바랍니다. 만약 예전에 소비가 저를 도와주지 않았다면 오늘의 공은커녕 목숨조차 부지하기 어려웠을 것입니다."

손권 역시 그때 만약 소비가 정을 베풀지 않았다면, 오의 이번 대승도 없었을 것이라고 생각했다. 하지만 그는 고개를 내저었다.

"소비를 살려주면 그는 달아나 오에게 다시 원수를 갚으려 할 것이오."

"결코 그런 일은 없을 겁니다. 이 감녕의 목을 걸고 맹세하겠습니다."

"틀림없소?"

"어떤 맹세라도 하겠습니다."

"그렇다면 그대를 봐서……."

결국 손권은 소비의 목숨을 살려주겠다고 말했다. 뒤이어 감녕을 데리고 온 여몽에게도 은상을 내려 횡야중랑장橫野中郎將에 임명했다.

그런데 잠시 뒤, 이런 화기애애한 잔치의 분위기를 깨는 커다란 고함 소리가 들려왔다.

"이놈, 꼼짝 마라!"

동시에 검을 빼들고 감녕을 향해 달려드는 사람이 있었다.

"앗, 무슨 짓이냐."

감녕도 마주 소리를 지르며 앞에 있던 상을 들어 상대방의 칼을 막은 뒤 그와 맞섰다.

"물러나라, 능통!"

갑자기 일어난 일이었기에 손권은 좌우에 명령할 틈도 없었다. 손권이 직접 난동을 부리는 사람을 뒤에서 끌어안으며 소리를 질렀다. 난동을 부린 사람은 오군 여항餘杭 사람으로 자는 공적公績, 이름은 능통이라 하는 청년이었다. 지난 건안 8년(203년)의 전쟁에서 아버지 능조는 황조를 공격하여 커다란 공을 세웠으나, 당시 황조 밑에 있었던 감녕이 쏜 화살에 맞아 안타깝게도 목숨을 잃고 말았다. 당시 15세였던 능통은 처음으로 전쟁에 출진했는데, 언젠가는 아버지의 원한을 씻겠다고, 그 후 피눈물을 삼키며 평소 가슴에 맹세를 했었다.

그의 말을 들은 손권이 직접 위로를 해주었다.

"내 어찌 그대의 난동을 탓하겠소. 그대의 효심을 생각하여 오늘의 무례함은 용서해주겠소. 하지만 한 주인을 섬기고 있는 자들은 모두 형제와 다를 바 없지 않겠소. 예전에 감녕이 그대의 아버지를 쏜 것은 당시 모시던 주인에 대해 충성을 다한 일이었소. 지금 황조는 죽었고, 감녕은 오에 항복하여 우리와 함께 힘쓰고 있으니 어찌 묵은 원한으로 그를 탓할 수 있겠소? 그대의 효심은 갸륵하나 사사로운 원한에 고집하는 건, 효만 알고 충은 모르는 마음이라 하지 않을 수 없소. 이 손권을 봐서라도 원한은 전부 잊어주었으면 하오."

손권의 말을 들은 능통이 칼을 떨어뜨리고 자리에 엎드려 머리를 바닥에 찧으며 말했다.

"알겠습니다. 하나, 제 마음도 헤아려주시기 바랍니다. 어린 몸으로 주공의 은혜를 입고 있다는 사실을 잊은 것은 아니나…… 아버지를 빼앗긴 아들의 비탄에 잠긴 가슴을, 또 아버지를 죽인 자를 바라보고만 있어야 하는 자의 가슴을……."

그의 이마에서 피가 흘렀고, 그는 통곡을 멈추지 않았다.

"내가 잘 알아서 처리하겠소."

여러 장군들과 함께 그를 달래느라 손권도 꽤 애를 먹었다. 능통은 올해로 아직 21세에 불과했으나 아버지를 따라 강하의 전쟁에 처음 참가한 이후 수많은 공을 세워 용명을 떨치고 있었다. 손권도 그의 재주를 매우 아꼈다.

그 후 능통은 승렬도위承烈都尉에 봉해졌으며, 감녕에게는 병선 백 척과 수병 5천 명을 주고 하구夏口를 지키게 했다. 그러면 능통이 숙원을 자연히 잊을 수 있을 거라 생각했다.

오는 날이 갈수록 그 세력을 더해갔다. 남방의 하늘에 융성한 기운이 가득했다. 당시 오가 가장 힘을 기울인 것은 수군의 편제였다. 그 당시 조선술도 크게 발전했다. 큰 배의 건조가 활발히 진행되었는데, 그것을 파양호鄱陽湖에 띄워 수군대도독水軍大都督 주유의 지휘 아래 훈련에 훈련을 거듭했다. 손권도 가만히 앉아 있지만은 않았다. 숙부 손정에게 오회를 맡기고, 파양호 근처인 시상군柴桑郡(강서성 구강의 서남쪽)까지 나가 군대를 주둔케 했다.

그 무렵, 공명을 맞아들인 유비 역시 앞날을 위한 준비에 여념이 없었다.

"긴히 상의할 일이 있다며 형주에서 사람을 보내왔소. 가는 것이 좋겠소, 자중하는 것이 좋겠소?"

유비는 유표가 보낸 글을 보며 깊은 생각에 빠졌다. 공명이 곧 명쾌한 답을 내놓았다.

"가도록 하십시오. 틀림없이 오에게 패한 황조의 원수를 갚기 위한 회의가 열릴 것입니다."

"유표를 만나서는 어떤 태도를 취하는 것이 좋겠소?"

"양양의 모임과 단계에서의 일을 은근히 말씀하십시오. 혹시 유표가 주공께 오와의 전쟁을 부탁한다 할지라도 절대 수락해서는 안 됩니다."

유비는 장비, 공명 등을 데리고 곧 형주성으로 향했다. 형주성에 도착한 유비는 병사 5백 명과 장비를 성 밖에서 기다리게 하고, 공명과 둘이서만 성안으로 들어갔다. 그리고 유표의 계하에 절을 했다. 그러자 유표가 당 위로 맞아들여 먼저 지난 일을 이야기했다.

"지난 양양의 모임에서 공께 뜻밖의 재난이 있었다는 말을 들었소. 참으로 미안하게 되었소. 당장 채모의 목을 쳐서 사죄하고 싶었으나 본인도 깊이 뉘우친 듯하고 주위 사람들도 모두 말려 내 뜻과는 달리 그를 용서하게 되었소. 모쪼록 그 일은 그만 잊어줬으면 하오."

유비가 웃으며 대답했다.

"그 일은 채 장군이 한 것이 아닙니다. 틀림없이 속 좁은 아랫사람들이 꾸민 일일 것입니다. 저는 이미 잊었습니다."

"그런데 황조가 강하에서 패해 목숨을 잃었다는 소리는 들으셨소?"

"황조는 자멸한 것이나 다를 바 없습니다. 평소 차분하지 못한 사람이었으니 그렇게 된 것도 당연한 일입니다."

"오를 치고 싶소만……."

"태수님께서 남하할 뜻을 보이시면 북방의 조조가 곧 빈틈을 노려 공격해 들어올 것입니다."

"나 역시 그 점이 마음에 걸리오. 이제는 나도 나이가 들어 몸져눕는 날이 많아졌소. 게다가 이러한 때에 여러 가지 일로 신경을 쓰면 정신이 혼미해지니……. 귀공은 한실의 종친이자 나와는 동족이 아니요. 나를 대신해 정무를 보다 내가 눈을 감으면 이 형주를 맡아주었으면 하오."

곁에 있던 공명이 거듭 눈길을 주었으나 유비는 못 본 척 대답했다.

"그럴 수 없습니다. 오늘과 같은 난국에 부족하기만 한 제가 어찌 이 넓은 영토를 다스릴 수 있겠습니까? 그런 약한 말씀 마시고 건강에 유념하시어 굳은 마음으로 형주를 위해 좋은 계책을 세우시기 바랍니다."

그러고는 자리에서 물러나 객사로 들어갔다. 그러자 공명이 물었다.

"어째서 수락하지 않으셨습니까?"

"은혜를 베푼 사람의 어려움을 어찌 나의 기쁨으로 삼을 수 있겠는가?"

"그러나 형주를 빼앗는 것이 아니지 않습니까?"

"물려주는 것이라 해도 은인에게는 역시 불행, 내게는 틀림없는 행복이오. 나는 그럴 수 없소."

공명이 한탄하며 어쩔 수 없는 일이라는 듯 홀로 중얼거렸다.

"참으로 어질기만 한 사람이로구나."

그때 한 사람이 와서 고했다.

"유기 도련님이 오셨습니다."

'유표의 세자인 유기가 무슨 일로 온 것이지?'

유비가 놀라며 그를 맞아들였다. 그리고 찾아온 뜻을 물으니 유기가 눈물을 글썽이며 말했다.

"장군께서도 잘 아시다시피 저는 형주의 세자로 태어났으나, 계모 채씨가 유종을 세자로 세우려고 늘 제 목숨을 노리고 있습니다. 이곳에 머물러 있으면 저는 언제 살해당할지 알 수 없습니다. 부디 저를 좀 도와주십시오."

"그 일은 나도 잘 알고 있다. 그러나 집안일은 타인이 개입하여 어떻게 할 수 있는 것이 아니지 않느냐. 누구의 집안에나 고락은 있는 법이다. 그것을 극복하는 것이 그 집안사람으로서의 도리 아니겠느냐."

"다른 일이라면 얼마든지 참겠습니다만, 이건 목숨이 달린 일입니다. 저는 목숨을 잃고 싶지 않습니다."

"공명, 이 세자를 위해 뭐 좋은 방도가 없겠소?"

공명이 고개를 옆으로 흔들며 냉정하게 대답했다.

"한 집안의 일에 저희가 어찌 관여할 수 있겠습니까?"

"……."

유기는 쓸쓸히 돌아갈 수밖에 없었다. 가엾다는 듯 배웅을 나간 유비가 그의 귀에 대고 속삭였다.

"내일 공명을 네게 보낼 테니 그때 그에게 묘책을 묻도록 해라."

그러면서 계책 하나를 일러주었다.

이튿날, 유비가 공명에게 말했다.

"어제 세자가 찾아왔으니 답례를 가야겠는데 오늘은 아침부터 배가 아파 움직일 수가 없소. 나 대신 그대가 가줄 수 없겠소?"

이에 공명은 유기를 찾아갔다. 그는 인사만 하고 바로 돌아오려 했으나 유기가 예를 다해 술을 권했기에 차마 뿌리칠 수가 없었다. 술잔이 몇 순배 돌고 나자 유기가 공명에게 말했다.

"선생님께서 이렇게 와주셨으니 꼭 좀 배움을 얻고 싶은 고서古書가 있습니다. 매우 오래 된 희서稀書라 들었습니다. 잠시 봐주실 수 있겠습니까?"

유기는 학문을 사랑하는 공명의 마음을 자극하여 마침내 그를 각 위로 데리고 올라갔다. 각 안을 둘러본 공명이 이상하다는 듯 물었다.

"책은 어디에 있습니까?"

유기가 공명의 발 앞에 엎드리더니 눈물을 줄줄 흘리며 말했다.

"용서해주십시오. 선생님을 이곳으로 모신 이유는 어제 말씀드린 대로 제가 처한 위기에서 벗어날 묘책을 듣기 위해서입니다. 부디 죽음에서 벗어날 묘책을 들려주시기 바랍니다."

"저는 모릅니다."

"어찌 그렇게만 말씀하십니까."

"제가 어찌 다른 사람의 집안일에 간섭할 수 있겠습니까? 그런 계책은 가지고 있지 않습니다."

공명은 몸을 돌려 각에서 내려오려 했으나 어느 틈엔가 밑에서 사다리를 치워버렸다.

"응? 세자께서 이 공명을 속였구나."

"이 세상 천지에 선생님 말고는 의지할 사람이 아무도 없습니다. 이 유기는 지금 생사의 기로에 놓여 있습니다."

"아무리 이러셔도 계책이 없는데 무엇을 알려드릴 수 있겠습니까? 난에서 벗어나 목숨을 지키고 싶으시다면, 스스로 지혜를 짜내 위기와 맞서도록 하십시오."

"그렇다면 선생님께는 묘책을 들을 방법이 없단 말씀입니까?"

"집안일에 관여하여 서로를 이간질할 수는 없습니다."

"그럼, 저로서도 어쩔 수 없습니다."

갑자기 칼을 뽑아든 유기가 자신의 목을 찌르려 했다. 공명이 급히 말렸다.

"잠시만 기다리십시오."

"그냥 내버려두십시오."

"그렇게까지 생각하셨다면 계책을 알려드리도록 하겠습니다."

"정말입니까?"

유기는 칼을 치우고 공명의 앞에 엎드려 눈을 반짝였다.

공명이 공손하게 말했다.

"춘추시대의 진晉나라 헌공獻公에게는 두 아들이 있었습니다. 형을 신생申生이라 하고 동생을 중이重耳라 했습니다."

공명은 옛일을 들어 유기에게 가르침을 주었다. 유기는 온정신을 집중하여 공명의 말을 들었다.

"그런데 얼마 후, 헌공의 둘째 부인인 여희麗姬가 또 다른 아들을 낳았습니다. 여희는 자신의 아들을 세자로 세우기 위해 정실의 아들인 신생과 중이를 늘 좋지 않게 말했습니다. 그러나 헌공이 보기에 정실의 두 아들 모두 빼어난 인재였기에 여희가 아무리 참언을 해도 그들을 폐하려 하지 않았습니다."

"그 신생이 지금의 제 처지와 아주 비슷합니다."

"이에 여희는 어느 따뜻한 봄날, 헌공을 누각 위로 맞아 정원을 바라보게 한 뒤 자신의 목깃에 몰래 꿀을 바르고 신생을 정원으로 불러냈습니다. 그러자 수많은 벌들이 달콤한 꿀 냄새를 맡고 여희의 머리와 목깃으로 몰려들었습니다. 아무것도 모르는 신생은, 여희의 몸을 가리면서 목깃을 때리기도 하고 등을 털기도 했습니다. 누각 위에서 그 모습을 지켜본 헌공은 불같이 화를 냈습니다. 여희를 희롱하는 것이라 생각한 것입니다. 이후부터 자신의 아들을 깊이 의심하게 되었습니다."

"아아, 채 부인도 그런 식입니다. 저도 언제부턴가 아무 이유 없이 아버지께 미움을 받게 되었습니다."

"첫 번째 계책에 성공해 자신감을 얻은 여희는 두 번째 계책을 실행에 옮겼습니다. 세상을 떠난 정실의 제삿날이었습니다. 제사 음식에 몰래 독을 바른 여희가 신생에게, 어머니께 바쳤던 음식을 그냥 치우기는 아까우니 아버지께 권하라고 말했습니다. 신생은 여희의 말대로 그 음식을 아버지께 권했습니다. 그때 여희가 들어와서, 밖에서 들어온 음식을 함부로 드셔서는 안 된다며 음식 하나를 집어 개에게 던져주었습니다. 그것을 먹은 개는 피를 토하며 죽었습니다. 여희의 속임수인 줄도 모르고 헌공은 신생을 죽였습니다."

"아아, 그렇다면 동생 중이는 어떻게 되었습니까?"

"중이는 다음에는 자신에게 화가 미칠 것이라 생각해서 다른 나라로 몸을 피해 달아났습니다. 그로부터 19년이 지난 뒤 비로소 세상에 나온 진나라의 문공文公이 바로 그 중이입니다. 형주의 동남쪽에 있는 강하는, 오에게 황조를 잃은 이후 아직 그를 대신해 지키는 자가 없습니다. 계모의 화에서 벗어나고 싶으시다면 아버지께 청하여 강하를 지키겠다고 하십시오. 중이가 나라에서 벗어나 난을 피했을 때와 같은 결과를 얻을 수 있을 것입니다."

"선생님, 참으로 감사합니다. 이제는 저도 살아난 듯합니다."

그는 몇 번이고 절을 했다. 그리고 신하를 불러 내려가는 사다리를 다시 가져오게 한 뒤 공명을 배웅했다. 공명이 돌아가 사실을 있는 그대로 들려주자 유비도 함께 기뻐했다.

"그거 참으로 묘책이오."

잠시 뒤, 형주에서 다시 사람이 와서 유비를 불렀다. 유비가 찾아가자 유표가 그에게 말했다.

"장남 기가 갑자기 강하로 가서 그곳을 지키겠다고 하는데, 어찌하면 좋겠소?"

"그보다 더 좋은 일이 어디 있겠습니까? 슬하에서 벗어나 멀리로 가는 것은 좋은 경험이 될 뿐만 아니라, 강하는 오와의 접경지대로 매우 중요한 땅입니다. 친족 중 한 명을 보내는 것은 형주 전체의 사기를 위해서도 필요한 일이라 생각됩니다."

"그렇소?"

"태수님과 세자께서 동남쪽에 대한 방비를 굳건히 해주시기 바랍니다. 부족하나마 저는 서북쪽의 방어를 맡겠습니다."

"음, 듣자 하니 조조는 요즘 현무지玄武池에 병선을 띄워놓고 수군을 조련하기에 여념이 없다고 하오. 틀림없이 남장을 정벌하겠다는 생각일 테니 귀공도 그쪽의 방비에 힘써주시오."

"너무 심려 마시기 바랍니다."

유비는 신야로 돌아갔다.

60
제갈량, 싸움에 임하다

파격적인 인사21 통해 늘 내정의 쇄신을 꾀하던 조조.
다시 대군을 일으켜 유비를 치려 하고, 그에 맞서는 제갈량은?

그 무렵 조조는 직제를 크게 개편했다. 내정의 쇄신을 꾀했으며 유능한 인재를 과감하게 기용해 각료를 강화하고 만일의 사태에 대비해 언제나 임전태세를 갖추고 있었다.

모개를 동조연東曹掾에, 최염을 서조연西曹掾에 임명한 것도 그 무렵의 일이었다. 그러한 가운데 가장 뜻밖의 인사라는 평을 들은 사람이 있었다. 주부 사마랑司馬朗의 동생으로, 하내河內의 온溫 사람이며, 자는 중달仲達, 이름은 사마의司馬懿라고 하는 사람이었는데, 그를 문학연文學掾에 등용한 일이었다. 그동안 사마중달은 오로지 문교文敎 방면에서만 일을 해왔다. 그렇다 보니 문관들 사이에서는 그 재능을 인정 받고 있었으나 군정 방면에서는 아직 그의 재략을 알 길이 없었다. 군부에서 중히 쓰인 사람들은 역시 하후돈, 조인, 조홍 등이었다.

어느 날, 남방의 형세에 관한 회의가 열린 자리에서 하후돈이 말했다.

"지금 신야에 있는 유비가 공명을 군사로 맞아 병마를 조련하기에 여념이 없다고 하니 그냥 내버려두면 훗날의 커다란 근심이 될 것입니다. 우선은 그를 제거한 뒤 대계大計를 꾀하는 것이 순서일 듯합니다."

다른 대장들 가운데 이론을 품은 사람도 있었다. 하지만 조조는 하후돈의 말을 받아들였고, 그 자리에서 유비를 토벌하자는 결론이 내려졌다. 도독 하후돈에 우금과 이전을 부장으로 하는 10만 군단이 편제되어 출진의 날만을 기다렸다. 그사이 순욱이 두 번 정도 조조에게 이론을 제기했다.

"듣자 하니 공명이라는 자는 재주가 범상치 않은 군사인 듯합니다. 지금 가벼이 유비를 치면, 이긴다 해도 얻는 것은 많지 않으며 혹시 지기라도 하면 중앙의 위엄이 실추되어 많은 것을 잃게 됩니다. 이번 출진을 다시 한번 생각해보시는 것이 어떻겠습니까?"

곁에 있던 하후돈이 비웃듯 말했다.

"유비와 공명은 자신들의 영지조차 없는 들쥐와 같은 무리들이오. 지금의 말씀은 전혀 쓸데없는 근심이오."

"아닙니다, 장군. 유비를 결코 쉽게 생각해서는 안 됩니다."

한쪽에서 문득 순욱의 편을 드는 사람이 있었다. 그는 얼마 전까지 신야에 있었던 서서였다. 그제야 조조가 서서의 존재를 깨달으며 물었다.

"이번에 유비의 군사가 된 공명이라는 자는 대체 어떤 인물이오."

"제갈량, 자는 공명, 도호를 와룡 선생이라 칭하는 자입니다. 위로는 천문에 통하고 밑으로는 지리와 민정을 꿰뚫고 있으며 육도를 줄줄 외고 삼략을 가슴에 품고 있어 귀신도 능히 부릴 수 있습니다. 실로 세상의 평범한 군사가 아닙니다."

"자네와 비하자면?"

"저 따위는 그와 비교할 수도 없습니다. 저를 반딧불이라고 한다면 공명은 달이라 할 수 있습니다."

"그 정도란 말이오?"

"그를 어찌 저와 비하겠습니까."

그러자 하후돈이 서서의 말을 비웃으며 다시 큰소리를 쳤다.

"공명도 역시 인간 아니요? 다른 사람과 뭐 그리 큰 차이가 있겠소. 무릇 범인과 천재도 종이 한 장 차이라 하지 않소. 이 하후돈의 눈에 나이 어린 공명 따위는 한낱 먼지로밖에 보이지 않소. 더구나 그 애송이는 아직 실전 경험조차 없지 않소. 만일 이번 전쟁에서 그를 사로잡아 오지 못한다면 이 하후돈의 목을 승상께 바치겠소."

조조는 그의 말을 장하게 여겼으며, 출진의 날에는 직접 부문까지 말을 타고 나가 10만 장병들을 배웅했다.

한편, 공명을 맞아들인 신야에는 언제부턴가 묘한 기운이 감돌기 시작했다.

"주공께서는 나이 어린 공명을 오래전부터 고락을 함께한 신하들의 윗자리에 앉히고 스승의 예를 취하게 할 뿐만 아니라, 그와 함께 기거

하시며 잠을 잘 때도 한자리에서 주무시고 일어나서도 한상에서 밥을 먹으니, 총애를 해도 너무 지나치게 총애하는 것 아니요?"

많은 사람들이 공명을 질시했다. 관우와 장비 두 사람도 그러한 마음이 얼굴에 드러났으며, 한번은 유비에게 그런 불만을 거침없이 얘기한 적도 있었다.

"대체 저 공명에게 얼마나 대단한 재주가 있단 말이요? 큰형님은 사람을 너무 잘 믿는 병이 있는 듯하오."

유비가 빙그레 웃으며 대답했다.

"아니다, 내가 공명을 얻은 것은 물고기가 물을 얻은 것과 다를 바 없는 일이다."

그 후 장비는 공명의 모습만 보면 불쾌한 표정을 지으며 조소했다.

"물이다, 물이 흘러간다."

공명은 참으로 물과 같았다. 성안에 있어도 있는 듯 없는 듯 참으로 조용했다.

하루는 유비가 모자를 쓰고 있는 것을 보고 공명이 그 조용한 눈을 찌푸리며 유비에게 물었다.

"그건 무엇입니까?"

유비는 외모를 꾸미는 것을 좋아했다. 그렇다 보니 귀한 재료로 모자를 짜서 구슬로 장식하는 버릇이 있었다. 공명은 그것을 나무란 것이었다.

"이거 말인가? 이건 얼룩소의 꼬리일세. 아주 귀한 물건이라더군. 양양의 한 부호가 보냈기에 모자를 만들어보았네. 우스운가?"

"잘 어울리십니다. 하지만 한편으로는 슬프기도 합니다."

"왜 그러는가?"

"아녀자처럼 용모를 꾸며서 어쩔 생각이십니까? 주공께는 큰 뜻이 없다는 증거입니다."

공명이 약간 화가 난다는 듯 말하자 유비가 갑자기 모자를 벗어 내동댕이쳤다.

"내 어찌 진심으로 이런 짓을 했겠나. 한때의 근심을 잊기 위해 해본 것뿐일세."

그러면서 유비도 얼굴빛을 달리했다. 공명이 다시 물었다.

"주공과 유표를 비교하면 어떻습니까?"

"나는 유표에게 미치지 못하네."

"조조와 비교하자면?"

"더더욱 미치지 못하네."

"주공 스스로도 두 사람에게 미치지 못하는 데다, 우리가 거느리고 있는 병력은 겨우 수천 명에 지나지 않습니다. 만일 조조가 내일이라도 공격해 들어온다면 무엇으로 막으시겠습니까?"

"그 때문에 내가 늘 근심을 하는 거요."

"그저 근심하기만 한다고 해서 문제가 해결되는 것은 아닙니다. 대책을 강구해야 합니다."

"좋은 대책이 있으면 가르쳐주기 바라오."

"내일부터 보여드리도록 하겠습니다."

공명은 얼마 전부터 신야의 호적부를 작성하여 장정들을 징집해두었다. 성의 병사 수천 명에 더해 농병대를 조직할 계획이었던 것이다.

이튿날, 공명은 직접 교관이 되어 3천여 명의 농민병을 훈련시키기 시작했다. 기본적인 대오를 갖추는 법부터 일진일퇴, 진법陣法에 이르기까지 훈련을 거듭했다. 그리고 극기의 정신을 심어주고, 활 쏘는 법과 칼 쓰는 법도 가르쳐주었다. 2개월쯤 지나자 공명은 3천 명의 농병들을 마치 수족처럼 움직일 수 있게 되었다.

바로 그러한 때 하후돈을 대장으로 하는 10만 대군이 신야를 향해 남하해오고 있다는 소식이 전해졌다.

"10만 대군이라고 하니, 어찌하면 좋겠는가?"

유비가 두려워하며 관우, 장비 두 사람에게 의견을 물었다. 그러자 장비가 비아냥거리듯 쓴소리를 했다.

"커다란 들불이 일어났습니다. 물을 보내서 끄면 될 것입니다."

사소한 감정싸움을 하고 있을 때가 아니었다. 유비가 두 사람에게 말했다.

"지혜는 공명에게 빌리고 용맹은 너희 두 사람에게 의지할 생각이니 잘 좀 부탁하겠네."

관우와 장비가 물러나고 난 뒤, 이번에는 공명을 불러 대책을 논의했다.

"걱정하실 것 없습니다. 단, 이번 싸움의 근심은 밖이 아니라 안에 있습니다. 관우와 장비 두 장군은 제 명령에 따르지 않을 것입니다. 군령이 행해지지 않으면 패하는 건 불을 보듯 뻔한 일입니다."

"일이 참으로 난처하게 되었구려. 대체 어떻게 하면 좋겠소?"

"황공한 말씀이오나 주공의 검과 인수를 공명에게 빌려주시기 바랍니다."

"알겠소. 그거면 되겠소?"

"이제 장군들을 모아주시기 바랍니다."

유비는 공명의 손에 검과 인수를 건네주고 각 장군들을 불러 모았다. 공명은 군사의 자리에 앉아 있었으며, 유비는 중앙에 놓인 상궤床几에 기대앉아 있었다. 공명이 자리에서 일어나 아군의 배치를 명했다.

"이곳 신야에서 90리 떨어진 곳에 박망파博望坡라는 험한 땅이 있소. 왼쪽에 산이 있는데, 이름을 예산豫山이라 하오. 오른쪽에 숲이 있는데, 이름을 안림安林이라 하오. 모두들 이곳을 전장이라 생각해주기 바라오."

우선은 그곳의 지형을 설명했다.

"관 장군은 천 5백 명을 이끌고 예산에 숨어 있다가 적군이 반쯤 지났을 때 후진을 쳐서 적의 치중에 불을 지르시오. 장 장군 역시 천 5백 명의 병사를 데리고 안림으로 들어가 뒤쪽의 계곡에 숨어 있다가 남쪽 하늘에서 불길이 치솟으면 적의 중군 선봉을 향해 곧장 달려나가 그들을 짓밟도록 하시오. 또한 관평과 유봉 두 사람은 각각 병사 5백 명에게 유황과 염초를 들려 박망파 양면에서 불을 질러 적을 불로 감싸도록 하시오."

다음은 조운을 가리키며 말했다.

"조 장군에게는 선봉을 명하겠소. 단, 그 어떤 공도 세워서는 안 되며 거짓으로 패해 돌아오도록 하시오. 이기는 것만이 능사가 아니요. 적을 깊이 유인하는 것이 귀공의 임무임을 잊어서는 안 되오. 모두 조금이라도 명을 어겨서는 안 되니, 명심하시오."

공명이 모든 임무에 대한 명을 마치자 장비가 마치 기다렸다는 듯 공명에게 큰 소리로 물었다.

"군사의 말씀 잘 알아들었습니다. 한 가지 여쭙고 싶은 것이 있는데 군사께서는 어느 방면으로 가실 생각입니까?"

"주공께서는 한 무리의 병사들을 이끌고 선봉의 조 장군과 수미首尾의 형세를 취하며 적의 진로를 막으시기……."

"닥쳐라! 우리 주공의 일을 물은 것이 아니다. 너 자신은 어디서 싸울 각오인지를 물은 것이다."

"나는 이곳에 남아 신야를 지키겠소."

장비가 손뼉을 치며 입을 크게 벌려 웃은 뒤 말했다.

"주공을 비롯해 우리 모두에게는 본성에서 멀리 나가 싸우라 명하고 자신은 신야를 지키겠다! 편안하게 앉아 자신의 안전만을 꾀할 줄이야. 하하하, 모두들 웃으시오."

공명은 그 웃음소리를 지워버리듯 위엄이 가득한 목소리로 외쳤다.

"여기에 있는 검과 인수가 보이지 않는단 말이오! 명을 어기는 자는 목을 베겠소. 군기를 어지럽히는 자 역시 마찬가지요!"

그러면서 장비를 잔뜩 노려보았다. 장비가 벌컥 화를 내며 반항하려 하자 유비가 거듭 말렸다. 장비는 어쩔 수 없이 공명을 비웃으며 밖으로 나갔고, 이내 병사들을 이끌고 전장으로 출발했다.

일단은 명령에 따라 모두가 전선으로 달려가기는 했으나 내심 공명의 지휘를 의심한 사람은 장비뿐만이 아니었다. 장비를 달래는 관우도 공명을 썩 믿는 듯한 표정은 아니었다.

"어쨌든 공명의 계책이 맞는지 안 맞는지 지켜보기로 하고 이번만은 그의 명령에 따를 수밖에 없지 않겠느냐."

관우는 그렇게 말했을 뿐이었다.

때는 건안 13년(208년) 7월이었다. 하후돈이 10만 대군을 이끌고 박망파(하남성 신야의 북쪽)까지 밀고 들어왔다. 그가 그곳의 길잡이를 불러 지명을 물으니 길잡이가 대답했다.

"뒤쪽은 나구천羅口川, 좌우는 예산과 안림, 앞쪽은 박망파입니다."

하후돈은 치중대가 주를 이루고 있는 후진은 우금과 이전 두 장군에게 맡기고, 부장인 하후란과 한호韓浩 두 사람을 데리고 더욱 앞으로 나갔다. 그러고는 가벼운 차림의 장교 수십 명을 이끌고 적의 진용을 살피기 위해 높은 지대로 달려 올라갔다. 아래를 내려다보던 하후돈이 말 위에서 갑자기 큰 소리로 웃기 시작했다.

"하하하, 겨우 저거란 말이냐. 아하하하."

"무엇이 그리 우스우십니까?"

장교 중 하나가 물었다.

"예전에 서서가 승상 앞에서 공명의 재주를 극찬하며 마치 신통력이라도 있는 것처럼 말했으나, 지금 내 눈으로 적의 포진을 보니 그가 얼마나 어리석은지 알 것 같구나. 저처럼 빈약한 병력과 한심한 포진으로 우리에게 맞서려 하다니. 마치 개나 양을 몰아 호랑이와 표범을 막으려는 것과 다를 바 없구나."

하후돈은 한동안 웃음을 참지 못했다. 그러더니 조조의 앞에서 유비와 공명을 사로잡겠다고 큰소리쳤는데, 그것도 그리 어려운 일은 아닐 듯하다고 덧붙였다. 적을 한껏 얕잡아본 하후돈은 선봉을 향해 단번에 치고 들어가라고 호령한 뒤 자신도 적을 향해 똑바로 달려나갔다. 그때 조운 역시 말을 몰아 하후돈 쪽으로 나는 듯이 달려나왔다. 하후돈이 큰 목소리로 외쳤다.

"쥐새끼들의 대장 유비의 좁쌀을 먹으며 함께 나라를 훔치려는 추한 무리들아, 어디로 가려는 것이냐? 하후돈이 여기에 있으니 목을 내놓고 가라."

"이놈!"

조운이 창을 휘두르며 똑바로 달려들었다. 서로 맞서기를 10여 합쯤 되자, 조운이 거짓으로 달아나기 시작했다.

"기다려라, 겁쟁이 필부야!"

하후돈은 신이 나서 어디까지고 뒤쫓아 들어갔다. 그것을 본 한호가 하후돈에게 다가가 말했다.

"너무 깊이 들어가는 것은 위험합니다. 조운이 달아나는 모습을 보니, 돌아서서 맞서는 척하다 다시 달아나곤 합니다. 적은 틀림없이 복병을 숨겨두었을 것입니다."

하후돈은 크게 웃어넘겼다.

"한심한 소리 말아라. 복병이 있으면 복병을 깨부수면 되지 않느냐. 저 정도의 적, 설령 10면에 매복해 있다 한들 두려워할 것 없다. 쫓고 또 쫓아서 철저히 짓밟도록 하라!"

그렇게 해서 그는 어느 틈엔가 박망파로 접어들었다. 그 순간, 역시

나 한 줄기 철포 소리가 울리더니 쇠북소리, 화살이 나는 소리가 바람을 갈랐다. 깃발을 보니 유비가 이끄는 한 무리의 부대였다. 하후돈이 크게 웃으며 말했다.

"저것이 바로 적의 복병이라는 것이로구나. 가소로운 버러지 같은 놈들. 덤벼라, 단번에 짓밟아주겠다."

그러고는 달리는 말에 박차를 가했다. 사기충천한 하후돈의 병사들은 그날 밤 안으로 신야까지 달려가 단번에 적의 본거지를 떨어뜨릴 기세였다. 유비는 한 무리의 부대를 이끌고 힘껏 싸우는 듯했으나 공명으로부터 미리 받은 계책이 있었기에 더는 막지 못하는 척, 곧 조운과 하나가 되어 달아났다.

어느 틈엔가 해가 저물어 안개와도 같은 구름 위로 달이 희미하게 빛나고 있었다.

"이보게, 우금. 잠시 기다리게."

말에 채찍을 더해 앞으로 서둘러 나가던 우금이 뒤에서 들려오는 목소리에 쏟아지는 땀을 훔치며 뒤를 돌아보았다.

"이전 아닌가. 무슨 일인가?"

이전이 숨을 헐떡이며 따라와서 말했다.

"하후 도독은 어디에 계시는가?"

"성격이 급하신 대장이니 어찌 잠시라도 지체하겠는가. 말이 달리는 대로 밀고 나가, 우리는 이미 2리쯤이나 뒤처졌다네."

"너무 깊이 들어가는 것은 위험하네."

"어째서?"

"너무 무턱대고 들어가기만 하고 있어."

"일일이 짓밟으며 들어갈 필요도 없는 적일세. 이처럼 순탄하게 전진할 수 있는 것은 우리가 강하기도 하고, 적이 너무 약하기도 하기 때문일세. 그러니 무엇이 두렵겠는가?"

"적이 두려운 것은 아니나, 병서에도 험한 길이 갈수록 좁아지고, 산천이 가까이 있어 초목이 우거지면 적의 화공을 조심하라는 말이 있지 않은가? 지금 문득 그 말이 떠올랐다네."

"음, 그러고 보니 이 부근의 지세가 그 말과 다르지 않군."

우금도 갑자기 불길한 생각이 들었다. 그는 수많은 병사들을 멈추게 한 뒤 이전에게 말했다.

"자네는 여기서 후진을 지키며 잠시 사방을 잘 경계하고 있게. 아무래도 지세가 영 마음에 걸려. 나는 대장을 뒤쫓아가서 자중하라고 말씀드리겠네."

우금이 혼자 말을 달려 하후돈을 따라잡았다. 그리고 이전의 말을 그대로 전하자 하후돈도 그제야 깨닫는 바가 있는 모양이었다.

"아뿔싸, 너무 깊이 들어온 듯하구나. 왜 좀 더 일찍 말하지 않은 게냐."

그 순간, 살기라고 해야 할지, 혹은 병기兵氣라고 해야 할지, 전장에서 여러 해를 지내온 하후돈이었기에 온몸의 털이 곤두서는 듯한 오싹한 느낌을 받았다.

"모두 퇴각하라."

하지만 말 머리를 돌릴 틈도 없었다. 사면의 산과 계곡과 고개의 나무 사이에서 불꽃이 번쩍이기 시작했다. 그러고는 곧 시커먼 광풍과 함께 불길이 온 산의 나뭇가지에 옮겨붙어 계곡의 물이 구릿빛으로 들끓어 올랐다.

"복병이다!"

"화공이다!"

당황한 인마가 서로를 짓밟고 밀쳐내며 아비규환에 빠졌을 때는 이미 하늘 가득 적의 함성이 넘쳐났으며 사면에서 쇠북소리가 들려왔다.

"하후돈은 어디에 있느냐? 대낮에 하던 잠꼬대는 잊고 온 것이냐?"

조운 자룡의 목소리가 들려왔다. 천하의 하후돈도 계곡으로 떨어져 죽는 사람, 말에 짓밟혀 목숨을 잃는 사람 등 수많은 아군의 사상자를 보자 조운과 맞설 용기조차 나지 않은 모양이었다.

"말에 의지하지 말라. 말을 버리고 물을 따라 후퇴하라."

하후돈은 아군에게 그렇게 외치며 자신도 말을 버리고 간신히 몸 하나만을 건져 달아날 뿐이었다.

후진에 있던 이전이 앞쪽에서 치솟은 불길을 보고 큰일이다 싶어 급히 구원을 가려 했으나 갑자기 관우의 부대가 나타나 길을 가로막았다. 그래서 박망파에 있는 치중대를 지키려고 뒤돌아섰지만 이미 유비의 아우인 장비가 달려나와 그곳에 불을 지르고 있었다.

"불의 그물 속에 빠진 적을 한 놈도 놓쳐서는 안 된다."

칼에 맞아 죽는 사람, 불에 타 죽는 사람의 숫자를 헤아릴 수가 없었다. 하후돈, 우금, 이전 등은 물자를 나르는 수레까지 불에 타는 것을 보고 더는 어렵겠다 싶었는지 언덕을 넘어 달아나버렸다. 하지만 하후란은 장비를 만나 목숨을 잃었으며 호군護軍 한호는 불길 가득한 숲으로 내몰려 온몸에 커다란 화상을 입었다.

전쟁은 새벽이 되어서야 끝이 났다. 산은 불탔으며 계곡은 시체로 가득했다. 처참하게 피어오르는 연기 속에서 관우와 장비가 병사들을 모으며 의기양양하게 어젯밤의 전과를 둘러보았다.

"적의 시체가 3만은 족히 되겠수. 그럼 무사히 돌아간 놈들은 절반도 안 되겠는데."

"거의 전멸에 가깝구나."

"좋은 징조요. 군량 및 그 외의 전리품도 어마어마할 거요. 이처럼 대승을 거둘 수 있었던 것도 평소의 단련이 있었기 때문이오. 역시 평상시가 중요해."

"그것도 있으나……."

잠시 말끝을 흐렸던 관우가 말 머리를 나란히 하고 있는 장비의 얼굴을 보며 말을 이었다.

"이번 작전은 전부 공명의 지휘에 의한 것이니 그의 공을 인정하지 않을 수 없구나."

"음…… 계략이 맞아 떨어졌소. 그 녀석도 제법인걸."

장비는 분한 듯 몇 마디 더 던졌으나 마음속으로는 공명의 지모를 인정하지 않을 수 없었다.

잠시 뒤 전장을 뒤로하고 신야로 돌아가는데, 맞은편에서 수레 한 대가 다가오고 있었다. 말을 탄 병사와 깃발을 든 병사 등 5백여 명이 수레를 호위하고 있었다.

"누구지?"

가만히 살펴보니 수레 위에 차분히 앉아 있는 것은 군사 공명이었다. 앞쪽에서 말을 타고 호위하는 두 대장은 미축과 미방이었다.

"오오, 저것은."

"군사다."

위광은 거스를 수 없는 법이다. 관우와 장비는 그 수레를 알아보자마자 자신들도 모르게 말에서 내렸다. 그리고 수레 앞에 엎드려 지난 밤의 대승을 공명에게 보고했다.

"우리 주공의 덕과 여러분의 충성스러운 무용에 의한 것이오. 나 또한 기쁘기 그지없소."

공명이 수레 위에서 의젓하게 말해 각 장군들의 공을 치하했다. 자신보다 훨씬 나이가 많은 맹장들을 내려다보며 그렇게 말할 수 있는 것만 봐도, 그는 28세의 젊은이로 보이지 않았다.

이윽고 조운, 관평, 유봉 등이 각자의 병사들을 데리고 그곳으로 모여들었다. 관우의 양자인 관평은 적의 군량 70여 수레를 빼앗아 첫 출전에서부터 큰 공을 세웠다.

드디어 백마를 탄 유비의 모습이 보이자 전군이 승리의 함성을 지르며 그를 맞아들였다.

"무사하셨군요."

"축하드립니다."

"게다가 대승을 거두고 돌아가는 길입니다."

사람들 모두 기쁨에 넘쳐 신야로 개선했다. 펄럭이는 깃발이 길을 가득 메웠으며, 길가의 백성들이 절을 하고 춤을 추며 그들을 맞았다. 성을 지키고 있던 손건이 장로들과 함께 성문 밖에서 유비를 기다리고 있었다. 그들 모두 유비의 영명함을 칭송하고 공명의 덕을 우러렀다.

"성이 적에게 유린당하지 않은 것은 전부 우리 영주님께서 현명한 인사를 크게 쓰셨기 때문이야."

하지만 공명은 자만하지 않았다. 성으로 돌아온 며칠 후, 유비가 기뻐하며 공명을 크게 칭찬했으나 공명은 밝은 얼굴을 보이지 않았다.

"아직 안심하기는 이릅니다. 하후돈의 10만 기를 막아내 당장의 위급함은 넘겼으나 이다음에는 필시 조조가 직접 대군을 이끌고 올 것입니다. 우리의 안위는 거기에 달려 있습니다."

"조조가 직접 나선다면 그것은 쉽지 않은 싸움이 될 것이오. 북방의 원소마저 제압하고 기북, 요동, 요서까지 석권한 그 기세로 남하해온다면."

"반드시 올 것입니다. 그러니 대비를 해야 합니다. 그런데 이 신야는 너무 좁고 성도 약하여 의지할 만한 곳이 못 됩니다."

"하지만 신야를 떠난다면 갈 곳이 어디 있겠소?"

"신야를 떠나 의지해야 할 견고한 땅은……."

공명은 그렇게 말하고 가만히 주위를 둘러보았다.

* * *

공명이 낮은 목소리로 속삭였다.

"한 가지 계책이 있기는 합니다. 유표는 병이 깊어져 최근 용태가 좋지 않은 듯합니다. 이는 하늘이 주공을 도우려는 것입니다. 모쪼록 형주를 빌려 대책을 강구하시기 바랍니다. 형주는 땅이 넓고 지세가 험하며 군수와 재원 모두 풍족합니다."

유비가 머리를 흔들었다.

"좋은 계책임에는 틀림없으나 오늘의 내가 있었던 것도 전부 유표의 은혜 덕분이오. 은인의 위기를 틈타 그 땅을 빼앗는다는 것은 있을 수 없는 일이오."

"작은 의는 버리고 큰 의를 생각해야 할 때입니다. 지금 형주를 취하지 않으면 나중에 후회해도 돌이킬 수 없습니다."

"하나 인정에도 어긋나는 일이며, 의에서도 벗어나는 일이 아니오."

"이러고 있는 동안 조조의 대군이 밀려오면 어떻게 하실 생각입니까?"

"어떠한 화를 입는다 할지라도 은혜를 저버린 자라는 비난을 듣는 것보다는 나을 것이오."

"아아, 주공께서는 참으로 인자이십니다!"

공명은 더 이상 권하지도, 간하지도 않고 입을 다물어버렸다.

한편 큰소리를 치던 것과는 달리 간신히 목숨만 건져 허도로 돌아간 하후돈은, 죄인처럼 죽음을 기다린다는 의미로 눈을 가린 채 조심조심 승상부의 계하에 무릎을 꿇었다. 참으로 면목 없다는 듯한 태도였다. 자리로 나와 그를 본 조조가 쓴웃음을 지었다.

"하후돈을 풀어주어라."

조조는 턱으로 하후돈을 가리키며 좌우에 명한 뒤 계단 위로 오르는 것을 허락했다. 하후돈은 바닥에 엎드린 채 조조가 묻는 대로 전쟁의 상황을 보고했다.

"가장 큰 실책은 적의 화공을 생각지 않고 박망파를 넘어 계곡 깊숙이까지 들어간 일입니다. 그 때문에 수많은 승상의 장병을 잃었으니 저의 죄는 만 번을 죽어 마땅합니다."

"어렸을 때부터 병법을 배우고, 오늘까지 수많은 전장을 경험했으면서 좁은 길을 지날 때는 반드시 적의 화공을 조심해야 한다는 사실조차 깨닫지 못했다니, 어찌 군을 지휘할 수 있겠는가?"

"뭐라 드릴 말씀이 없습니다. 우금이 그것을 깨닫고 제게 주의를 주었으나 이미 깊숙이 들어간 후였기에 돌이킬 수 없었습니다."

"우금에게는 대장군의 자질이 있구나. 그대도 원래는 평범한 장군이 아닐 터, 다음 기회에 오늘의 치욕을 씻도록 하시오."

조조는 그렇게 야단을 쳤을 뿐 죄를 묻지는 않았다.

그해 7월 하순, 조조는 80만여 명의 대군을 일으켰다. 그는 다음 날 선봉을 네 개의 군단으로 나누고 중군을 다섯 개의 부대로 편성한 뒤 유격부대와 치중대를 뒤따르게 하여 허도를 출발한다고 호령했다.

그러자 중태부中太夫 공융이 조조에게 간언했다.

"북쪽을 정벌할 때도 이와 같은 대군은 일으키지 않았습니다. 이처럼 대군을 동원하여 전쟁에 임하면 틀림없이 낙양, 장안 이후의 참화慘禍가 일어날 것입니다. 그렇게 되면 많은 병사를 잃고 백성들을 괴롭히게 되는 것이니, 천하의 원망이 전부 승상께로 향할지 모릅니다. 유비는 한실의 종친으로 조정을 거역한 적이 없습니다. 오의 손권 또한 불의를 저지른 적이 없고, 그 세력은 강동과 강남의 6개 군에 걸쳐져 있으며, 장강의 요해를 점하고 있기 때문에 아무리 힘으로 들이친다 해도……."

"닥쳐라! 출전을 앞두고 무슨 소리를 하는 게냐. 입을 더 놀리면 목을 베겠다."

조조는 한마디 외침으로 그를 물리쳤다. 공융은 분개하여 승상부의 문을 나서며 중얼거렸다.

"어질지 못함으로 어짊을 치는구나. 어찌 이기겠는가."

말을 돌보는 사람이 그 말을 듣고는 자신의 주인에게 고자질을 했다. 그의 주인은 평소 공융과 사이가 좋지 않았던 극려郗慮였다. 그는 당장 조조에게로 달려가 있는 말 없는 말로 참언을 했다.

그는 사소한 일을 커다랗게 부풀려 조조에게 고했다. 그리고 주인의 자리에 있는 사람의 자부심과 약점을 부추겼다. 참언을 하는 신하들이 상투적으로 쓰는 수법이었다. 조조는 결코 그런 소인배들의 말을 귀담아들을 정도로 어리석은 사람이 아니었다. 하지만 어떤 인물이라 할지라도 큰 조직 위에 군림하여 이른바 왕자王者의 심리를 갖게 되면, 처음 뜻을 세웠을 때의 극기와 반성을 잃게 되는 법이었다. 모든 인간에게 공통된 사소한 감정이 아무런 제어도 받지 않은 채 보통 사람 이상으로 노출되었다.

무능한 소인배는 감언과 아첨을 자신의 직무인 양 열심히 수행한다. 조조 주위에는 언제나 쓴소리로 그의 약점을 보좌한 순욱과 같은 양신良臣도 있었으나 그와 반대되는 사람도 많았다.

"아무래도 공융은 승상에 대해 원한을 품고 있는 듯합니다. 어젯밤에도 퇴청할 때 홀로 '어질지 못함으로 어짊을 치니 어찌 이기겠는가' 하고 욕을 하며 돌아갔습니다. 또 평소의 언행을 생각해봐도 의심스러운 점이 한두 가지가 아닙니다."

극려는 있는 말 없는 말 다 동원하여 평소 자신이 가슴에 품고 있던 앙심을 전부 쏟아내었다.

"언젠가 승상께서 금주령을 내리셨을 때도 공융은 웃으며 '하늘에 주기酒旗가 있고 땅에 주군酒郡이 있는데 사람에게 기쁨의 샘이 없다면 세상에 어떤 환성歡聲이 있겠는가. 백성들에게 술을 금하게 할 정도이니 이제는 곧 혼인까지도 금할 것이다'라고 터무니없는 폭언을 했습니다."

"……."

"또한 벌써 오래전의 일입니다만, 조정의 연회에서 알몸뚱이로 승상을 욕되게 한 예형, 그 기설 학인과 공융은 오래전부터 친분이 있었는데 나중에 알고 보니 예형이 그런 몹쓸 장난을 친 것도 전부 공융이 부추겼기 때문이랍니다."

"……."

"그뿐만이 아닙니다. 그는 형주의 유표와 꽤 오래전부터 서신을 주고받았습니다. 또한 유비와는 특히 막역한 사이라고 하니 불시에 그의 가택을 수색하면 틀림없이 뜻밖의 증거를 얻을 수 있을 것입니다. 내일 형주로 출발하기 전에 그 사실만은 분명히 밝히시고 출진하시기 바랍니다."

"……."

조조는 오랜 시간 동안 극려 혼자 이야기하게 내버려두었다. 그는 한마디도 하지 않았으나 매우 언짢은 표정을 짓고 있었다. 그리고 극려의 말이 끝나자마자 갑자기 턱을 들어 파리라도 내쫓듯 그를 눈앞에서 내몰았다.

"시끄럽다. 그만 물러나라."

과연 극려의 속마음을 꿰뚫어본 것인가 싶었으나 그렇지만도 않은 듯했다. 아니, 그 반대였다. 곧 정위廷尉를 불러 명령했다.

"당장 달려가라."

정위는 한 무리의 무사들과 포리捕吏들을 데리고 가서 불시에 공융의 집을 덮쳤다. 공융은 아무런 저항도 하지 못한 채 붙잡히고 말았다. 하인이 안채로 달려 들어가 그곳에 있던 공융의 아들들에게 울며 소식을 알렸다.

"크, 큰일입니다. 나리께서 지금 정위에게 붙잡혀 밖으로 끌려가셨습니다."

"둥지가 이미 부서졌는데 깨지지 않는 알이 어디 있겠느냐."

두 아들은 바둑을 두고 있었는데, 조금도 놀라지 않고 그렇게 말한 뒤 두어 수를 더 두었다. 물론 뒤따라 들어온 포리와 무사들의 손에 잡혀 형제 모두 목숨을 잃었다. 또한 집은 불태워졌고, 부자와 일족의 목은 거리에 내걸렸다.

"어찌 그리하셨습니까?"

나중에 그 사실을 안 순욱이 씁쓸하다는 듯 말했다. 하지만 평소와 달리 조조에게 간언은 하지 않았다. 뒤늦게 간언해봐야 소용없는 일이며, 또 입을 다물고 있는 것도 간언을 하는 방법 중 하나라 생각했던 것이다.

조조가 직접 허도의 대군을 이끌고 남하를 시작하자, 전령들이 다급한 상황을 알리기 위해 뻔질나게 성을 드나들었다. 하지만 형주의 유표는 병이 더욱 깊어져 병상만을 지키고 있었다.

"자네와 나는 한실의 종친, 나의 친아우처럼 생각하고 있으니……."

유표는 유비를 병실로 불러 가쁜 숨을 내쉬며 이야기했다.

"내가 세상을 떠난 뒤 자네가 이 땅을 물려받는다 한들 누가 자네를 욕하겠는가? 자네가 빼앗았다는 말을 아무도 하지 못하도록 내가 유언장에 남기도록 하겠네."

유비는 굳이 사양했다.

"참으로 지엄하신 명령입니다만, 태수님께는 아드님들이 계시지 않습니까? 제가 태수님의 뒤를 이을 필요가 어디 있겠습니까?"

"아닐세, 그 아이들의 장래도 자네가 보살펴준다면 더욱 안심할 수 있을 듯하네. 부디 자네가 형주를 물려받아 그 부족한 아이들을 도와줬으면 하네."

유언과 다를 바 없는 간절한 부탁이었으나 유비는 끝까지 받아들이지 않았다. 후에 그 말을 들은 공명이 한탄하며 말했다.

"의를 지키려는 주공의 마음이 형주를 더욱 커다란 재앙으로 몰아넣을 것입니다."

그 후 유표의 병은 더욱 깊어져갈 뿐이었다. 그러한 때, 백만 대군이 이미 허도를 출발했다는 소식을 들은 유표는 정신이 아득해질 만큼 놀라 유서를 써서 뒷일을 유비에게 부탁했다. 유비가 맡아주지 못하겠다면 장남인 유기를 형주의 주인으로 세워달라는 내용이었다. 이에 채부인은 마음이 편치 않았다. 그녀의 오빠인 채모와 심복 장윤張允 역시 밤낮으로 일을 논의했다.

"어떻게 해야 기를 배척하고 종을 주인의 자리에 세울 수 있겠소?"

그런 줄도 모르고 유표의 장남 유기는 아버지의 위독함을 듣고 멀리 강하에서 서둘러 형주로 돌아왔다. 객사에도 들지 않고 바로 성으로 들어가려 했으나 굳게 닫힌 내문內門이 그를 거부하며 안으로 들이려 하지 않았다.

"아버지를 간호하기 위해 멀리 강하에서 급히 달려온 유기다. 성문을 지키는 자는 어서 문을 열어라."

그러자 문 안쪽에서 채모가 큰 소리로 답했다.

"아버지의 명령으로 국경을 지키러 간 자가 요지인 강하를 버리고 함부로 돌아오다니 있을 수 없는 일이다. 대체 누구의 허락을 받고 여기에 온 것이냐. 너의 임무가 막중함을 잊은 것이냐? 아무리 장남이라 할지라도 이곳을 지날 수는 없다. 어서 강하로 돌아가라!"

"채모 숙부님이 아니십니까? 이렇게 먼 길을 달려왔는데, 안으로 들이지 못하겠다니, 너무 무정하십니다. 바로 강하로 돌아갈 테니 아버지의 얼굴만이라도 한번 볼 수 있게 해주십시오."

"괘씸하구나! 아무리 병환 중이시라고는 하나 너의 얼굴을 보면 화를 내실 것이 뻔하다. 병을 더욱 깊게 할 뿐이니 이는 효도에도 어긋나는 일이다. 불효를 저지르기 위해 일부러 달려온 것이냐?"

채모는 숙부의 권위까지 더해 더욱 엄한 목소리로 야단을 쳐 유기를 내쫓았다. 유기는 한동안 문밖에 서서 통곡을 하다 결국 풀이 죽은 모습으로 말 머리를 돌렸다.

8월 무신일戊申日, 유표는 마침내 세상을 떠났다. 그러자 채 부인과 채모, 장윤 등은 가짜 유언장을 만들어 세상에 공표했다.

형주의 통統은 차남 유종으로 하여금 잇게 하라.

채 부인이 낳은 둘째 유종은 아직 열네 살밖에 되지 않았으나 매우 총명했다. 하루는 신하들이 있는 자리에서 유종이 물었다.

"돌아가신 아버지의 유언이라고는 하나 강하에는 형님이 계시고 신야에는 유비 숙부님이 계십니다. 만약 형님이나 숙부님이 노하시어 병사를 이끌고 와서 죄를 묻는다면 어떻게 해야 합니까?"

그 말을 들은 채 부인과 채모는 얼굴이 창백해질 정도로 당황했다. 그러자 끝자리에 앉아 있던 이규李珪가 자신의 생각을 거침없이 이야기했다.

"참으로 지당하신 걱정입니다. 그야말로 천진난만, 지금 주공께서 하신 말씀은 인간의 선성善性에서 나온 말입니다. 군신 사이에는 도리가 있고, 형제 사이에는 순서가 있는 법이니 형님을 두고 아버지의 뒤를 잇는다는 것은 애초부터 순리에 크게 어긋나는 일입니다. 급히 강하로 사자를 보내 형님으로 하여금 아버지의 뒤를 잇게 하시고 유비에게 보좌를 맡겨 우선은 내정을 바로잡으십시오. 그 후 북쪽의 조조를 막고 남쪽의 손권과 맞서며 상하 일체가 되지 않는다면 우리 형주는 파멸을 피할 수 없을 것입니다!"

채모가 불같이 화를 내며 그에게 고함을 질렀다.

"함부로 입을 놀려 돌아가신 주공의 유언을 욕되게 하고 내부의 인심을 어지럽히는 역신, 닥쳐라!"

그러고는 무사들과 함께 그를 밖으로 끌어냈다. 이규는 겁먹지 않고 계속해서 외쳐댔다.

"내정의 중추에 있는 자들부터 순리를 어기고 법을 깨는데, 어찌 외부의 적을 막을 수 있겠느냐? 우리 형주가 망하는 것이 눈에 보이는 듯하구나!"

순간 채모가 휘두른 칼 밑으로 그의 가엾은 목이 굴러떨어졌다. 채모는 시체를 거리의 도랑에 버렸는데, 그 말을 듣고 눈물을 흘리지 않은 백성이 없었다.

양양에서 동쪽으로 40리 떨어진 한양漢陽의 장려한 묘소에 유표의 관이 묻혔다. 채씨 일족은 유종을 세워 새로운 주인으로 삼고, 이후 자신들의 뜻대로 형주를 마음껏 주물렀다. 하지만 커다란 재앙이 코앞에 닥친 상황이었기에, 생각이 있는 사람들은 그러한 태세로 그 재앙을 극복할 수 있을지 내심 걱정하고 있었다.

채 부인은 유종을 데리고 군정軍政의 본영을 양양성으로 옮겨갔다. 쉴 새 없이 남하해온 조조의 대군은 그때 이미 완성 근처에 이르러 있었다. 어린 주인과 채 부인을 앞에 앉혀놓고 채모, 괴월 이하 숙장과 군신들 모두 연일 회의에 여념이 없었다.

"일전을 피할 수 없겠소."

군부에서는 주전론을 주장하는 분위기가 농후했으나 문관 쪽에서는 여전히 이론이 분분했다. 그 가운데 동조東曹의 연掾으로 있던 공제公悌는 방비가 부족하다며 비전론을 주장했다.

"우리에게는 세 가지 약점이 있습니다. 첫 번째는 강하의 유기가 주공의 형임에도 불구하고 완전히 배제되었다는 불만을 품고 언제 형주의 배후를 칠지 알 수 없다는 것입니다. 두 번째는 유비의 존재입니다. 게다가 유비가 머물러 있는 신야는 양양과 강 하나를 사이에 둔 근거리에 있습니다. 그러니 유비가 어떻게 움직일지 알 수 없습니다. 세 번째는 전 태수인 유표가 세상을 떠난 지 얼마 되지 않았기에 신하들의 마음이 일치되지 않고 내정의 개혁 등 모든 방비가 부족해 임전태세에 이르지 못했다는 점입니다."

"그 말씀에 저도 동의합니다. 그 외에도 불리한 점이 세 가지 더 있습니다."

뒤이어 산양山陽 고평高平 사람이며 자가 중선仲宣인 왕찬王粲이 일어나 전쟁이 불가한 세 가지 이유를 역설했다.

"첫째, 조조의 백만 대군은 조정을 업고 있으니 맞서는 자는 역신이라는 오명을 입게 됩니다. 둘째, 조조의 위세는 뇌전雷電과 같으며 그의 강병은 오래전부터 이름이 높으나 형주의 병사들은 오래도록 실전 경험이 없습니다. 셋째, 설령 유비에게 의지한다 할지라도 조조는 유비가 막아낼 수 있는 사람이 아닙니다. 만약 그에게 조조를 꺾을 만큼의 힘이 있다면 무엇 때문에 주공의 밑에 머물러 있겠습니까."

공제가 말한 세 가지 약점, 왕찬이 든 세 가지 해로움, 이렇게 늘어놓고 보니 조조의 백만 대군에 맞서 형주가 승리를 거둘 수 있을 만한 강점은 어디에도 없는 듯 보였다. 결국 항복하는 길밖에 없었다. 곧 화친을 청하는 글을 받아든 양양의 사자가 남진 중인 조조에게로 급히 파견되었다.

* * *

그때 백만 대군은 하남의 완성(남양)에 이르러, 근처 현의 곡식과 군수품을 징발하고 다시 진격하기 위해 재정비를 하고 있었다. 그곳으로 항복을 청하기 위해 형주의 사자 송충宋忠 일행이 찾아왔다. 송충은 완성 안에서 조조를 만나 항복의 뜻이 담긴 글을 건네주었다.

"유종의 곁에는 현명한 신하들이 많은 모양이로군."

조조는 매우 만족해했다. 그리고 사자를 칭찬한 뒤 이렇게 말했다.

"유종을 충렬후忠烈侯에 봉하고 오래도록 형주태수에 머물 수 있도록 해주겠소. 우리 군이 곧 형주로 들어갈 테니 그때 성 밖으로 나와 이 조조를 맞으라 하시오. 그때 유종을 만나 친히 뜻을 전하도록 하겠소."

송충 일행은 의복과 말을 받아 다시 형주로 향했다. 그러던 중 강을 건너 나루터 위로 올라섰을 때, 한 무리의 인마가 그들에게로 달려왔다.

"멈춰라, 어디서 온 자들이냐?"

말 위에 앉아 묻는 장군을 바라보니 그 주변을 지키는 관우였다.

송충은 '아차!' 싶었으나 도망치려 해도 도망칠 수가 없었다. 그는 관우의 심문에 모든 사실을 솔직하게 털어놓았다.

"항복을 청하는 글을 가지고 조조 진영에 다녀오는 길이란 말이냐?"

뜻밖의 말이었기에 관우는 놀라지 않을 수 없었다.

"이는 나 혼자서만 알고 있을 수 없는 일이다."

그는 송충을 붙들어 다짜고짜 신야로 끌고 갔다. 신야 내부에서도 그 이야기를 듣고 모두 깜짝 놀랐다.

"어찌 된 일이란 말이냐!"

특히 유비는 비통한 눈물을 흘리며 거의 혼절할 지경에 이르렀다.

"송충의 목을 치고 바로 군대를 일으켜 형주를 빼앗읍시다. 그렇게 하면 조조에게 보낸 글은 무언중에 말살되어 그 효력을 잃게 될 게요."

쉽게 흥분하는 장비가 주위 사람들을 동요케 했다. 송충은 온몸을 부들부들 떨며 성안에 가득 찬 분하고 비통한 분위기를 말없이 바라보기만 했다.

"이제 와서 네 목을 친들 무슨 도움이 되겠느냐. 너는 그냥 돌아가도록 해라."

유비는 그를 용서하고 성 밖으로 내보내주었다. 그때 형주의 빈객으로 있는 이적이 유비를 찾아왔다. 송충을 보내준 뒤 유비는 공명과 그 외의 신하들을 모아놓고 회의를 진행 중이었다. 하지만 이적이 왔다는 말을 듣고 그를 자리로 불러들여 평소의 소원함을 사과했다. 이적은 채 부인과 채모가 유기를 무시하고 동생 유종을 형주의 주인으로 세운 일에 통분을 느끼고, 그 울분을 유비에게 호소하러 온 것이었다.

유비가 이적의 마음을 위로해주었다.

"그와 같은 근심을 품고 있는 자는 귀공만이 아니오. 하지만 그 근심은 그나마 가벼운 것이라 할 수 있소. 귀공께서 알고 계신 것은 그 일뿐일 테지만, 더욱 비통한 일이 일어나고 있소."

"무엇입니까, 그 이상으로 비통한 일이란?"

"전 태수가 돌아가신 뒤 아직 무덤의 흙도 마르지 않았는데, 이 형주의 9개 주를 들어 조조에게 항복하겠다는 글을 보냈다 하오."

"그게 사실입니까?"

"어찌 거짓을 말하겠소."

"그것이 사실이라면 장군께서는 어찌 문상을 핑계로 양양에 가서 어린 주인 유종을 빼앗아 이쪽에 데려다놓고 채모와 채 부인 등의 간당벌족奸黨閥族을 일소하지 않으시는 것입니까?"

평소 온후하던 이적조차 화난 빛을 내보이며 유비에게 따지듯 물었다. 그러자 공명도 유비에게 권했다.

"이적의 말이 옳습니다. 지금이야말로 결단을 내려야 할 때입니다."

한동안 눈물만 흘리던 유비가 대답했다.

"그럴 수 없네. 돌아가시기에 앞서 어린 자식들의 미래를 걱정하여, 내게 돌봐줄 것을 부탁한 유표 태수님을 생각하면 그 신의를 저버릴 수가 없네."

공명이 혀를 차며 대체 싸울 마음은 있는 것이냐고 따지는 듯한 어조로 물었다.

"이러한 때 형주를 취하지 않고 망설이시다니, 조조의 침공을 그냥 바라보고만 계실 생각입니까?"

유비가 혼자 모든 일을 결정해버린 듯 말했다.

"어쩔 수 없는 일이오. 이렇게 된 이상 신야를 버리고 번성으로 들어갈 수밖에 없겠소."

그때 전령이 말을 급히 달려와 성안에 고했다.

"조조의 선봉이 이미 박망파에 이르렀습니다."

이적은 황급히 돌아갔다. 성안에는 이미 심상치 않은 분위기가 짙게 감돌고 있었다.

"어쨌든 이 공명이 있으니 너무 심려 마시기 바랍니다."

공명은 유비를 위로한 뒤 곧 각 장군들에게 명령을 내리기 시작했다.

"방어전의 첫 번째 임무로, 우선은 성의 네 개 문에 '농민, 상인, 남녀노소를 막론하고 성안의 모든 백성들은 피난 준비를 하라. 영주를 따라 난을 피하라. 지체하는 자는 조조의 손에 모두 죽으리라'고 적은 방을 높이 내걸도록 하시오."

그리고 순서에 따라 다음에 해야 할 일을 지시했다.

"손건은 배를 모아 서하西河 강변으로 가서 피난민들이 강을 건널 수 있도록 해주시오. 미축은 그 백성들을 데리고 번성으로 들어가도록 하시오. 그리고 관우는 천여 기를 이끌고 백하白河의 상류로 가서 매복하되, 흙을 담은 자루를 쌓아 강물을 막아두도록 하시오."

공명은 각 장군들의 얼굴을 둘러보며 잠시 말을 쉬었다가, 관우의 얼굴을 보며 다시 말을 이었다.

"내일 밤 삼경쯤, 하류에서 말 울부짖는 소리와 병사들의 외침이 시끄럽게 들려오면 곧 조조군이 어지러워진 것이라 생각하시오. 상류에 있는 관우의 부대는 곧 자루를 헐어 넘쳐흐르는 격류와 함께 일제히 적을 공격하도록 하시오. 그리고 장비는 천여 기를 이끌고 가서 백하의 나루터에 숨어 있다가 관우와 하나가 되어 조조의 중군을 철저히 짓밟도록 하시오."

공명의 눈동자가 관우에게서 장비의 얼굴로 옮겨갔다. 장비는 그 둥그런 눈을 번쩍이며 크게 고개를 끄덕였다.

"그리고 조운!"

공명이 조운의 이름을 불렀다. 각 장군들 사이에서 조운이 씩씩하게 대답하며 한 걸음 앞으로 나섰다. 공명이 엄숙하게 말했다.

"장군께는 병사 3천 명을 주겠소. 마른풀, 갈대, 억새 등을 충분히 준비하시오. 유황과 염초를 싸서 신야성의 누 위에 쌓아두도록 하시오. 내일 날씨를 보건대 틀림없이 저녁부터 바람이 많이 불 것이오. 바람이 불기 시작하면 승리감에 취한 조조군은 별생각 없이 성안으로 진을 옮길 것이오. 장군은 병사를 서문, 북문, 남문 세 방면으로 나눈 후 적이 진을 옮기고 나면 불화살과 철포, 불붙인 돌 등을 던지고, 성벽 전체가 화염에 휩싸이면 일제히 동문으로 달려가시오. 그러면 성안의 병사들은 당황하여 전부 동문으로 쏟아져 나올 것이오. 그들이 혼란한 틈을 타 마음껏 짓밟은 뒤 됐다 싶으면 얼른 병사들을 물리시오. 그리고 백하의 나루터까지 가서 관우, 장비 두 장군의 부대와 합류하면 되오. 그런 다음 서둘러 번성으로 가도록 하시오."

모든 지령이 끝났다. 명을 받은 각 장군들은 씩씩하게 일어나 자리를 떠났다. 그런데 그 자리에는 여전히 미방과 유봉이 남아 있었다.

"두 사람에게는 이것을 주겠소."

공명은 두 사람을 특히 가까이로 불러 미방에게는 홍기를, 유봉에게는 청기를 건네주었다. 두 장군도 공명의 명령을 받은 후 각자 천여 기를 이끌고, 신야에서 약 30리 떨어진 작미파鵲尾坡로 급히 달려갔다.

조조는 총군 사령부를 여전히 완성에 둔 채 정세를 살피고 있었으나 조인, 조홍을 대장으로 하는 선봉 제1군 10만 명은 허저의 정병 3천 명을 더해 그날 이미 신야의 교외까지 쇄도해 들어갔다. 정오 무렵, 그들은 일단 병마를 쉬게 한 다음, 길잡이를 불러 그곳에서 신야까지의 거리를 물었다.

"30여 리쯤 됩니다."

"이곳의 이름은?"

"작미파입니다."

그사이 정찰을 나갔던 수십 기가 돌아와 결과를 보고했다.

"이곳에서 조금 더 앞으로 나가면 산에 의지하여 진을 친 적과 봉우리를 따라 진을 친 적이 있습니다. 저희를 보고 한쪽 산에서 청기를 흔들자 다른 쪽 봉우리에서 홍기로 답했습니다. 아무래도 서로 호응하며 충분히 대비를 하고 있는 듯합니다. 병력의 숫자는 정확히 파악하지 못했습니다만……."

그 말을 듣자 허저는 자신이 부딪쳐보겠다며 수하 3천 명을 데리고 깊숙이 전진해나갔다. 하지만 숲이 우거진 봉우리들, 바위로 가득한 산과 등성이와 같이 지형이 복잡해서 적의 상황을 잘 파악할 수가 없었다. 그 순간 한쪽 봉우리에서 홍기가 움직이기 시작했다.

"아아, 저거로군."

뒤쪽 산의 정상 부근에서 청기를 흔드는 모습이 눈에 들어왔다. 서로 어떤 신호를 주고받는 듯했다. 허저는 망설였다. 산에 나무들이 우거진 것으로 봐서 숨을 죽이고 숨어 있는 적의 수가 많을 것 같다는 생각이 들었다. 허저는 함부로 덤벼들어서는 안 되겠다 싶었기에 아군 병사들에게 결코 공격을 가해서는 안 된다고 엄하게 주의를 주었다. 그리고 혼자 말을 되돌려가서는 조인에게 상황을 고한 후 지령을 기다렸다. 조인이 코웃음을 치며 말했다.

"오늘의 진격은 이번 전쟁의 서전이니 누구나 조심을 해야 할 테지만, 그렇다 해도 평소의 귀공답지 않게 망설이시는 게 아니오. 병兵에는 허실이 있으니 실實인 것처럼 보이나 허虛, 허인 것처럼 보이나 실. 지금 말한 홍기, 청기 따위도 조심하지 않고 보란 듯이 흔들고 있으니, 이는 곧 우리를 의심케 하기 위한 작전이오. 조금도 망설일 필요 없소."

허저는 다시 작미파로 돌아가서 병사들에게 계속 진군할 것을 명령했다. 하지만 적병은 한 명도 나오지 않았다. 한 걸음 한 걸음, 적의 복병을 경계하며 긴장을 늦추지 않고 앞으로 나아갔으나 막으러 나오는 적도 저지하기 위해 달려드는 적도 없었다. 그렇게 되자 오히려 한층 더 불길한 기분에 휩싸이게 되었다. 해는 어느 틈엔가 서산으로 기울어 산자락이 어두워졌으며, 동쪽 봉우리 한쪽이 저녁달로 희미하게 밝아왔다.

"앗, 이 소리는?"

3천여 기의 발소리가 뚝 끊겼다. 사람들은 귀를 기울이며 그 밝은 하늘 한쪽을 올려다보았다. 달은 보이지 않았으나 하늘은 물처럼 맑았다.

우뚝 솟아 있는 산의 정상에 적 하나가 서서 뿔피리를 불고 있었다. 무엇을 부르는 것인지 피리 소리는 꼬리를 길게 늘이며 온 산으로 음산하게 메아리쳐 나갔다.

"저건?"

허저가 이상히 여기며 자세히 살펴보니 봉우리 정상의 약간 평평한 곳에 한 무리의 기치를 세워놓고 산개傘蓋를 펼쳐 마주 앉아 있는 두 사람의 모습이 보였다. 달이 점점 떠올라 그 모습을 분명히 알아볼 수 있게 되었다. 한 명은 대장 유비, 또 한 명은 군사 공명이었는데, 두 사람은 마주 앉아 달을 바라보며 술을 마시고 있었다.

"우리를 어찌 이리도 우습게 본단 말이냐. 단번에 짓밟아라."

허저는 우롱당한 기분이 들었다. 그의 불같은 명령에 병사들이 이리떼가 울부짖듯 산의 절벽에 매달렸다. 그러자 싸움의 시작을 알리듯 그 위에서부터 바위와 통나무가 비처럼 쏟아져 내렸다.

한 덩이의 바위와 한 개의 통나무에 수십이나 되는 인마가 쓰러졌다. 허저는 도저히 당해낼 수 없어 급히 병사들을 물리고, 다른 공격 방법을 찾았다. 저쪽의 봉우리, 이쪽의 산, 뿔피리와 쇠북이 서로 호응하며 울리는 소리가 들려왔다.

"퇴로를 차단당해서는 안 된다."

허저는 적이 어디에 숨어 있을지를 끊임없이 생각했다. 그러는 사이 조인, 조홍 등의 본군도 그곳에 도착했다.

"어린아이의 장난과도 같은 적의 작전이다. 마취에 걸려서는 안 된다. 아무것도 걱정할 것 없으니 계속 전진하라."

조인은 허저와 병사들을 꾸짖으며 거침없이 전진했다. 그는 마침내 신야의 거리까지 밀고 들어갔다.

"이 거리의 모습을 잘 보아라. 이로써 적의 허실도 알 수 있지 않겠느냐?"

조인은 자신의 생각이 맞았음을 자랑했다. 성 밑에도 거리에도 적의 그림자는 보이지 않았다. 뿐만 아니라 백성들의 집도 전부 텅텅 비어 있었다. 남녀노소는 물론 젖먹이의 울음소리 하나 들려오지 않는 죽음의 거리였다.

"유비와 공명은 더는 막아낼 방법이 없어 장병들과 영민 모두를 데리고 일찌감치 달아난 모양이로구나. 달아나는 발걸음만은 누구보다 빠른 듯하다."

조홍과 허저도 웃었다.

"뒤따라가 섬멸전을 펼칩시다."

그렇게 주장하는 사람도 있었으나 인마도 지쳤고 아직 저녁도 먹지 못한 상태였다. 오늘 밤은 이곳에서 머물고 내일 새벽부터 추격해도 늦지 않을 것이라 생각했기에 전군에게 휴식 명령을 내렸다. 얼마 후, 바람이 거세져 어둠에 잠긴 거리에 흙먼지가 심하게 날리기 시작했다. 조인, 조홍 등은 관아의 건물 안에서 술을 마시고 있었다. 그런데 보초를 서던 병사가 밖에서 소리를 지르며 소란을 피웠다.

"불이야, 불이야!"

부장들이 잔을 놓고 급히 달려나가려 했으나 조인은 그들을 말리며 여유를 보였다.

"병사들이 밥을 짓다 실수로 불을 낸 거겠지. 우리가 당황한 모습을 보이면 전군에 영향이 미치네. 소란 피울 것 없네."

그런데 바깥의 소란은 그칠 줄 몰랐다. 그때 서, 남, 북 세 문은 이미 불바다가 되었다는 보고가 들어왔다. 불길이 활활 치솟는 소리, 인마의 발소리, 심상치 않은 분위기가 느껴졌다.

"앗, 적이다!"

"적의 화공이다!"

부장들의 외침에 조홍, 조인도 간담이 서늘해져 밖으로 나가보았으나 때는 이미 늦었다. 성 전체가 검은 연기에 휩싸여 있었다. 말은 어디 있느냐, 갑옷을 가져와라, 창은 어디에 두었느냐, 허둥지둥하는 사이에도 연기가 눈을 가리고 코를 찔렀다. 게다가 불은 바람을 부르고, 바람은 다시 불을 불렀다. 사방 팔면이 불길에 휩싸이는가 싶더니 성벽에 솟아 있는 3층 전루와 거기에 이어져 있는 높은 각들도 전부 굉음을 울리며 자폭하여 하늘로는 불기둥이 치솟고 땅으로는 불의 비가 쏟아졌다. '와아' 소리를 지르며 서문으로 달아나면 서문도 불구덩이, 남문으로 달려가면 남문도 불구덩이였다. 안 되겠다 싶어 북문으로 우르르 몰려갔더니 그곳은 대지까지 불에 타고 있었다.

"동문에는 불이 없다."

너 나 할 것 없이 외치며 수만이나 되는 인마가 앞다퉈 동문으로 몰려갔다. 서로가 서로의 팔다리를 밟아 부러뜨리고, 머리 위로는 비처럼 불이 쏟아져 불에 타 죽는 사람이 몇천 명이나 되는지 알 수 없었다.

조인, 조홍 등은 간신히 불 속에서 탈출했으나 길에서 기다리고 있던 조운에게 가로막혀 처참할 정도로 짓밟혔다. 서둘러 뒤로 돌아가니 유봉, 미방이 한 무리의 병사들을 이끌고 와서 길을 가로막았다. 깜짝 놀라 다시 백하 부근까지 달아나 잠깐 숨을 돌리며 말에게 물을 먹였다. 뒤따라온 장병들도 앞다퉈 강물에 입을 댔다. 그 순간 상류에 미리 매복해 있던 관우의 귀에 멀리서 병마가 울부짖는 소리가 들려왔다.

"지금이다!"

관우는 공명의 계책대로 쌓아두었던 자루를 일제히 허물었다. 마치 홍수와도 같은 탁류가 어둠 속을 울부짖으며 흘러내려 조조군의 수만 명의 병사들을 그대로 집어삼켰다.

* * *

소용돌이치는 강물, 산처럼 밀려오는 파도, 절벽에 부딪혀 부서지는 물보라. 그날 밤 백하白河에 빠져 죽은 인마人馬가 얼마인지 그 수를 헤아릴 수 없었다. 보가 무너지자 밀려든 강물의 기세가 잠시 주춤했다. 하지만 격류는 여전히 절벽을 휘감으며 소용돌이쳤다.

다행히 조인曹仁과 조홍曹洪은 이 대난에서 간신히 벗어나 박릉博陵의 나루까지 도망쳐왔다. 그런데 갑자기 한 무리의 군마가 길을 막아서며 소리쳤다.

"이놈들, 연인燕人 장비가 여기 있는데 어디로 도망치려 하느냐."

조조군은 이곳에서 다시 궤멸당했다. 그들의 시신이 산을 뒤덮었고 피가 강물을 물들였다. 조인의 목숨도 위태로웠는데 되돌아온 허저許

褚가 장비와 몇 수 겨루는 동안 구사일생으로 목숨을 건졌다.

"하하, 오랜만에 가슴이 뻥 뚫리는 듯하구나. 혼쭐을 내줬으니 이만 하고 돌아가자."

장비는 군사를 수습해 강기슭을 따라 올라갔다. 그러다 미리 의논했던 대로 유비, 공명과 합류했다. 그곳에는 유봉劉封과 미방糜芳 등이 배를 준비해 기다리고 있었다. 유비 휘하의 전군이 강을 다 건넜을 때에는 이미 동이 트고 있었다. 공명은 명을 내려 배를 전부 불태우라 지시한 뒤, 무사히 번성樊城에 입성했다.

이 대패는 곧 완성宛城에 있는 조조의 귀에 들어갔다. 조조는 모든 패인이 공명의 지휘 때문인 것을 듣고 한낱 촌부에 불과한 제갈량에게 당했다며 노발대발했다.

조조는 이미 대군에게 명령해 신야新野, 백하, 번성 등을 일거에 공략하기 위해 출정하려던 참이었다. 하지만 본영에 있던 유엽劉曄이 조조에게 간절히 간했다.

"승상의 위명과 인자는 하북河北에서는 널리 알려져 있습니다만, 이곳의 민심은 오로지 두려움만을 알 뿐, 승상의 인애나 승상을 섬기는 은혜를 알지 못합니다. 이에 유비는 백성을 회유하여 자기편으로 삼아, 북군을 두려워하게 만들어 남녀노소 할 것 없이 모든 백성을 데리고 번성으로 들어가버렸습니다. 이러한 때에 저희 대군이 신야, 번성 등지를 짓밟아서 그 위세를 떨치면 떨칠수록 민심은 더욱 승상을 두려워하고 북군을 경원하게 되어, 승상의 덕에 따르지 않을 것입니다. 백성이 없으면 어떠한 영토를 빼앗아도 황야에서 꽃을 구하려는 것과 같습니다. 그러하니 우선은 유비에게 사자를 보내어 항복을 권하는 것이 좋을 듯싶습니다. 유비가 항복하지 않으면 민심의 원망은 유비에게 향할 것이고, 그러면 곧 형주荊州를 손에 넣을 수 있을 것입니다. 이미 형주를 지배한다면 오를 공략하는 것은 손쉬운 일이며, 천하통일의 패업도 머지않을 것입니다. 부디 일개 유비의 장난 따위에 개의치 마셔서, 귀중한 병마를 잃지 않고, 백성에게 원성을 사지 않아야 합니다."

유엽의 직언은 대국적이라 한때 격분했던 조조도 충분히 납득할 수 있는 말이었다.

"그렇다면 대체 누구를 사자로 보내는 것이 좋겠소."

유엽이 한마디로 말했다.

"서서徐庶가 적임입니다."

"서서를 유비에게 보내면 다시 돌아오겠는가?"

조조는 바보 같은 소리 하지 말라는 듯 유엽의 얼굴을 곁눈질로 보았다. 그러고는 입을 꾹 다문 채 코로 크게 숨을 쉬었다.

"아닙니다. 유비와 서서의 우정은 만천하가 아는 일이지만, 그 때문에 만일 서서가 신의를 저버리고 돌아오지 않는다면 천하의 웃음거리가 될 것입니다. 서서 이외의 적임자는 없습니다."

"과연 일리 있는 말이오."

조조는 곧바로 서서를 불러들여 근엄하게 군명을 내렸다.

***

서서는 곧 번성으로 출발했다.

"뭐, 서서가 조조의 사자로 왔다고?"

유비는 옛정을 떠올리며 공명과 함께 마중을 나갔다. 유비는 서서를 보자 한탄했다.

"오늘날 이렇듯 그대와 재회하게 될 줄은 몰랐소."

그동안의 옛정을 나누자면 끝이 없겠지만 두 사람은 지금 적이었다.

서서가 입을 열었다.

"저를 이용해 사군에게 화목을 권하려는 조조의 본심은 화의和議에 있는 것이 아니라 단지 민심의 원망을 전가하기 위한 간계입니다. 여기에 응해 일시의 안전을 도모하고자 한다면 백세에 후회를 남길 것입니다. 불행히 저는 사군의 적의 진영에 얽매인 몸입니다. 이제는 노모도 세상에 계시지 않지만, 만일 사자의 임무를 마치고 돌아가지 않는다면 세상 사람들은 본인의 절조節操를 의심하여 비웃을 것입니다. 어쩔 수 없는 숙명, 그저 이 한마디를 드리고 돌아가고자 합니다."

서서는 이내 작별을 고하고 돌아가는 길에 이렇게 되뇌었다.

"역경 또 역경, 필시 지금 사군의 입장은 불안하실 겁니다. 하지만 이전과는 달리 사군에게는 제갈 선생이 계십니다. 반드시 사군이 품은 패왕의 대업을 도와 언젠가 오늘을 옛일로 추억할 날이 오리라 믿습니다. 저는 노모도 돌아가시고, 천하를 위해서도 무엇 하나 도모할 수 없는 역경에 처해 있지만, 보이지 않는 곳에서나마 사군의 대업을 기원하고 즐겁게 기다리겠습니다. 부디 건승하시길 바랍니다."

서서가 돌아가서 답신을 전하는 동안 유비는 재차 성을 버리고 다른 안전한 땅을 찾아야만 했다. 기껏 항복을 권유하려고 사자를 보냈는데, 유비가 이를 거절했다고 보고하면 조조는 즉각 백성을 전란의 궁지로 내몬 것은 유비다, 라며 죄를 유비에게 전가하고 백만의 대군을 동원하여 공격할 게 뻔했다.

"양양襄陽으로 피하시지요. 번성보다는 양양이 방어하기 좋습니다."

공명의 권유에 유비는 이의는 없었지만 자신을 따라 이곳으로 피난 온 수많은 백성들을 떠올리며 결정을 내리지 못했다.

"주군을 따라온 가련한 백성들입니다. 반드시 함께 데리고 가야 할 것입니다."

공명의 말에 유비도 고개를 끄덕이며 관우에게 강을 건널 채비를 명했다.

관우는 강가에 배를 준비하고 수만 명의 백성을 불러 모은 뒤 말했다.

"우리와 생사를 함께할 자는 강을 건너고, 뒤에 남고자 하는 자는 돌아가 농사를 지으면 될 것이다."

그러자 모든 백성들이 흐느끼며 한목소리로 말했다.

"비록 돌산을 개간하여 밥을 먹는 한이 있더라도 유 황숙을 따르고자 합니다. 어쩌다 목숨을 잃어도 결코 원망하지 않겠습니다."

이에 관우는 미축糜竺, 간옹簡雍 등과 협력해서 백성들을 차례로 배에 태워 강을 건넜다. 그런데 유비가 배에 올라 강을 건너려는 순간, 5만의 조조군이 번성 성 밖에서 추격해왔다.

적이라는 소리가 들리자 사람들은 강가에서 갈팡질팡하기도 하고, 배 안에서 울부짖기도 하고, 허둥대다 강물에 빠지기도 했다. 곧바로 남녀노소의 비명이 가득 울려 퍼졌다.

"불쌍하고 무고한 백성들이여, 나로 인해 이러한 화를 당하는구나. 이 유비만 없어진다면……."

그 광경을 몸부림치며 바라보던 유비가 갑자기 뱃전에 서더니 강물 속으로 몸을 던지려 했다.

주위 사람들이 깜짝 놀라며 유비를 만류했다.

"죽는 건 쉽지만 사는 건 어렵습니다. 본디 살아남는 길은 간고艱苦의 싸움입니다. 사군께서는 어찌 이 많은 백성들을 버리고 먼저 도망하려 하십니까."

사람들이 울며 원망하자 유비는 그만 죽고자 하는 생각을 접었다.

관우는 미처 도망치지 못한 백성의 무리를 도와 노인들과 어린아이들을 지키며 마지막으로 강을 건넜다. 마침내 모든 백성들이 북쪽 강가로 건너오자 그제야 유비는 재촉하여 양양으로 떠났다.

양양성에는 형주에서 이주해온 어린 군주 유종劉琮과 그의 어머니 채蔡 부인 등이 있었다. 유비는 성문 아래에 말을 세우고 큰 소리로 말했다.

"조카 유종은 어서 성문을 열어 수많은 백성들의 생명을 구하라."

그러자 대답은 들리지 않고, 갑자기 성루 위에서 궁수들이 나타나 화살을 쏘아댔다. 화살은 유비를 따르는 수만의 백성들 머리 위로 비처럼 쏟아졌다. 비명과 통곡이 하늘을 찌르고, 광란과 혼란 속에 지옥과 같은 슬픔이 땅을 뒤덮었다.

이 가혹한 광경을 성에서 지켜보다 의분을 참지 못한 장수가 있었다. 자는 문장文長이고 성은 위연延魏이었다. 위연은 홀연히 큰 소리로 말했다.

"유 황숙은 어진 사람이다. 선왕의 분묘墳墓에 올린 흙도 마르지 않았거늘 조조에게 항복을 구걸하여 나라를 팔아먹는 네 도적놈들을 용서하지 않겠다. 이 위연이 성문을 열고 유 황숙을 모시겠다."

채모蔡瑁는 놀라 장윤張允에게 배신자를 쏘아 죽이라고 명령했다.

이미 위연은 부하를 이끌고 성문으로 달려가 성문을 지키던 병사를 쫓아버렸다. 그리고 순식간에 현수교를 내리며 소리쳤다.

"유 황숙! 어서 빨리 들어오십시오."

그 모습을 본 장윤과 문빙文聘 등이 서둘러 그들을 막아섰다.

성 밖에 있던 장비와 관우는 급히 말을 달려 성안으로 들어가려다 상황이 심상치 않다는 걸 눈치채고 멈춰 섰다.

"군사, 어찌하면 좋겠소이까?"

장비와 관우가 공명에게 물었다.

"피 냄새가 자욱합니다. 필시 같은 편끼리 싸우고 있는 듯하니 들어가서는 안 됩니다. 길을 돌려 강릉江陵(호북성湖北城·사시沙市, 양자강揚子江 기슭)으로 가십시다."

공명이 뒤에서 대답했다.

"예? 강릉으로요?"

"강릉성은 형주 제일의 요지이자 전량錢糧이 비축된 땅입니다. 조금 멀기는 하지만……."

"아아, 서두릅시다."

유비가 되돌아가는 것을 보고는 평소 그를 흠모하던 성안의 군병들이 채모의 휘하에서 앞다퉈 이탈했다. 또한 성문 앞의 혼란스러운 틈을 타 유비의 뒤를 쫓아가는 사람들이 끊이질 않았다.

유비를 따른 사람들 중 자신의 이름을 가장 당당히 내세운 위연은 장윤, 문빙 등에게 에워싸였다. 부하들이 대부분 죽어 그는 오로지 단기필마로 사시(오전 10시)부터 미시(오후 2시)까지 처절히 싸워야만 했다. 마침내 활로를 뚫고 성 밖으로 도망 나왔지만 이미 유비는 멀리 사라진 뒤였다. 위연은 어쩔 수 없이 혼자 장사長沙로 향하여 장사의 태수 한현韓玄에게 몸을 의탁했다.

한편 유비는 백성들을 이끌고 강릉으로 향했지만 병자와 노인들, 어린아이를 업은 여자와 가재도구를 실은 수레 때문에 하루에 10리밖에 나아가지 못했다.

공명이 비장한 목소리로 유비에게 말했다.

"몸도 숨길 곳 없는 이런 평야에서 만약 적에게 포위당한다면 한 사람도 살아남을 수 없습니다. 이제는 결단을 내리셔야 합니다."

쇠락한 패잔의 무리였다. 군의 운명조차 위태로운 지경인데, 수만 명의 궁핍한 백성을 이끌고 가는 것은 행군에 큰 지장을 초래할 뿐이었다.

공명은 이대로 가다가는 아무 일도 할 수 없다는 것을 깨달았다. 유비의 어진 마음은 잘 알지만, 그로 인해 적에게 발각되어 몰살당한다면 큰일이었다.

"지금은 장해가 되는 백성들을 뒤로하고 일각이라도 빨리 강릉에 도착해 대책을 강구해야 할 때입니다. 이대로라면 조조군의 먹잇감이 될 수밖에 없습니다."

공명의 말에 유비는 의연하게 대답했다.

"자식이 부모를 공경하듯 나를 따르는 백성을 어찌 버리고 갈 수 있겠소. 나라의 근본은 사람이오. 지금 나라는 망했지만, 그 근본은 내게 있다 할 수 있소. 백성과 운명을 함께할 수밖에 없습니다."

이 말을 공명에게 전해 들은 병사들은 눈물을 흘렸고 백성들은 통곡했다.

공명은 드디어 마음을 정하고 백성들에게 서로 돕고 살펴주라고 일렀다. 그런 다음 관우와 손건孫乾에게 병사 5백을 나누어주며, 강릉에 있는 유기劉琦 공자를 찾아가 '전황을 알리고 강릉성에서 만나자'는 유비의 서찰을 전하고 원군을 급파해주기를 청하라 했다.

그사이 조조는 완성에서 번성으로 옮겨갔다. 그러고는 성에 들어간 후 바로 서찰을 양양에 보내 유종劉琮과 대면하고 싶다는 뜻을 전했다.

유종은 무서운 마음에 자신이 직접 가지 않고 채모와 장윤, 문빙 세 사람을 보냈다. 그때 왕위王威가 유종에게 몰래 계책을 권했다.

"지금 조조군을 불시에 기습하면 반드시 조조의 머리를 벨 수 있습니다. 조조는 형주가 항복할 줄 알고 오만에 빠져 방심하고 있을 터입니다. 이런 절호의 기회는 두 번 다시 없을 것입니다."

그 사실을 알게 된 채모는 '간교한 혀를 놀려 군주를 현혹시키는 놈'이라며 왕위를 참수에 처하려 했다. 하지만 괴월蒯越의 만류로 간신히 참아야만 했다. 그렇다 해도 형주는 전에 없던 내부 분열과 불신이 팽배했다. 이런 내부 분란이 생긴 것은 유비를 따르기 위해 많은 사람들이 배신하고 탈주한 이후 무관과 문관의 다툼, 규벌閨閥과 당파 대립이 난무했기 때문이다.

채모는 조조와의 강화를 통해 이런 내부의 혼란을 무마하고 형주를 유지하려 했다. 그래서 그는 조조에게 항복의 뜻으로 머리를 조아려 백 번이나 절을 하는 등 한없이 공손하게 대했다.

조조는 높은 곳에 앉아 채모 일행을 의기양양 내려다보며 물었다.

"형주의 군마, 전량, 병선의 양은 대략 어느 정도인가?"

채모가 숨길 것이 없다는 듯 답했다.

"기병 8만, 보병 20만, 수군 10만, 그리고 병선은 7천여 척이며, 금은병량金銀兵糧의 대부분은 강릉성에 비축해놓고 있습니다. 그 외 각지의 성에도 1년 정도의 군량을 상비하고 있습니다."

조조는 만족해하며 다음과 같이 약속했다.

"유표劉表는 생전에 형주의 왕이 되고 싶어 했는데, 그만 이루지 못하고 죽었다. 내가 천자에게 표문을 올려 그의 아들인 유종을 언젠가 반드시 왕위에 오를 수 있도록 하겠다."

그날 조조는 채모를 평남후平南侯 수군대도독으로, 장윤을 조순후助順侯 수군부도독으로 임명했다.

채모 일행은 조조의 깊은 은혜에 감사해하고 항복을 마치 행운처럼 여기며 의기양양하게 양양으로 돌아갔다.

그들이 돌아간 뒤에 순유荀攸가 조조에게 물었다.

"승상은 사람을 너무 볼 줄 모르십니다. 저렇듯 아첨하는 소인배에게 고관의 벼슬을 내리시고 수군까지 맡기실 요량입니까?"

조조는 순유의 말을 듣고 입술을 삐죽거리며 말했다.

"내가 어찌 사람을 보지 못하겠는가. 우리 진영의 병사는 모두 평야와 산이 많은 북국北國에서 나고 자란 병사들이 아닌가. 강을 이용하는 수군의 병법, 병선의 개조와 개량 등에 대해 상세히 알고 있는 자는 없다. 지금 임시로 그들을 수군의 대도독, 부도독으로 임명했지만 쓸모가 없으면 언제든지 목을 베면 될 것이다. 그런 줄 모르는 순유 네가 오히려 사람을 볼 줄 모르는구나."

순유는 입을 다물고 얼굴을 붉히며 사라졌다.

한편 채모와 장윤은 양양으로 돌아가자마자 채 부인과 유종에게 조조가 언젠가 반드시 유종을 왕위에 오르도록 하겠다고 약속한 일 등을 소상히 이야기했다.

다음 날 조조는 양양에 입성했다. 채 부인은 유종을 데리고 강 입구까지 마중하여 배례를 하고 성안까지 안내했다. 양양의 백성들은 길에 향을 피웠고, 형주의 문무백관은 한 명도 빠짐없이 성문에서 궁전까지 도열하여 조조를 맞이했다.

조조는 중앙의 관부官府에 태연히 진영을 갖추어 앉았고, 믿을 만한 장수와 무사 들에게 이중삼중으로 호위하게 했다.

채 부인은 아들 유종을 대신해 죽은 유표의 인수印綬와 병부兵符를 비단으로 감싸 조조에게 바쳤다.

"기특하오. 언젠가 유종에게 명할 날이 있으리."

조조가 그것을 받아들자 모두 일제히 만세를 외쳤다. 입성식이 끝난 후 조조가 형주의 군신 중 괴월을 불러내 강릉태수 번성후로 봉하며 말했다.

"내가 형주를 얻은 일은 그다지 기쁜 일이라 할 수 없지만, 그대를 얻은 것만은 더없이 기쁜 일이오."

조조는 형주의 중신 다섯 명을 열후列侯로 봉하고, 왕찬王粲과 부손傅巽을 관내후關內侯로 봉한 뒤에야 유종을 보며 말했다.

"그대를 청주靑州 자사刺史에 봉하니 청주로 가도록 하시오."

유종은 슬퍼하며 호소했다.

"저는 관작을 원하지 않습니다. 그저 언제까지나 돌아가신 아버지의 분묘가 있는 이 나라에 있고 싶습니다."

조조는 머리를 흔들며 냉정하게 말했다.

"아니오, 청주는 가깝고 좋은 땅이오. 또한 그대가 성인이 되면 관인官人으로 삼기 위한 준비라 생각하고 잠자코 떠나면 될 일이오."

며칠 후 유종은 채 부인과 함께 울면서 고향땅을 떠났다. 그렇게 청주를 향한 여정에 올랐지만, 변하기 쉬운 것이 사람의 마음인지라, 그를 따르는 공복은 아무도 없었고 노장 왕위王威가 몇 명의 무리만 데리고 거마를 호위할 뿐이었다.

그 후 조조는 우금于禁을 불러 은밀히 명을 내렸다. 그 명에 따라 우금은 힘센 병사 5백 명을 이끌고 즉시 유종의 뒤를 쫓았다. 무명초를 빨갛게 물들일 만큼 처참한 살육은 이들의 손에 의해 자행되었다. 채 부인과 유종의 거마에 5백 명의 병사가 늑대 무리처럼 달려든 것이었다. 대낮의 달은 피로 검붉게 물들었고, 들판은 비명과 절규로 가득 채워졌다. 노장 왕위 역시 포위되어 허무하게 죽고 말았으며, 어느 누구 하나 살아남은 자가 없었다.

61

장판파長坂坡의 두 영웅

조조에게 쫓기는 유비는 장판파에 이르고, 조자룡은 단기필마 적진에 뛰어들어 아두를 구하고 장비는 장판교에서 홀로 조조의 대군에 맞선다

나흘째 되는 날 우금이 돌아왔다. 그사이 조조는 결과를 궁금해하며 좌불안석, 오매불망 우금을 기다렸다.

"이제 돌아왔습니다. 멀리까지 쫓아가서 채 부인과 유종 일행의 목을 베고 왔습니다."

조조는 우금의 보고를 듣고 비로소 안심했다. 이것으로 비참하고 가련한 유표의 혈족이 단절되었다. 조조는 우금에게 "잘했다"라는 말 한 마디만을 남겼다.

또한 조조는 많은 병사를 융중隆中에 보내 공명의 처와 아우 등을 찾도록 했다. 무슨 수를 써서라도 공명의 삼족을 잡아오라는 것이었다. 명을 받은 부장들은 수하를 독려해 와룡강臥龍岡의 옛집은 물론이고 근촌 구석구석을 뒤졌다. 하지만 아무것도 찾을 수 없었다. 이미 공명은 이런 일을 예상하고 가족을 삼강三江의 깊숙한 곳에 숨겨놓았다. 마을 사람들 역시 공명의 덕을 칭송했기에 조조의 병사들에게 아무런 정보도 주지 않았다.

이렇게 시간이 지나는 동안, 조조는 매일 형주의 치안과 옛 신하들에 대한 처리, 상벌, 새로운 법령의 반포와 같은 정무에 끊임없이 쫓기고 있었다.

어느 날 순유가 조조에게 말을 걸었다.

"승상, 차 한 잔 어떠하십니까?"

"차? 좋지."

"이렇듯 바쁠 때 즐기는 차 한 잔이 마음에 여유를 줄 것입니다."

"그런데 세무 문제는 처리하였는가?"

"세무보다 더 서두르지 않으면 안 되는 일이 있습니다."

"그게 무엇인가? 그렇게 시급을 요하는 일이 있단 말인가?"

"유비 일행이 형주에서 도망친 지도 벌써 10여 일이 지났습니다. 그들이 만일 강릉 요새에 틀어박혀 그곳의 금은병량 등을 손에 넣기라도 하면 어떻게 하시겠습니까?"

"아, 그렇구나!"

조조는 갑자기 탁상을 치며 벌떡 일어섰다.

"공무에 쫓기고 하찮은 일에 마음을 뺏겨 그만 큰일을 잊고 있었다.

순유, 왜 그대는 좀 더 빨리 내게 말하지 않았는가?"

"당면의 적을 잊고 계실 리 없다고 생각했습니다."

"바보 같은 소리. 누구라도 이렇듯 바쁘면 잊어버리는 일이 있는 법이다. 어서 군마의 준비를 명하고 유비를 추격하라."

"명령만 내리신다면 아직 늦지는 않았습니다. 유비는 수많은 백성을 데리고 있으니 하루에 10리 정도밖에 가지 못합니다. 수천의 철기병이 질풍처럼 쫓는다면 아마 이틀 사이에 잡을 수 있을 것입니다."

순유는 이내 모든 장수를 성의 내정內庭으로 모았다. 조조는 명령을 내리기 위해 일어서서 신하들을 둘러보았다. 한데 형주의 옛 신하 중 문빙의 모습만 보이지 않았다.

조조가 문빙을 찾자, 문빙이 뒤늦게 달려와 장수들의 가장 끝에 섰다.

"왜 늦었는가? 이유를 말해보라."

조조에게 견책을 받자 문빙은 근심에 잠긴 듯 대답했다.

"별다른 이유는 없습니다. 단지 부끄럽기 때문입니다. 저는 돌아가신 유경승에게 몸을 의탁하여 언제나 한천漢川의 경계를 지켰습니다. 혹시 외적의 침공이 있다 해도 주군의 영토는 한 발도 밟지 못하게 할 것을 맹세했지만, 그 뜻을 지키지 못했습니다. 그런 제 자신이 부끄러울 따름인데, 어찌 다른 사람보다 먼저 나올 수 있겠습니까."

문빙은 고개를 숙인 채 눈물을 흘렸고 조조는 감동했다.

"지금의 그 말은 진심으로 나라를 섬기는 충신의 진언眞言이다."

조조는 그 자리에서 문빙의 관직을 올려 강하江夏의 태수관내후로 삼았다. 그리고 문병에게 가장 먼저 유비를 추격하는 안내 역할을 맡기고, 철기병 5천 명의 대장 자격을 주어 당장 출발할 것을 명했다.

수만의 궁핍한 백성을 데리고 가면서 병사는 불과 2천 명도 되지 않았다. 천 리의 평야를 개미 떼가 줄지어 가는 듯했다. 발목을 잡는 일은 헤아릴 수 없었다.

"강릉성은 아직인가?"

"아직 갈 길이 반이나 남았습니다."

양양을 떠나온 지 벌써 10여 일이었다. 이런 상태라면 언제 강릉에 도착할지 유비는 불안하기만 했다.

"강하에 원군을 청하러 보낸 관우도 소식이 없으니, 군사가 가보는 게 어떻겠소?"

"예, 제가 가보겠습니다. 어떤 사정이 있는지 모르지만, 지금은 그것밖에 믿을 수 있는 병력이 없으니 말입니다."

유비의 말에 공명이 답했다.

"그대가 가서 원군을 청하면 유기도 절대 싫다고는 못할 것이오. 군사의 도움으로 계모 채 부인으로부터 도망칠 수 있었던 일도 기억하고 있을 테니……."

"그럼 저는 먼저 출발하겠습니다."

공명은 도중에 길을 바꿔 병사 5백 명을 이끌고 강하로 서둘러 떠났다.

공명과 헤어지고 난 뒤 이틀째 점심이었다. 문득 사나운 바람이 평야를 뒤덮자 먼지가 하늘을 가리고 요란한 소리가 땅을 뒤흔들었다.

"별안간 말이 저리 시끄럽게 우는 것은 필시 어떤 징조이다."

유비가 의아하게 여기며 말했다. 그러자 말을 돌보던 미방, 미축, 간옹도 흉조를 예언했고, 모두들 두려워했다.

부장들이 입을 모아 유비에게 말했다.

"위험하니 빨리 백성들을 버리고 서둘러 떠나야 합니다."

하지만 유비는 부장들의 말을 듣지 않고 주위 사람들에게 물었다.

"앞에 있는 산은?"

"그 앞은 당양當陽 현縣이고 저 산은 경산景山이라 합니다."

한 사람이 대답하자 유비는 조운趙雲에게 부녀자와 노인과 어린아이의 무리를 지키게 하고, 장비에게 후미 부대를 맡겨 길을 재촉했다.

늦가을 평야는 요란한 꽃과 웃자란 풀로 뒤덮여 있었다. 날은 저물어 대륙의 찬 기운이 별빛을 받아 뼛속까지 스며들고 모혈毛穴을 얼어붙게 할 만큼 추웠다.

한밤중이었다. 문득 사람이 통곡하며 울부짖는 소리가 광야의 어둠을 뒤흔들었다. 어둠 속에서 함성이 일며 "유비를 놓치지 말라"라는 소리가 들려왔다.

유비는 놀라 몸을 일으켰고, 주위의 병사를 모아 목숨을 걸고 적의 포위를 뚫었다.

"사군, 사군. 어서 동쪽으로."

후진의 장비가 적들을 맞아 싸우며 유비에게 소리쳤다.

"부탁하네."

유비는 뒷일을 장비에게 맡기고 도망쳤다. 남쪽의 장판파長坂坡 부근에 이르렀지만, 그곳에도 적의 복병이 기다리고 있었다.

"유비는 게 섰거라. 이미 네놈의 운은 다했으니 깨끗하게 목을 내놓아라."

형주의 문빙이 길을 막아섰다. 이에 유비가 문빙을 꾸짖었다.

"그대는 형주 무인의 사표라고 일컬어지는 문빙이 아닌가. 국난을 당하자 이내 나라를 팔고, 병난을 당하자 바로 창끝을 돌려 적장에게 아첨하는 주구走狗가 되어 어제의 벗에게 달려드는 것은 대체 무슨 일인가. 무인으로서 참으로 한심하구나. 그러고도 그대가 형주의 문빙이라 할 수 있는가."

문빙은 아무 말도 하지 못하고 얼굴을 붉히며 멀리 도망쳤다. 그 뒤로 허저가 유비를 향해 돌진해왔지만, 다행히 장비가 뒤를 쫓아와 허저를 물리쳤다. 장비는 활로를 열어 유비를 앞서 보내고 자신은 뒤에 남아 고군분투했다.

그러한 장비의 힘도 한계가 있었다. 겨우 적군의 발목을 붙잡아둘 뿐이었다. 그사이 유비를 노리고 뒤쫓는 적병은 끝이 없었다. 도망가는 곳마다 복병이 화살을 우박처럼 쏘아대자 길목이 막힌 유비는 완전히 녹초가 되어 갈피를 못 잡았다.

"아아, 이젠 숨도 쉬지 못하겠구나."

유비는 자신도 모르게 말에서 떨어져 내렸다. 몸은 솜같이 흐물거리고 의식도 희미해졌다. 주변을 둘러보아도 뒤따르는 병사는 백여 명밖에 되지 않았다. 그의 처자와 노인, 어린아이들을 비롯해 미축, 미방, 조운, 간옹 등 모두 뿔뿔이 흩어지고 말았다.

"백성들은 어떻게 되었을까. 처자식이 한 명도 보이지 않는 연유는 무엇인가. 설사 목석일지라도 이 어찌 슬프지 않으리."

유비는 그렇게 말하고 눈물을 흘리다 마침내 목 놓아 울기 시작했다. 그때 미방이 온몸이 피투성이가 된 채 뒤쫓아왔다. 미방은 몸을 가눌 새도 없이 유비 앞에 무릎을 꿇고 눈물을 흘리며 말했다.

"조자룡까지 변심을 하고 조조에게 갔습니다."

"뭐라고, 조운이 변심했다고?"

유비는 소리쳤지만, 이내 마음을 진정시키고 미방을 꾸짖었다.

"바보 같은 소리! 조운과 나는 환난을 함께해온 동지이다. 그의 지조는 푸르고 눈과 같이 희며, 그의 피는 철과 같다. 나는 그를 믿는다. 어찌 그가 부귀에 눈이 멀어 그 지조와 명성을 버리리."

"아닙니다. 그가 무리를 빠져나가 조조군 쪽으로 가는 것을 제 눈으로 똑똑히 보았습니다. 확실합니다."

주변 다른 사람들도 그 모습을 보았다며 미방의 말에 동조했다. 그러자 장비가 눈을 부릅뜨고 소리쳤다.

"좋다. 그 말이 사실이라면 내 돌아가서 조운을 한칼에 찔러 죽이겠다. 형님은 어딘가 몸을 숨기고 잠시 쉬고 계십시오."

"아니다. 그럴 순 없다. 조운은 절대로 나를 버릴 사람이 아니다. 장비야, 성급하게 굴지 말거라."

"그건 제가 알 바가 아닙니다."

장비는 유비의 말을 끝까지 듣지 않고 병사 20여 명을 이끌고 오던 길로 되돌아갔다. 길을 가다 보니 강 한쪽에 튼튼한 나무다리가 놓여 있었다. 장판교長坂橋였다. 다리 동쪽 기슭에는 숲이 있었다. 장비는 병사들에게 속삭인 후 숲으로 숨으라고 지시했다. 병사들은 그의 계책에 따라 말 꼬리에 나뭇가지를 붙들어 매고 숲 속을 이리저리 내달렸다.

"내 계획이 어떤가. 설마 병사가 20명뿐일 거라곤 생각하지 않겠지. 이렇게 하면 족히 4, 5백 명은 되어 보일 테니까."

장비는 회심의 미소를 띠며 장판교 위에 말을 세웠다. 그리고 장팔사모를 옆구리에 차고 서쪽을 노려보았다.

한편 조자룡은 양양을 출발할 때부터 주군의 권속眷屬 20여 명과 그 종자와 감甘 부인과 미糜 부인, 또 어린 아두阿斗 등을 보호하라는 명을 받고 그 책임을 무겁게 느끼고 있었다. 그런데 전날 밤의 전투와 도망 중에 어둠 속에서 어린 아두와 두 부인을 잃어버리고 말았다. 조자룡은 이대로 주군을 볼 면목이 없어 천지사방을 뛰어다니며 그들의 행방을 찾아다녔다.

"이 목숨이 붙어 있는 한……."

조자룡은 불과 30여 명밖에 남지 않은 부하들과 함께 몇 번이고 적진 속으로 뛰어들어 미친 듯이 두 부인과 어린 주군을 찾아 헤맸다. 조자룡이 아군적군 구분 없이 사방팔방 뛰어다니는 평원에서는 수만의 백성들이 화살과 돌에 맞거나 말에 차이거나 구덩이에 떨어지는 등 흡사 지옥도와 같은 광경이 펼쳐졌다. 부모는 자식을 찾고, 아이는 부모를 부르고, 부인은 남편을 찾고, 남편은 광분해서 식솔을 찾아 헤매는 목소리가 평원을 가득 채우고 하늘을 뒤덮고도 남을 정도였다.

"거기 아무도 없소?"

풀밭에 피가 웅덩이를 이루어 흐르고 있었다. 조자룡은 얼핏 쳐다보고는 깜짝 놀라 말에서 내렸다. 그곳에 장수 한 명이 쓰러져 있었다. 가까이 가서 안아 일으켜보니 간옹이었다.

"깊은 상처는 아닌 듯하군. 간옹!"

간옹은 그 소리에 의식을 찾고는 황망히 주위를 둘러보았다.

"아, 조운."

"어찌 된 일이오? 정신 차리시오."

"두 부인은? 공자님은 어떻게 되셨는가?"

"그건 내가 묻고 싶은 말이오. 간옹 그대가 여기까지 모시고 오지 않았는가?"

"음, 이곳에 오자 한 무리의 적군에게 둘러싸였소. 나는 적장을 베고 이내 거마로 돌아왔지만 이미 늦은 듯했소."

"뭐요, 적에게 사로잡혔단 말이오?"

"아니, 부하에게 두 부인께서 거마를 버리고 공자님을 안고 도망쳤다는 말을 듣고 황급히 뒤쫓으려던 순간 화살을 맞았는지, 칼을 맞았는지…… 정신을 잃어버린 후에는 아무것도 기억나지 않는구려."

"이러고 있을 순 없소. 간옹, 그대는 어서 주군의 뒤를 따르시오."

조자룡은 그를 말에 태우고 부하를 붙여 보냈다. 그리고 자신은 장판교로 말을 타고 내달리며 다짐했다.

"설사 죽어 하늘로 올라가든 땅속으로 내려가든 하더라도 두 부인과 공자님을 찾지 못한다면 결코 주군의 앞에 나타나지 않을 것이다."

그렇게 말을 타고 달리는데 한 사람이 손을 들어 그를 불렀다. 그 사람은 거마를 끌고 가던 사졸이었다. 조자룡은 그를 보자마자 부인의 행방을 물었다.

사졸은 손가락으로 남쪽을 가리키며 슬프게 호소했다.

"두 부인께서는 머리가 헝클어진 채 맨발로 백성들 무리에 섞여 남쪽으로 도망치듯 가셨습니다."

"그렇다면……."

조자룡은 날아가듯 말을 내달렸다. 백성들의 무리를 볼 때마다 두 부인을 보았는지, 공자와 함께 있었는지, 목이 쉴 정도로 묻고 또 물은 후 다시 내달렸다.

그렇게 수백 명의 백성들을 만났다. 조자룡이 말 위에서 묻자 한 사람이 울음을 터트리며 앞으로 나와 엎드렸다. 감 부인이었다. 조자룡은 깜짝 놀라 창을 옆구리에 차고 안장에서 뛰어내려서는 부인을 일으켜 세우며 사죄했다.

"이러한 환난을 겪으시게 한 것은 소인의 큰 불충입니다. 부디 용서해주십시오. 하온데 미 부인과 아두 공자님은 어디에 계시는지요?"

"처음에는 공자님과 미 부인 모두 함께 도망쳤습니다만, 적병에게 쫓기면서 어느새 헤어지고 말았습니다."

감 부인이 눈물을 흘리며 말하는 사이 주위가 소란해지더니 백성들이 무리를 벗어나 도망치기 시작했다.

* * *

조인曹仁의 휘하에 순우도淳于導라는 맹장이 있었다.

순우도는 유비를 추격하는 도중 앞을 가로막은 미축을 포로로 잡아 자신의 안장에 묶었다.

"오늘의 가장 큰 수훈은 유비를 포박하는 것이다. 유비와의 거리는 바로 지척이다."

순우도는 한층 기세등등해져서 천여 명의 부하를 독려하며 이곳까지 진격해왔던 것이다. 그는 도망치는 백성들 무리에는 눈길도 주지 않고 조자룡을 향해 달려왔다. 조자룡을 유비의 첫째 장수로 보았기 때문이다.

"사로잡힌 자는 미축이 아닌가."

순우도와 창을 겨루던 조자룡이 놀라 소리쳤다.

이번만은 맹장 순우도도 상대를 잘못 골랐다. 순우도는 조자룡을 당해낼 수 없다는 걸 알고 당황하며 말 머리를 돌리려 했다. 그 순간 조자룡의 날카로운 창이 순우도의 몸을 꿰뚫었다. 순우도는 공중에서 한 바퀴 돌려진 다음 땅으로 내동댕이쳐졌다.

남은 적병까지 모두 무찌른 조자룡은 미축을 안장에서 내렸다. 그리고 적의 말을 빼앗아 미축과 감 부인을 따로 태운 뒤 서둘러 장판교로 갔다.

장판교 위에는 장비가 떡하니 버티고 서 있었다. 그는 안장 위에 장팔사모를 비껴놓았다. 그의 눈은 거울과 같고, 입은 굳게 다물고, 호랑이 수염은 미풍에 휘날렸다.

"거기 온 자는 사람인가 짐승인가."

갑자기 장비의 꾸지람을 들은 조자룡이 울컥한 마음에 장비를 나무랐다.

"물렀거라. 감 부인의 어전이다."

장비는 그의 뒤에 있는 부인을 그제야 알아보았다.

"아, 조운. 조조에게 항복한 것이 아니었군."

"무슨 바보 같은 소리요?"

"그런 말이 나돌아 내가 단칼에 쳐 죽이려고 이곳에서 기다리고 있던 참이오."

"공자님과 두 부인의 행방을 찾으려고 아침부터 혈안이 되어 뛰어다녔는데, 간신히 감 부인만 찾아 모셔온 것이오. 그런데 주공은 어디 계시오?"

"이 앞 나무 그늘에서 잠시 쉬고 계시오. 형님도 공자님과 부인들의 안부를 걱정하고 계시네."

"그렇군. 그럼 그대가 감 부인과 미축을 주군이 계신 곳까지 호위해 주게. 나는 다시 돌아가 미 부인과 아두 공자님을 찾아보겠소."

조자룡은 말을 끝내자마자 다시 단기필마로 달려나갔다. 얼마를 달리자 저편에서 열 명 정도의 부하를 거느린 젊은 장수가 말을 탄 채 천천히 오고 있었다. 등에는 장검을 차고 손에는 화려한 창을 든 모습이 멀리서도 적장이라는 것을 알 수 있었다.

하지만 적장은 조자룡이 혼자였기 때문에 가까이 올 때까지 적이라는 것을 깨닫지 못했다. 조자룡이 자신의 이름을 외치는 소리를 듣고 적장은 깜짝 놀랐다. 적장을 따르던 군사들은 조자룡이 무서워 이내 뿔뿔이 흩어져 도망쳤다. 젊은 장수는 조자룡의 칼에 허무하게 쓰러졌다.

조자룡은 죽은 적장의 등에서 검을 빼 살폈다. 검에는 청강青釭이라는 두 글자가 금으로 상감象嵌되어 있었다. 조자룡은 그제야 적장이 누구인지 알았다.

"아, 이자가 조조의 총신, 하후은夏侯恩이구나."

전해 들은 바로 하후은은 맹장 하후돈夏侯惇의 동생이자 조조의 측신 가운데 조조에게 가장 총애를 받는 장수 중 하나였다. 조조는 비장의 검, 청강青釭과 의천倚天 두 자루 중 의천검을 자신의 허리에 차고, 청강검을 하후은에게 내리며 "이 검에 지지 않을 정도로 공을 세우라" 고 했다.

청강검. 조자룡은 그 유명한 보검이 자신의 손에 들어온 게 무척이나 기뻤다.

"이것은 하늘이 내려주신 검이다."

등에 비스듬히 청강검을 찬 조자룡은 다시 말을 타고 평원에 가득한 적진 속으로 질주했다. 벌써 조조의 군사들은 눈앞에 가득 찼고, 미처 도망치지 못한 백성들과 뿔뿔이 흩어진 유비의 병사들을 찾아 남김없이 죽였다.

"이놈들."

조자룡은 적들의 무리를 베면서 큰 목소리로 미 부인과 공자를 찾아 불렀다. 이미 천지 사방이 적들로 가득했지만 그는 돌아가는 것 자체를 잊고 있었다. 그런 그를 향해 상처를 입고 땅바닥에 엎드려 있던 백성이 힘겹게 고개를 들고 외쳤다.

"장군, 미 부인일지도 모르겠습니다. 적의 창에 왼쪽 허벅지를 찔려 저편 농가의 토담 그늘에 어린아이를 안고 쓰러져 있는 귀부인이 있습니다. 빨리 가보십시오. 조금 전의 일입니다."

그는 그곳을 손가락으로 가리킨 후 그대로 숨을 거두었다.

조자룡은 날아가듯 그곳으로 달려갔다. 폐가는 뒤편의 토담과 창고만을 남기고 까맣게 그을려 있었다. 그가 말에서 내려 주변을 둘러보는데 담장 그늘에서 어린아이의 울음소리가 들렸다.

"부인, 공자님!"

조자룡의 목소리에 여물을 뒤집어쓰고 숨어 있던 여인이 아이를 안은 채 도망치려고 했다. 하지만 깊은 상처 탓에 바로 쓰러지고 말았다.

"미 부인 아니십니까? 조운입니다. 부인을 찾으러 왔습니다. 이젠 걱정하지 마십시오."

"아, 조운 장군님이셨군요. 다행입니다. 부디 이 아이를 황숙께 무사히 데려다주십시오."

"심려치 마십시오. 자, 부인께서도 어서 가시지요."

"아닙니다!"

그녀는 강하게 고개를 내저었다. 그리고 아두를 조자룡의 손에 건넨 후 참았던 긴장이 풀렸는지 바로 힘없이 쓰러졌다.

"상처가 깊습니다. 설사 다시 황숙의 곁으로 돌아간다고 해도 이미 제 목숨은 기약할 수 없습니다. 만일 제가 장군의 말을 타게 된다면 장군은 아이를 안고 적진을 걸어 통과해야 합니다. 더 이상 저를 개의치 마시고 어서 빨리 아이를 데리고 이곳에서 벗어나십시오. 제 부탁이자

마지막 소원입니다."

"마음 약한 소리 마십시오. 설혹 말이 없더라도 이 조운이 호위하여 갈 수 있습니다."

"아…… 소리가 들립니다. 적이 오는 듯합니다. 장군, 왜 당신은 소중한 어린 주군을 맡아놓고 망설이는지요. 저를 버려두고 빨리 이곳을 떠나십시오."

"어떻게 부인을 이곳에 남겨두고 갈 수 있겠습니까. 자, 말에 오르십시오."

조자룡이 말의 고삐를 잡고 끌어당기자 미 부인은 갑자기 몸을 돌려 옆에 있던 우물 위로 올라섰다.

"장군, 그 아이의 운명은 장군의 손에 달렸습니다. 저를 신경 쓰다 손안의 보물을 잃지 마십시오."

미 부인은 말을 끝내자마자 스스로 우물 속으로 몸을 던졌다. 조자룡은 목을 놓아 통곡했다. 그러다 이내 우물을 풀과 토담의 판자로 덮었다. 그리고 갑옷의 끈을 풀어 엄심갑掩心甲 아래에다 어린 아두의 몸을 굳게 동여맸다. 그때 아두의 나이가 불과 세 살밖에 되지 않았다.

아두를 갑옷 아래 품고 조자룡이 말에 오르는데, 벌써 토담 바깥 부근 풀숲에 수많은 병사가 농가 주변을 에워싸고 있었다. 조자룡은 개의치 않고 말을 재촉하여 무너진 토담 사이로 뛰쳐나갔다.

조홍 예하의 부장 안명晏明이 선두였다. 안명은 끝이 세 갈래로 나뉘고 양날이 검으로 된 기이한 검을 사용했다. 안명은 조자룡의 모습을 보자마자 검을 휘두르며 달려들었다.

"내 앞길을 막는 자는 모두 목숨을 부지하지 못할 것이다."

조자룡의 대갈大喝에 안명이 오금이 저린 듯 뒤로 주춤했다. 조자룡의 창이 안명의 몸을 관통했다. 1합에 안명을 죽인 조자룡은 번개처럼 말을 달려 사라졌다.

하지만 등에 장합張郃이라고 쓴 깃발을 꽂은 적장 한 명이 조자룡의 길을 가로막으며 긴 쇠사슬의 양 끝에 두 개의 철구鐵球를 단 기이한 무기를 들고 달려들었다. 그것은 놀라운 완력과 기술로 두 개의 철환鐵丸을 번갈아 던져 상대의 무기를 빼앗으려는 숙련된 전법이었다.

"아뿔싸."

조자룡은 이 괴이한 무기에 창을 빼앗기고는 맞서 싸울 새도 없이 날아오는 두 개의 철환에 주춤주춤 뒷걸음쳤다.

"지금은 강적과 싸워서 공을 자랑할 처지가 아니다. 어린 주군을 무사히 주군께 모셔 가는 것이 가장 중요한 일이다."

조자룡은 급히 말을 돌려 장합의 맹공을 피하면서 말을 달리기 시작했다.

"그러고도 네놈이 조자룡이라 말할 테냐. 말을 돌려라."

장합은 조자룡을 꾸짖으며 맹렬히 쫓아갔다.

조자룡의 무운武運이 다한 것인가, 품 안에 있는 아두가 박명한 것인가. 갑자기 조자룡이 구덩이 속으로 굴러떨어졌다. 옳거니, 하고 장합은 바로 말 위에서 몸을 구부려 철환 한쪽을 내던졌다. 그런데 철환은 조운의 어깨를 빗겨나가 흙벽에 깊이 박혀버렸다.

장합은 전력을 다해 쇠사슬을 끌어당겼다. 그의 입에서는 신음 소리가 새어 나왔다. 아무리 그가 완력으로 쇠사슬을 당겨도 점토질의 흙벽에 깊이 박힌 철환은 쉽게 빠지지 않았다. 그 틈에 조자룡은 벌떡 일어나 등에 찬 장검을 뽑으면서 말했다.

"하늘도 공자를 버리지 않아서 내게 청강검을 내리셨구나!"

조자룡이 검을 장합의 어깻죽지부터 말까지 한칼에 내리치자 피가 사방으로 튀었다.

그때 웅덩이 속에서 붉은빛이 뿜어져 나와 장합의 눈을 멀게 했고, 그 순간 조자룡이 장합을 쓰러뜨렸다. 이는 모두 조자룡의 품에 어린 아두가 있었기 때문이다. 후일 촉蜀의 주인이 될 홍복洪福과 징조라는 것은 조자룡이 타고 달리는 말의 다리 아래로 자줏빛 안개가 흘러나온 것을 보아도 알 수 있었다.

하지만 사실은 붉은빛도 자줏빛 안개도 청강검이 거둔 피였음이 틀림없다. 조자룡의 초인적인 무용武勇과 강한 정신력은 그에게 당한 적군의 눈으로 보면 역시 사람으로 보이지 않았을 것이다. 붉은빛! 그것은 충렬의 광휘, 자줏빛 안개! 그것은 무신武神의 검이 아수라장에서 보인 사랑의 무지개라 할 것이다.

어찌 됐든 조자룡도 청강검의 날카로움에 놀라고 말았다. 아두는 천우신조로 명검의 수호를 받으며 아버지 유비가 있는 곳으로 천군만마 속을 날아가듯 눈 깜짝할 사이에 사라졌다.

* * *

경산 위에서 전황을 지켜보고 있던 조조가 문득 손을 들어 가리키며 재빨리 물었다.

"조홍, 조홍. 저건 누구인가? 마치 무풍지대를 달려가듯이 우리 진영을 격파하며 내달리는 장수는?"

조홍을 비롯해 다른 장수들이 모두 손 그늘을 하고 그를 살폈다. 조조는 초조해져 빨리 확인하라며 거듭 재촉했다.

조홍은 말을 타고 산을 내려가서는 그가 다가오기를 기다리다 물었다.

"청컨대 존명을 들려주길 바라오."

조자룡은 청강검을 들어 올리며 대답했다.

"나는 상산常山의 조자룡. 내 앞길을 막을 심산이오?"

조홍이 서둘러 되돌아가서 조조에게 이름을 말하자 조조는 무릎을 쳤다.

"일찍부터 이름을 들어왔던 조자룡이었구나. 적이지만 대단하다. 그야말로 일세一世의 호장虎將이라 할 만하다. 만약 그를 얻는다면 설사 천하를 손안에 넣지 못한다 하더라도 기쁠 것이다. 어서 가서 조자룡이 지나가더라도 화살과 석궁을 쏘지 말라 이르라. 단기필마의 적을 사냥하듯 포위하여 반드시 산 채로 잡아 이리로 데려오라 전하라!"

조조의 장수들은 급히 부하들을 불러들였다. 그리고 이내 수십 기騎의 전령이 산 중턱에서 평원의 팔방으로 먼지를 일으키며 달려갔다.

조조는 적이라도 진정한 용사, 진정한 장수를 보면 병적으로 자신의 사람으로 만들고 싶어 했다. 조조의 경우는 사士를 사랑한다기보다 사士를 연모했다. 그 정열은 너무 자기중심적이자 맹목적이었다. 관우에게 경도된 것을 후일 깊이 후회하면서도 다시 상산 조자룡을 보고 욕심이 생겨 집착하는 것이었다. 이 또한 조자룡과 어린 아두에게는 천우신조였다.

가는 곳마다 적의 포위망은 견고했지만 조자룡은 갑옷 아래에 세 살배기 아이를 품고 악전고투했다. 그가 베어 넘긴 적의 대장기旗가 둘이고, 빼앗은 대창이 세 자루며, 이름 있는 장수를 베어 쓰러뜨린 건 그 수를 헤아릴 수 없는데, 그는 화살이나 돌을 한 번도 받지 않고 광야를 가로질러 산골 작은 길까지 이르렀다.

이곳에서도 종진鍾縉, 종신鍾紳 형제가 양쪽으로 나뉘어 진을 치고 있었는데, 형인 진縉은 큰 도끼를 능히 다루며, 아우 신紳은 방천극方天戟을 잘 다루기로 유명했다. 형제가 합심해서 조자룡을 공격했다.

"더 이상 도망갈 곳은 없다. 빨리 내려가거라."

여기에 장료張遼의 대병, 허저의 부대도 그를 산 채로 잡으려고 물밀듯이 몰려왔다.

"저들에게 따라잡히면 끝이다."

조자룡은 당장 생사를 걸 수밖에 없었다. 분명 그도 남은 힘으로 앞의 두 적장을 베는 것이 마지막일 것이었다. 진과 신, 둘의 목을 베자 숨은 더 가빠지고, 온몸은 피와 땀으로 흥건히 젖고, 말 또한 기진맥진하여 간신히 사지를 벗어날 수 있었다.

조자룡이 드디어 장판교까지 오자 저편 다리 위에 아직도 홀로 장팔사모를 비껴들고 있는 장비의 모습이 보였다.

"여기요, 장비."

조자룡이 목소리를 짜내서 손을 든 때였다. 그의 뒤에서 집요한 적의 무리가 더 이상 싸울 기력도 없는 그를 향해 달려들었다.

"장비, 나를 도와주시오."

천하의 조자룡도 장비가 서 있는 다리를 향해 절규했다. 말은 기진맥진하고 몸은 천근만근 무거웠다. 게다가 당장 공격해오는 것은 조조군의 효장驍將 문빙과 휘하의 맹장들이었다.

장판교 위에서 보고 있던 장비가 달을 올려보던 맹호가 먹잇감을 발견하고 바위에서 비상하듯 한걸음에 달려왔다.

"조운, 뒤는 내게 맡기고 그대는 어서 빨리 다리를 건너게."

조자룡은 피범벅이 되어 아수라장으로 변할 그곳을 뒤로하고 간신히 지친 말을 이끌고 장판교를 건너 유비가 있는 곳까지 달려왔다.

"여봐라, 여기……."

조자룡은 아군을 보자 말에서 풀썩 떨어졌다. 피투성이에 처참한 몰골인 조자룡은 땅바닥에 엎드린 채 어깨로 거친 숨을 내쉴 뿐이었다.

"아니, 조운이 아닌가. 그런데 품 안에 안고 있는 것은 무엇인가?"

"아두 공자입니다."

"뭐라, 내 아들 아두!"

"용서하십시오. 면목이 없습니다."

"무슨 말인가? 아두가 죽었단 말인가?"

"아닙니다. 공자님은 무사합니다. 처음에는 불에 덴 듯 우셨습니다만, 이제는 우실 힘도 없는 듯합니다. 다만 가슴 아픈 것은 미 부인의 죽음입니다. 깊은 상처를 입고 걷지도 못하셔서, 제가 말을 권했지만 공자님을 부탁한다는 말을 남기고 우물 속으로 몸을 던지셨습니다."

"아, 아두를 대신해서 부인이 죽었단 말인가."

"우물에 마른 풀과 흙을 덮어 시신을 숨기고 왔습니다. 미 부인의 혼령이 공자님을 지켜주신 듯합니다. 소장은 오로지 공자님을 품에 안고 적의 포위를 뚫고 이렇게 돌아왔습니다."

조자룡이 갑옷의 엄심갑掩心甲을 풀어 유비의 양손에 건네는데도 아두는 잠에 빠져 아무것도 모르는 듯했다.

유비는 자신도 모르게 아두의 볼에 얼굴을 비볐다. 상처 하나 없는 게 천만다행이었다. 유비는 그만 넋을 잃고 바라보다 문득 무슨 생각이 들었는지 아두를 풀숲으로 내던졌다.

"앗, 어찌?"

조자룡도 다른 장수들도 유비의 마음을 헤아릴 수 없어서 울고 있는 공자를 서둘러 안아 올렸다.

"시끄럽다. 저쪽으로 데려가라."

유비는 다시 말을 이었다.

"조운 같은 충신은 이 세상에서 두 번 다시 얻을 수 없을 터. 그런데 이 어린것 때문에 하마터면 장군을 잃을 뻔하였구나. 자식은 또 얻을 수 있지만 조운은 다시 얻을 수 없다. 하물며 여기는 전쟁터인데 아이의 울음소리로 범부의 마음이 약하게 돼서는 안 될 말이다. 그래서 던진 것이니 제장들은 내 마음을 의심하지 말라."

조자룡은 땅에 이마를 조아렸다. 이제까지 넘어온 백난百難의 고苦도 잊고 유비를 위해서라면 죽어도 좋다고 다시 가슴속으로 맹세했다.

원서 『삼국지』를 보면, 이 용장이 눈물을 흘리며 “간뇌도지肝腦塗地 하더라도 이 은혜는 갚지 못할 것입니다” 하며 두 번 절을 하고 사람 속으로 물러갔다고 한다.

* * *

조조는 경산을 내려왔다.

깃발과 마인馬印의 격류는 구름이 계곡에서 흘러나오듯 하고 징과 북소리는 평원으로 이어졌다. 조인, 이전李典, 하후돈, 악진樂進, 장료, 허저 등 각 진영의 기병도 모두 장판파로 향해 왔다.

“조자룡이 도망간 방향이 바로 유비가 있는 곳이 틀림없다.”

최후의 일격을 가하기 위해, 만족할 만한 성과를 보충하기 위해, 그곳으로 전력을 집중한 것이다. 그런데 그 방향에서 문빙과 수하들이 비참한 몰골로 도망쳐왔다. 연유를 묻자 문빙이 말했다.

“장판교 부근까지 조운을 쫓아갔더니, 장비가 뱀같이 생긴 창을 들고 막아서서 그만 조운도 놓치고 아군도 이렇게 당하고 말았소.”

문빙의 말에 허저와 악진이 이를 갈았다.

“아무리 장비가 신출귀신한 장수라 하나 이 대군과 승상의 위광을 입고서 그런 몰골로 돌아오다니. 내가 장비를 잡겠다.”

적장들은 앞다퉈 장판교까지 달려갔다.

장판교는 강을 사이에 두어 패군에게 유리한 저지선이었다. 버드나무가 늘어져 있고 햇살이 화창하게 내리쬐는 장판교 위에 단 하나의 그림자가 우두커니 지키고 있었다.

허저는 의아해하며 말을 다독여 서서히 다리 입구로 다가갔다. 하지만 장수는 장팔사모를 들고 말 위에 앉아 미동도 하지 않고 노려보았다.

"앗, 장비다."

자신도 모르게 새어 나오는 말에 말도 무서웠는지 주춤주춤 뒤로 물러섰다. 장비는 두 눈을 더욱 부릅뜨고 한 마디도 하지 않았다.

"저자가 연인 장비다."

"아무리 장비라 해도 적은 한 명이다."

이전, 조인, 하후돈 등의 적장이 서로 격려하며 다리로 돌진하려는 순간이었다.

"승상의 명령이다. 서두르지 말라."

뒤에서 들려온 소리에 적장들은 좌우로 길을 열었다. 군마와 깃발이 강가를 가득 메우며 당당히 위용을 드러냈다. 이윽고 중앙의 한 군단의 깃발이 숲을 이루며 앞으로 나왔다. 그중에서도 백모황월白旄黃鉞의 친위병에 둘러싸여 금으로 된 안장을 얹은 백마를 탄 대장이 있었는데, 바로 조조였다. 푸른 비단의 산개傘蓋는 주옥珠玉으로 만든 관冠 위에서 드높게 나부껴 천하에 거리낄 게 없다는 듯 위풍당당했다.

"자칫, 공명의 계략에 말려들지 말라. 다리 위의 장비는 적의 함정이다. 건너편 숲에 적병이 숨어 있을 것이다."

조조는 먼저 흥분한 장수들을 제지하며 장비를 쏘아보았다.

그런 상황에서도 장비는 전혀 동요하는 기색이 없었다. 오히려 온몸에 투지가 불타오르는 듯 두 눈이 이글거렸고, 적을 향해 쏘아붙였다.

"거기 온 자는 적의 총사인 조조가 아닌가. 이 몸은 유 황숙의 의형제, 연나라 사람 장비다. 어서 나와서 나와 겨루어보자."

장비의 목소리는 장판의 강물에 울려퍼졌고 살기는 떨어지는 번개와 같았다. 그 위세에 조조의 주위를 지키고 있던 사람들은 그만 산개를 떨어뜨리고 백모황월의 의용儀容을 허물고 몸을 부르르 떨었다. 수만의 조조군도 위압감을 느꼈다. 파도와 같은 공포의 물결이 일자 조조군은 모두 다 얼굴빛이 창백해졌다. 동요하는 군사들을 돌아보며 조조가 말했다.

"예전에 관우가 내게 했던 말이 떠올랐다. 자신의 의형제 중에 장비라는 자가 있는데 자신은 장비에 비할 수가 없다며, 그가 한바탕 화가 나서 백만의 군사 속으로 뛰어들면 적장의 목을 취하는 것은 주머니 속 물건을 더듬어 꺼내는 것과 같다고 말했다. 과연 이들도 장비의 이름을 들었나보구나. 흠, 무서운 맹장이다!"

조조가 그렇게 말하고는 감탄해 마지않는데, 갑자기 옆에서 하후패夏侯覇라는 장수가 나서며 말했다.

"무엇을 그리 두려워하나. 우리 조조군의 휘하에도 장비를 능가하는 자가 있다는 사실을 지금 보여주겠다."

하후패는 즉각 말을 달려 장판교를 울리며 장비에게 달려들었다. 하지만 장비가 장팔사모를 휘두른 순간, 하후패는 말 위에서 굴러떨어지고 말았다. 그 모습을 본 조조군은 동요하기 시작했고, 조조도 사기가 꺾여 서둘러 전군에게 후퇴하라는 명을 내리고 도망쳤다.

군사들은 모두 산이 무너지듯 앞다퉈 도망치기 시작했다. 사람의 마음은 신기한 것이라 한번 무섭다고 생각하니 장비가 아무것도 하지 않았는데도, 조조군은 자신의 뒤에서 장비가 쫓아오는 듯한 기분을 느꼈다. 조조군은 칼을 버리고 창을 내던지고 말에 밟히는 등 말 그대로 아비규환이었다.

조조도 그 소란에 말려들었다. 말은 미친 듯이 날뛰고 관은 날아가고 머리는 헝클어지고 본진本陣은 앞뒤가 뒤바뀌어 야단법석이었다. 간신히 조조를 따라잡은 장료가 말의 고삐를 잡아채고 이를 갈며 말했다.

"이것이 대체 어찌 된 일입니까. 불과 단 한 명의 적을 이렇게 무서워할 필요는 없을 것입니다."

조조는 그제야 꿈에서 깨어난 얼굴을 하고 전군을 재정비하라고 명령했다.

"내가 무서워한 것은 절대로 장비 한 사람 때문이 아니다. 다리 건너편 숲의 복병 때문이다. 필시 공명이 무슨 간계를 꾸민 것이 틀림없으니 오늘은 신중을 기해 퇴각을 명한 것뿐이다."

그때 조조의 부끄러움을 면하게 하는 연기가 피어올랐다. 적이 장판교를 불태우고 퇴각했던 것이다. 그 말을 들은 조조가 다시 명령했다.

"다리를 불태우고 도망가는 것을 보니 역시 병력이 많이 남아 있지 않은 게 틀림없다. 당장 세 곳에 다리를 만들어 유비를 쫓아라."

유비와 그 일행은 처음에는 강릉을 향해 피신했지만, 이런 사정으로 그 방향으로는 도저히 갈 수 없게 되었다. 그들은 급히 길을 바꿔 면양沔陽에서 한진漢津으로 빠졌고, 밤낮을 가리지 않고 계속 도망쳤다.

62
동오로 가는 제갈량

형주를 취한 조조는 손권에게 함께 유비를 칠 것을 재촉하고, 공명은
천하삼분지계의 실현을 위해 손권을 설득하고자 노숙과 함께 동오로 들어간다

유비의 생애 중에서도 이때의 패전행은 가장 큰 역경이라 할 수 있다.

조조도 처음에는 부하 장수에게 추격을 명했지만, 순욱荀彧에게 지금이 아니면 유비를 죽일 기회가 없으며 여기서 놓친다면 숲 속에 호랑이를 풀어놓는 것과 같은 일이라는 이야기를 듣고, 수만의 군사를 파견하고 자신도 끝까지 쫓을 것을 다짐하며 추격했다.

장판교 부근에서 혹독히 당하고 한강漢江 나루 어귀까지 몰렸을 때 유비는 '내 운도 여기까지인가' 하며 체념한 상태였다. 그런데 마침 원군이 나타났다. 앞서 명을 받고 강하에 갔던 관우가 유기로부터 만 명의 병사를 얻어 밤낮을 달려와 한강 부근에서 간신히 유비 일행을 따라잡았던 것이다.

"아아, 하늘이 아직 이 유비를 버리지 않으셨구나."

이런 상황에서 인간은 자신의 운명을 하늘에 맡기는 수밖에 없을 것이다. 일희일우一喜一優, 구사일생, 마치 가는 곳도 모르고 노도와 폭풍이 이는 거친 바다를 떠도는 듯한 심경이었다.

이제 유비는 관우가 준비한 배에 올라 위험한 형편에서 벗어날 수 있었다. 배 안에서 관우는 미 부인이 죽었다는 소식을 듣고 크게 통곡하며 말했다.

"예전 허전許田에서 사냥을 할 때, 내가 조조를 죽이려 한 것을 부인께서 극구 만류하지 않았더라면, 오늘날 이리 돌아가시지 않았을 것을……."

유비는 관우가 그답지 않게 푸념을 토로하는 것을 달랬다.

"그때는 천하를 위해 난을 일으켜서는 안 된다고 생각했고, 또 조조의 인물을 보고 만류했지만, 만일 하늘이 도운다면 언젠가 다시 동생의 뜻을 이룰 때가 올 것이오."

그때 강의 상류 쪽에서 함성과 북소리가 들렸다. 뱃머리에 서서 보니 맞은편에서 배들이 순풍에 돛을 달고 개미 떼처럼 다가왔다. 유비의 얼굴이 창백해지고 관우의 얼굴도 당황한 기색이 역력했다. 선두에 있는 배 한 척은 보기에도 거대했다. 얼마 지나지 않아 물결을 가르며 가까이 다가온 그 배 위에는 하얀 전포戰袍에 은갑옷을 두른 훤칠한 젊은 장수가 서 있었다. 자세히 보니 그는 계속해서 이쪽을 향해 손을 흔들고 있었다. 이윽고 장수의 목소리가 들려왔다.

"숙부님, 무사하십니까? 혹여 늦지 않았나 싶어 걱정했는데 이렇듯 무사하시니 다행입니다. 늦어서 송구합니다."

강하성에서 온 유기였다. 유비와 관우는 기쁘기 그지없었다. 배가 서로 지척으로 가까워지자 유비는 유기의 손을 잡고 맞아들이며 눈물을 흘렸다.

"아, 내가 위험할 때 이렇듯 달려오다니."

또 강을 몇 리를 나아가자 한 무리의 병선이 날아오듯 노를 저으며 다가왔다. 그 배에는 무장인 듯하고 선비인 듯한 풍채의 인물이 서 있었다. 바로 제갈공명이었다. 다른 배에는 손건孫乾이 타고 있었다. 이쪽으로 올 줄 대체 어찌 알았는지 사람들이 의아해하며 물었다.

"이쯤에서 기다리면 합류할 수 있을 듯 여겨 하구夏口(한구漢口 부근)의 병사를 조금 모아 기다리고 있었을 뿐입니다."

손건이 말했다.

공명은 웃음만 지을 뿐 아무 말도 하지 않았다.

위험에 처해 원군을 청해도 원군이 제때에 오는 경우는 드문데, 역시 공명이 직접 가서 유기의 마음을 움직였기 때문에 가능했던 것이다.

공명은 그 전후 사정을 세세하게 이야기하려면 자신의 입으로 자신의 공을 자랑하는 것 같아 화제를 앞으로의 전략을 세우는 데로 돌렸다.

"당장은 다음 책략이 중요합니다. 하구는 요지로 배편도 있으니, 먼저 저기 있는 성에 들어가 조조의 대군을 방어하면서 때를 기다려야 합니다. 또 유기 공자께서 강하성으로 돌아가셔서 서로 도우며 함께 병선의 재정비에 힘쓰는 것이 좋을 듯합니다."

유기는 공명의 말에 동의하면서도 자신의 생각을 말했다.

"그보다 먼저 숙부님을 제가 있는 강하성으로 모신 후 만반의 준비를 하는 편이 안전하지 않을까 생각합니다."

유비와 공명도 유기의 생각에 찬성했다. 관우에게 병사 5천 명을 딸려 먼저 강하성으로 들어가게 한 후 아무 이상이 없다는 걸 확인하고 유비와 공명, 유기 일행은 차례로 성으로 들어갔다.

이렇게 유비를 놓친 조조는 각지에 흩어져 있던 추격군을 한수漢水 부근으로 모았다. 또 유비가 강릉에 들어가는 것을 막기 위해 강의 남쪽으로 내려가서 병사 일부를 주둔시킨 후 바로 형주로 돌아갔다.

형주는 유종의 신하였던 등의鄧義와 유선劉先 등이 지키고 있었는데, 유종이 죽고 양양도 빼앗긴 뒤로 조조에게 성문을 열고 항복할 수밖에 없었다.

조조는 형주에 주둔하면서 드디어 오吳를 칠 전략을 궁리했다. 조조에게 오나라는 오랫동안 골칫거리였다. 오나라 공략에 성공하지 못하면 절대로 천하통일의 패업은 완성하지 못할 터였다.

조조는 순유에게 오나라에 보낼 격문을 쓸 것을 명했다.

> 지금 유비, 공명 일당은 얼마 남지 않은 목숨을 부지하여 강하와 하구에서 난을 기도하고 있으니 짐의 삼군과 동오東吳의 군이 함께 어망에 든 고기를 낚아보지 않겠는가.

하지만 조조도 이런 한 장의 격문으로 오가 항복할 것이라고는 기대하지 않았다. 만에 하나 '실력행사'가 필요할 것에 대비해 조조는 격문을 보냄과 동시에 군사를 수륙 양쪽에서 남쪽으로 전개했다.

총 83만의 군사를 거짓으로 백만이라 주장하며 서쪽의 형협荊陜(형주와 협중陜中)에서 동쪽의 기황蘄黃(기춘蘄春과 황주黃州)에 걸친 3백 리 사이에 전선을 펼쳐 오나라를 위압했다.

그때 오주吳主 손권孫權은 시상성柴桑城에 와 있었다. 사태가 심상치 않게 돌아가자 그가 노숙魯肅에게 물었다.

"지금이야말로 오의 태도를 확실히 해야 할 때가 온 듯하오. 조조 편에 서는 것이 득인가, 유비와 손을 잡는 것이 득인가. 지금의 결정이 오의 흥망을 결정할 것이오. 그대의 생각을 기탄없이 들려주시오."

손권의 자문에 노숙은 신중하게 답했다.

"유표의 죽음을 애도한다는 명목으로 제가 형주로 가겠습니다."

"그런 다음에?"

"돌아오는 길에 몰래 강하에 들러 유비를 만나 이해利害를 설명하고 그를 돕겠다는 밀약을 맺겠습니다."

"유비를 도우면 조조가 우리 오나라를 공격해올 것이오."

"아닙니다. 유비의 세력이 쇠퇴했기 때문에 조조는 바로 대군을 돌려 오로 온 것입니다. 유비가 강해지면 배후에 근심이 있으니 조조는 절대로 오에게 전면적인 공격을 할 수 없을 것입니다."

노숙은 이어 말했다.

"제가 형주로 가면 형주의 강하에 진을 치고 있는 조조와 유비, 양쪽의 실상을 두 눈으로 보고 올 생각입니다. 그것도 중요한 일이기 때문입니다."

오의 움직임은 자국의 흥망을 결정하는 것과 동시에 조조의 대군에게도, 강하의 유비에게도 중대한 열쇠가 되었다.

공명은 강하의 성안에 있으면서도 이 일을 때때로 논의했지만 항상 지극히 온당한 말만 했다.

"오는 멀고, 조조는 가깝고, 결국 우리가 품은 천하삼분의 이상理想, 즉 삼국정립의 실현을 위해서는 어디까지나 멀리 있는 오를 움직여 가까운 조조와 싸우게 할 수밖에 없습니다. 두 강국을 서로 싸우게 하여 힘을 상쇄시켜, 우리의 힘을 확대해야 합니다. 진정한 대책大策은 그다음입니다."

"그렇게 우리의 바람대로 되면 좋겠소만."

이것은 유비만의 의구심이 아니라 누구나 그렇게 생각했다.

"두고 보십시오. 곧 오에서 사자가 올 것입니다. 그때에는 제가 직접 배를 타고 오나라에 가서 세 치 혀로 손권과 조조를 싸우게 하겠습니다. 또한 강하의 아군은 어느 쪽에도 서지 않고, 한쪽이 지는 것을 보고 나서, 만전의 대계大計를 실행에 옮길 것입니다. 싸우지 않고 반드시 이기는 싸움을 할 것, 이는 삼척동자도 알고 있는 병법의 기본입니다."

사람들은 그의 말을 듣고 오히려 더 불안해했다.

"저런 말을 하는 걸 보니, 공명은 뭔가 기적이라도 일어나길 하늘에 기원하는 듯하군."

그런데 며칠 후, 정말로 그 기적이 강하를 찾아왔다.

"오의 손권을 대신해서 유표 님의 조문을 위해 중신 노숙이라는 자의 배가 지금 강어귀에 도착했습니다."

"군사는 이런 일이 있을 줄 어떻게 미리 아셨습니까?"

사람들이 놀라 묻자 공명이 대답했다.

"아무리 강대한 동오東吳라고 하나 백만의 조조군이 남쪽으로 내려오면 두려울 수밖에 없습니다. 또한 오는 부강하지만 실전 경험이 적으니 자국의 군사력을 가늠할 수 없습니다. 그래서 우선 사자를 보내 주공을 설득하여 조조의 배후를 치는 책략을 택할 것이라고 생각했습니다."

공명은 유기를 돌아보고 오의 손책이 죽었을 때, 형주에서 조문을 보냈는지를 물었다. 유기가 그런 적이 없다고 답하자 공명이 웃으면서 말했다.

"그것 보십시오. 오와 형주는 누대로 원수지간이었습니다. 지금 그것을 버리고 사자를 보낸 것은 조문을 위한 사자가 아니라 실은 허실虛實을 찾기 위한 사자임이 분명합니다."

* * *

노숙은 빈각으로 안내되었다. 그는 유기에게 조의를 표하고 유비에게 예물을 올렸다.

"오후 손권께서 심히 안부를 걱정하고 계십니다."

이어 후당에서 주연이 열렸고, 이번에는 유비가 먼 곳에서 온 노숙의 노고를 위무했다.

노숙은 많이 취한 듯 유비에게 능청스럽게 묻기 시작했다.

"유 황숙은 근래에 조조와 패권을 다투고 계신 듯하니 조조에게는 눈엣가시와 같겠습니다. 대체 조조는 천하통일의 야망을 품고 있는 것입니까, 아니면 그저 자신의 욕심을 채우려는 것입니까?"

"글쎄, 어떨지요."

"조조의 진영에서 누가 가장 총애를 받고 있는지요?"

"그것도 잘 모르겠소이다."

유비는 무엇을 물어도 모른 체했다. 이는 공명의 말에 따른 것이었다.

노숙은 조금 얼굴빛을 바꾸며 힐난하듯 물었다.

"신야, 당양 각지에서 조조와 싸워온 황숙께서 적에 대해 아무런 지식이 없을 리가 있겠습니까."

유비는 더욱 막막한 얼굴을 하며 말했다.

"어떤 싸움에서도 저희는 조조가 온다는 소리를 들으면 도망치기 바빠서 자세한 것은 전혀 모릅니다. 단지 공명이라면 조금 알고 있지 않을까 하오."

"제갈량은 어디에 계십니까?"

"지금 부르려던 참이었소. 누가 군사를 불러오너라."

유비의 명에 이윽고 공명이 들어오더니 조심스레 자리에 앉았다.

"공명 선생, 나는 선생의 형님과 오랜 친우입니다."

노숙이 개인적인 친분을 표하며 말을 건네자 공명도 친근한 표정을 지어보이며 말했다.

"아, 예. 제 형님을 잘 알고 계십니까?"

"그렇습니다. 오는 길에도 만나고 왔습니다. 전언이라도 가지고 왔으면 좋았을 텐데, 이렇듯 사자의 공무가 우선인지라."

"여담은 거두고, 저희 주군께서는 일찍부터 오와의 교우를 통해 조조를 정벌하고 싶어 하시는데, 공의 생각은 어떠하신지요?"

"아주 중대한 문제인 듯합니다."

"자랑이 아니라, 동오도 저희와 손을 잡지 않으면 존립이 위태롭지 않을까 합니다. 만약 저희 주군께서 마음이 변하여 조조와 손을 잡으면 저희로서는 최선이겠지만, 오에게는 위협이 될 것입니다. 그럼 남하南下의 위력은 배가倍加될 것입니다."

겉은 공손한 듯하지만 공명의 말은 대국의 사신을 위압하고 있었다. 노숙은 두려울 수밖에 없었다. 공명의 말이 실현되지 않으리라는 법도 없기 때문이다.

"저는 오의 신하이지만, 유 황숙을 위해 개인적으로 이것만은 말씀드릴 수 있습니다. 귀국의 교섭 여하에 따라 저희 오후께서 절대로 움직이지 않을 일도 없지 않을까 믿고 있습니다. 다만 저는 사자에 불과하기에……."

"그럼 가능성이 있다는 말씀인지요."

"뭐, 그렇습니다. 다행히 공명 선생의 형님은 저희 오의 참모이자 주군의 신뢰가 깊은 분이시니 선생이 직접 동오에 사자로 오시는 게 어떨까 싶습니다."

옆에서 듣고 있던 유비의 얼굴빛이 창백해졌다. 오의 계략이 아닌가 생각했기 때문이다. 노숙이 아무리 권해도 유비는 허락할 기색을 보이지 않았다. 공명은 유비를 몇 번이고 설득하며 승낙을 청했다.

"시급을 다투는 일입니다. 신의를 믿고 다녀오겠습니다. 부디 명을 내려주십시오."

드디어 며칠 후 공명은 노숙과 함께 동오로 향하는 배에 올랐다.

63
설전舌戰

공명은 시상성에서 부전론을 주장하는 오의 중신들과 설전을 벌이고,
주전론과 부전론 사이에서 고민하던 손권은 드디어 주유를 부른다

장강長江 천 리, 날이 새고 또 날이 저물어도 강가의 풍경은 변하지 않았다. 그저 누런 강물이 도도히 흐르며 뱃전을 때리는 소리만 귀에 들릴 뿐이었다. 배는 밤낮없이 오의 북단, 시상군柴桑郡을 향해 내려갔다.

동오로 가는 길에 노숙은 홀로 생각에 잠겼다.

'지금 유비는 곤궁한 처지에 놓여 있지만 하나의 세력인 건 틀림없다. 그의 군사이자 재상인 공명이 혈혈단신 오로 가는 의기는 필시 여간한 각오가 아닐 것이다. 공명은 죽음을 무릅쓰고 오를 설득할 비책을 가지고 있는 게 분명하다.'

노숙은 며칠 동안 공명과 배를 같이 타고 오면서 공명의 비장한 마음을 동정하면서도 한편으로는 불안해했다.

"만약 오후가 공명에게 설득당해 유비를 위해 조조와 싸우게 될 경우, 만에 하나 지게 된다면 그 죄는 어찌하리."

노숙은 그 책임이 자신에게 돌아올 것을 두려워하지 않을 수 없었다. 이에 노숙은 공명과 환담을 나누는 중 넌지시 조언을 했다.

"선생, 오후께서 반드시 이런저런 질문을 하실 텐데, 조조군에 대해서는 모른 체하는 편이 득이 될 것 같습니다."

"어째서 그렇습니까?"

공명은 노숙의 속내를 훤히 꿰뚫고 있다는 듯 웃으며 말했다.

"딱히 깊은 뜻은 없습니다. 적에 대해 너무 소상히 알고 있으면, 혹시 조조와 내통하고 오를 염탐하러 온 것 같은 의심을 살 수도 있을 듯합니다."

"하하하, 오후께서는 그런 분이셨습니까!"

노숙의 얼굴이 붉어졌다. 노숙은 공명이 남의 말에 움직일 사람이 아니란 걸 알고는 입을 다물었다.

배가 심양강潯陽江(구강九江) 입구를 지난 후에는 육로를 이용해 서남의 파양호鄱陽湖를 바라보며 나아갔다. 시상성 거리에 도착하자 노숙은 공명을 먼저 역관에 안내하고 자신은 바로 성으로 들어갔다.

부당府堂에서는 때마침 문무백관들이 모여 회의를 하는 중이었다. 노숙이 귀환을 알리자 손권은 그를 자리에 앉게 한 뒤 서둘러 물었다.

"형주의 형세는 어떠하였소?"

"잘 모르겠습니다."

"뭐라, 모른다. 멀리 강을 거슬러 오르며 그 지역을 둘러보았으면서 아무것도 보지 못했다는 말이오?"

"전혀 느낀 게 없는 것은 아닙니다. 따로 보고를 올리겠습니다."

손권은 더 이상 다그쳐 묻지 않았다. 대신 손에 들고 있던 격문을 노숙에게 건넸다.

조조에게 온 '최후통첩'이었다. 자신에게 항복하여 함께 강하의 유비를 치지 않으면 백만 군사로 동오를 멸망시킨다며 즉각 회신을 요구하는 격문이었다.

"이 문제로 회의를 하고 계셨습니까?"

"그렇소. 아침 일찍부터 지금까지……."

"그럼 다른 분들의 의견은 어떠한지요?"

"아직까지 정하진 못했지만, 대부분은 싸우지 않는 게 좋다는 쪽으로 기울어 있소."

그렇게 말하고 손권이 다시 침묵하자 장소張昭를 제외한 중신들이 모두 입을 모아 말했다.

"오의 여섯 군郡의 번영과 안온을 지키고 부강안민을 꾀하고자 한다면 지금은 조조에게 항복하여 조조의 백만 대군을 피하고 후일을 기약할 수밖에 없습니다."

백만의 육군이야 그다지 두렵지 않았다. 오히려 조조가 가지고 있는 수천 척의 수군이 문제였다. 수륙에서 일시에 남진해온다면 그것을 막기 위해 오의 병마와 군선의 절반 이상을 잃게 될 것이다. 부전론을 주장하는 사람들은 한결같이 그것을 두려워했다.

"설혹 이긴다 해도 나라의 손실을 복구하려면 3, 4년 이상이 걸릴 것입니다. 항복해야 합니다."

평의회는 끝이 나지 않았다. 손권은 더욱 결정을 내릴 수 없었다. 그는 조금 지친 듯 옷을 갈아입고 다시 회의를 하자며 퇴장했다.

노숙이 홀로 손권을 따라갔다. 그러자 손권이 노숙에게 은근히 물었다.

"노숙, 따로 할 얘기가 있다고 했는데, 이제 말해보구려. 그대 생각은 어떻소?"

노숙은 중신들이 부전론을 주장하는 데 반감을 느꼈다. 그런 마음이 공명에게 품었던 동정과 어울려 주전론을 주장하는 데까지 이르렀다.

"중신들이 입을 맞춘 듯 오의 항복을 주장하는 이유는 모두 자신들의 보신과 안위를 먼저 생각하기 때문입니다. 그들은 조조에게 항복하여 주군을 바꿔도 자신들에겐 아무런 영향이 없을 것을 잘 알고 있습니다. 주군州郡의 태수가 될 부귀영화도 약속받을 것입니다. 하오나 오후께서는 겨우 후侯에 봉해져 수레 한 대, 말 몇 마리, 종자 20명도 받지 못할 것입니다. 게다가 남면南面하여 천하의 패업을 이루려는 바람은 죽을 때까지 이루지 못할 것입니다."

손권은 아직 젊기에 노숙의 말에 동요할 수밖에 없었다. 소극적인 주장에는 망설였지만 적극적인 주장에는 본능적으로 피가 끓었다.

"더 자세한 것은 소인이 강하에서 동행한 일객一客을 불러 그와 함께 논의해보는 게 어떠하신지요?"

"손님이라니 누구요?"

"제갈근의 아우, 공명입니다."

손권은 공명의 이름을 오래전부터 듣고 있었다. 게다가 공명은 자신의 신하 제갈근의 아우이기도 했다. 손권은 하루빨리 공명을 만나고 싶었지만, 공명을 기다리는 중신들과의 평의회도 있으니, 내일 다시 회의를 소집한다고 중신들에게 전했다.

다음 날 아침, 노숙은 역관으로 공명을 만나러 갔다. 전날 밤에 공명도 전갈을 받은 터라 이미 준비를 마치고 있었다.

"오후께서 조조의 병력에 대해 물으시면, 있는 그대로 말하지 않는 편이 좋을 듯합니다. 문무백관은 무사안일을 바라는 인물이 대부분이기 때문입니다."

노숙은 친근하게 속삭였지만 공명은 다른 확고한 자신감이 있는 듯 그저 고개만 끄덕일 뿐이었다.

그날 시상성에는 강동江東에서 내로라하는 문무文武 인걸 20여 명이 공명을 보기 위해 높은 관에 넓은 띠를 두른 의관을 갖춘 채 침묵을 지키며 좌정해 있었다.

공명이 노숙의 안내를 받으며 들어왔다. 공명은 앉아 있는 사람들에게 일일이 이름을 묻고 예를 갖춘 후 조용히 객석에 앉았다. 공명의 거동은 진중했고, 눈에서는 광채가 뿜어져 나왔다. 사람들은 공명을 구름을 품은 산과 산에 숨어 있는 달을 보듯 바라보았다.

'흠, 이 사람은 오를 설득해 조조와 싸우게 하려고 홀로 왔구나.'

강동 제일의 명장으로 불리는 장소는 공명을 흘낏 보고는 단번에 그의 마음을 꿰뚫었다.

공명의 인사가 끝나자 장소가 공명에게 말했다.

"유예주劉豫州께서 삼고초려三顧草廬 하여 선생을 맞이한 후 마치 물고기가 물을 만난 듯 기뻐했다는 소문이 세상에 전해지고 있는데, 형주를 빼앗기고 신야에서도 쫓겨나 비참한 패망의 길을 걷고 있는 것은 대체 어쩐 일입니까?"

장소가 비꼬듯 말하자 공명이 한동안 그를 바라보았다.

장소는 오의 인재였다. 그를 설복하지 못하고 오의 여론을 움직이는 것은 극히 어려운 일이었다. 그렇기에 공명은 상냥히 웃으며 말했다.

"만일 유예주께서 형주를 빼앗으려 한다면, 그것은 손바닥을 뒤집는 것보다 쉬운 일입니다. 하지만 예주께서는 돌아가신 유경승과 동종同宗의 연을 맺었습니다. 그러한데 보통 사람이라면 모를까, 인의를 중시하는 예주께서 나라의 불행을 틈타 영지를 탈취하는 일은 있을 수 없는 일입니다."

"아무래도 선생의 언행이 다른 것만 같소. 선생은 스스로 자신을 춘추春秋의 관중管仲, 악의樂毅와 비교하지 않습니까. 옛 영웅의 뜻은 천하만민의 해害를 없애는 것으로, 그러려면 사소한 일과 사사로운 감정을 버리고 대의와 공덕으로 패업통일을 이루는 게 마땅하지요. 그러한데, 유예주를 도와 오늘날 관중이나 악의를 자임하는 선생이 사사로운 감정에 연연하여 조조군을 만나 갑옷과 창을 버리고 패주한다면 아무리 호의적으로 생각해도 그다지 좋게 보이지 않습니다."

"하하하."

공명은 호탕하게 웃으며 이어 말했다.

"그대의 눈에 그렇게 보이는 것도 무리가 아닐 듯합니다. 만 리를 난다는 대붕이라는 새가 있습니다. 대붕의 뜻을 어찌 연작燕雀이 헤아릴 수 있겠습니까. 선현들께서도 선인이 나라를 다스리는 데에는 백 년을 계획하고 준비해도 부족함이 있다 했습니다. 비유하자면 중병을 치료하기 위해서는 먼저 죽을 주고 부드러운 약부터 시작합니다. 그렇게 오장육부와 혈기를 다스린 후, 서서히 강한 약을 써서 병의 근원을 끊습니다. 그렇지 않고 기맥이 약한 중태에서 갑자기 육식맹약을 처방하면 병자의 생명은 어찌 되겠습니까? 지금 천하의 대난은 중병을 앓는 병자의 기맥과 같고, 만민의 궁핍함은 빈사와 같습니다. 유예주께서 지난날 여남汝南에서 패하고 신야로 들어갔을 때 군사는 천 명에 불과하고 장수는 관우, 장비, 조자룡뿐이었습니다. 이는 바로 병세가 극도로 위중한 경우에 비할 수 있습니다. 더구나 신야는 궁벽한 땅이라 백성도 적고 양곡도 부족한 곳이니, 잠시 몸을 의탁하는 곳에 지나지 않습니다. 그런 상황에다 성곽도 부실하고 병갑을 갖추지 못한 상태로 박망파에서 적군을 물리치고, 백하에서 하후돈과 조인의 무리를 물리치고, 당당히 물러난 것이지 패주한 것이 아닙니다. 단 당양의 평야에서 잠시나마 비참히 이산을 경험했지만, 이는 신야의 수만 백성들이 주군의 덕을 흠모하여 뒤따라왔던 터라 하루에 10리밖에 가지 못해 그만 강릉까지 갈 수 없었던 결과입니다. 이 또한 주군 유비의 인애를 보여주는 것이지 부끄러운 패전이라고는 볼 수 없습니다. 옛날 초의 항우項羽는 싸울 때마다 승리하였지만 해하垓下의 일패로 고조高祖(유방劉邦)

에게 멸하고 말았습니다. 한신韓信은 고조를 섬기며 싸움에서 이긴 적이 없는 대장이었지만 마지막 승리를 고조에게 바쳤습니다. 이것이야말로 진정 대계大計일 텐데, 아무래도 따뜻한 자리에 앉아 달변을 자랑하고, 국지적인 승패를 두고 공과를 논하며, 백년사직의 대계를 입으로만 논하는 경박한 사람은 잘 이해할 수 없을 것입니다."

유창하면서도 침착함을 잃지 않는 공명의 표정과 태도에서 비굴하다거나 상대를 비하하는 느낌은 찾을 수 없었다.

장소는 기가 꺾인 듯 침묵했다. 다른 사람들도 마찬가지였는데, 그 순간 한 사람이 일어섰다. 자字가 중상仲翔인 우번虞翻이었다.

"솔직하게 여쭤보는 거니 무례하다 생각지 마시길 바랍니다. 지금 조조의 백만 군세가 천하를 한입에 삼킬 듯 맹위를 떨치는데, 선생에게 어떤 대책이 있는지 들려주시길 바랍니다."

"백만이라고 하지만, 실은 7, 8십만 정도일 것입니다. 그것도 원소袁紹를 공략해서 북병을 편입하고, 형주를 함락시켜 유표의 군신을 합친 것, 소위 오합지졸입니다. 아무것도 두려워할 필요가 없을 듯합니다."

"과연 듣던 대로 제갈량이오. 신야에서 쫓기고 당양에서 참패했으니 간신히 호랑이 입에서 도망쳤다고 할 수 있을 텐데, 조조를 두려워하지 않아도 된다고 하니 참으로 이상하오. 우리를 놀리시는 게 아니오."

"아닙니다. 비록 유예주를 따르는 자는 적지만 모두 인의를 중시하는 군신들입니다. 그런데 어찌 난폭하기 이를 데 없는 조조의 대적과 맞서 그들의 목숨을 잃는 우를 범하겠습니까. 저희에 비해 오의 산천옥토는 넓고 부강하며 병마는 용감무쌍하고 장강의 수세는 견고합니다. 실정이 이러한데도, 오의 국정을 다루는 중신들은 일신의 안위를 우선하여 국치를 무릅쓰고 조조에게 굴복하려 하고 있습니다. 그 유약하고 비열한 중신들을 유예주 휘하의 군신들과 비교하면 어찌 같다 할 수 있겠습니까."

공명의 얼굴에 홍조가 일었고, 말은 더욱 통렬해졌다.

우번이 입을 닫자 또 한 사람이 오만하게 공명의 이름을 부르며 일어섰다. 호가 자산子山인 보즐步騭이었다.

"공명, 감히 묻고자 하오. 그대는 소진蘇秦과 장의張儀의 눌변을 배워, 세 치의 혀를 놀려 동오를 설득하러 온 것이 아니요? 그것이 진짜 목적 아니오?"

공명이 보즐을 흘끗 돌아보며 입을 열었다.

"그대는 소진과 장의를 단지 눌변의 사람으로만 알고 있는가? 소진은 여섯 나라의 재상을 지냈으며 장의는 두 번이나 진秦나라의 재상이 되었소. 두 분 모두 사직을 도와 천하경영에 임한 인물이오. 조조의 격문에 농락당하고 위협에 굴복하여 주군께 항복을 권하는 소인배가 소진과 장의를 들먹이며 가벼이 입을 놀려 하는 말에는 대답할 가치가 없소이다."

보즐은 얼굴이 붉어졌고 할 말을 잃었다.

"조조는 어떤 자이오?"

또다시 한 사람이 당돌하게 물었다. 그러자 공명이 즉각 대답했다.

"한나라의 역적이오."

질문을 한 설종薛綜은 공명의 말이 근본적으로 잘못되었다고 지적했다.

"성현의 말에도 천하는 한 사람의 천하가 아니라 천하의 천하이다, 라고 했소. 이에 요堯도 천하를 순舜에게 양보하고 순도 천하를 우禹에게 넘겼소. 지금 한나라는 그 명운이 다하고 조조는 천하의 3분의 2를 차지하여 민심도 그에게 기울고 있소. 조조를 역적이라고 한다면 순과 우도 역적이 되며, 무왕武王, 진왕秦王, 고조高祖도 모두 역적이 아니오?"

"입을 다무시오!"

공명은 설종을 꾸짖었다.

"그대의 말은 부모도 없고 군주도 없는 인간이나 할 수 있는 말이오. 사람은 태어나면서 마땅히 충효의 근본을 구분하여야 하오. 조조는 조상 대대로 한조의 녹을 먹었고 지금은 한조가 쇠퇴한 것을 보고 있소. 그러한데 그 은혜에 보답하기는커녕 오히려 간웅의 본질을 드러내며 역모를 꾸미고 있소. 보아하니 그대는 누대의 역사를 현실의 한 인간의 야망에 비유하여 억지를 부리고 있는 것 같소. 그런 생각도 역시 역심이라 할 수 있소. 그대는 오가 쇠하면 조조처럼 이내 주군인 오후를 소홀히 대할 것이오?"

이어서 오군吳郡의 자가 공기公紀인 육적陸績이 공명에게 논했다.

"선생의 말씀대로 조조는 상국相國 조참曹參의 후예이고 한조 대대의 신하임에 틀림없소. 그에 반해 유예주는 비록 중산정왕中山靖王의 후손이라고 하나, 우리가 알기로는 그저 짚신을 삼고 돗자리를 짜서 연명하던 촌부였거늘, 어찌 두 사람을 견줄 수 있겠소?"

공명은 소리 내어 크게 웃었다.

"오, 그대는 예전에 원술袁術의 석상에서 귤을 품에 넣었다는 육랑陸良이구려. 일단 앉아서 내 말을 들어보시오. 옛날 주周의 문왕文王은 천하의 3분의 2를 차지하고도 은殷을 섬겨 공자도 그 덕을 지덕至德이라 칭송하였소. 후일 은의 주왕紂王의 폭정에 주의 무왕이 이를 벌하자 백이와 숙제는 이를 간하였소. 조조는 누대로 군가軍家임에도 아무런 공도 없을뿐더러 항상 제왕을 칠 기회만 엿보고 있소. 가문이 높으면 높을수록 그 죄는 심대하지 않겠소. 유예주께서는 당당한 황제의 자손으로 지금의 황제께서도 족보를 살펴 벼슬을 내리셨소. 또한 고조께서도 정장亭長의 신분으로 천하를 얻으셨거늘, 유예주께서 돗자리를 짜고 짚신을 삼아 파셨다 한들 그게 무엇에 욕이 되겠소? 공의 어린 소견으로 어찌 일국의 정사를 돌보게 되었는지 모르겠소만, 내가 그대와 천하와 인생을 논할 수는 없을 것 같소."

육적은 가슴이 먹먹해져 아무 말도 할 수 없었다. 육적을 대신해 홀연히 일어선 사람은 자가 만재曼材인 엄준嚴畯이었다. 그는 비꼬듯 말했다.

"과연 공명이시오. 멋진 논설 잘 들었소. 본국의 영웅들이 모두 공의 눌변에 눌려 안색이 어두워졌구려. 공이 어떤 경전을 읽고 그토록 박식하게 되었는지, 그 온축한 학문을 들려주시지 않겠소?"

공명은 엄준에게 일갈했다.

"책장이나 뒤적이고 남의 글귀를 빌리거나 경구에나 집착하며 세월을 보내는 것은 세상의 썩은 선비들이나 하는 일이니 어찌 나라를 흥하게 하고 백성을 위하는 대계를 알겠소. 한의 천자를 창시한 장량, 진평陳平 같은 이들이 일찍이 경전에 능했다는 말을 들은 적이 없소. 불초 공명 또한 구차하게 책상을 끼고 앉아 검고 흰 것을 따지며 귀중한 붓과 먹과 세월을 허비하지는 않았소."

"그 말은 그냥 흘려버릴 수 없을 것 같소. 그럼 천하를 다스리는 데 문文이 무용하다는 말씀이오?"

여남의 정덕추程德樞가 끼어들었다. 공명은 고개를 좌우로 흔들며 말했다.

"너무 성급하시오. 학문에도 소인의 농문弄文과 군자의 문업文業이란 것이 있소. 소인에게는 자신만 있고 나라가 없으니 세상의 붓과 먹을 낭비하고, 식솔의 평안만 탐하고, 세상 사조를 흐리는 것을 능사로 삼으며, 글을 만 자나 써내려가도 마음속에는 하나의 품은 뜻도 없소. 군자 거유巨儒는 먼저 뜻을 일국의 근본에 두고 인륜人倫의 길을 더하고, 미풍양속에 힘을 쏟고 무미건조한 정치에 아름다운 음색을 보태며, 고된 생활에 활력을 주며, 암흑 속에 희망을 주어야 하오. 무용과 유용은 그것을 이끌어가는 정치의 선악에 있기 때문에, 썩은 문文만 번성하는 것은 악정의 반영이자, 그 나라의 정치를 선명하게 보여주는 것이기도 하오. 앞서 들은 여러분의 말을 통해 이 나라의 학문을 헤아려보면, 바로 소인의 농문과 다를 바가 없소. 이런 제 판단에 불평이 있다면 말씀해보십시오."

공명의 말에 아무도 일어서서 답하는 사람이 없었다. 그때 한 사람이 발소리를 울리며 들어왔다.

* * *

모두 뒤를 돌아 누군가 하고 보니 영릉零陵 사람 황개黃蓋로 자는 공복公覆이고 현재 동오에서 양관糧官을 맡고 있는 인물이었다.

황개는 좌중을 둘러보고 천장을 뒤흔드는 목소리로 말했다.

"제공들은 도대체 무엇을 하고 있는가. 공명 선생은 당대 제일의 영웅이 아닌가. 이런 빈객을 모셔놓고 우문난제를 늘어놓으며 무용한 입을 놀려 손님을 욕보이다니 부끄럽지 않은가? 주군의 얼굴에 먹칠을 하는 것과 뭐가 다르단 말인가."

그러더니 공명을 향해 공손한 태도로 말했다.

"중신들의 무례를 용서하시길 바랍니다. 저희 주공께서 일찍부터 기다리고 계십니다. 금과옥조의 현답을 부디 주공께도 들려주시길 청합니다."

어리석은 질문만 퍼부었던 제공들은 졸지에 황망한 처지에 놓였다. 누군가 손권에게 이러한 사정을 알렸고, 황개는 손권을 대신해 빈객 앞에서 제공들을 꾸짖은 것이었다. 그때부터 공명은 정중한 국빈 대접을 받을 수 있었다. 황개와 함께 노숙의 안내를 받으며 중문을 통과하자 열려 있는 문 저편에 묵묵히 서 있는 중신이 보였다.

공명은 발걸음을 멈추었다. 그 사람도 의연하게 공명을 바라보았다. 바로 오의 참모이자 손권의 중신이자 공명의 친형인 제갈근이었다.

참으로 오랜만에 형제가 만난 것이었다. 어릴 적 손을 맞잡고 늙은 종자와 의붓어머니와 함께 멀리 산동山東에서 남으로 흘러왔을 때의 모습과 비참했던 생활 등이 두 사람의 가슴에 치밀어 오르듯 떠올랐다.

"량, 오에 오셨는가?"

"주군의 명을 받들고 왔습니다."

"타지에서 보았더라면 못 알아볼 뻔했구나."

"형님도……."

"오에 왔으면 왜 빨리 나를 찾아오지 않았느냐? 객지에서 별일은 없었느냐?"

"이번 동오행은 유예주의 사자로 온 것이라 개인적인 일은 모두 뒤로 미뤘습니다. 이해해주십시오."

"그것이 도리지. 그렇다면 나중에 느긋하게 만나자꾸나. 주공께서 기다리고 계신다."

제갈근은 오의 신하로 돌아가서 공손하게 빈객을 맞이하고 물러났다. 곧바로 공명의 눈에 호장하고 화려한 대당이 들어왔다. 공명의 옷자락이 주란옥계朱欄玉階를 한 발 한 발 올랐다. 천천히 몸을 일으켜 그를 마중 나온 것은 오주 손권이었다.

공명은 무릎을 꿇고 두 번 절을 올렸다. 손권은 의젓하게 반례로 답하며 상좌를 권했다. 공명은 거듭 사양하고 옆자리에 앉았다.

공명은 유비의 인사를 전했다. 시원스러운 목소리에 절제된 언행은 상대를 기분 좋게 만들었다.

"원로에 수고가 많으셨소."

손권이 공명을 위무했다. 문무백관은 멀리 떨어진 채 그저 숨죽이고 빈객을 지켜보았다. 그때 공명의 눈동자가 손권의 얼굴을 세밀히 살폈다. 손권의 눈은 푸른색에 가깝고 수염은 자줏빛을 띠고 있었다. 한인 본래의 용모와 골격이 아니었다. 또한 앉아 있으면 참으로 당당하게 보였지만, 일어서면 허리 밑이 몹시 작게 느껴졌다.

공명은 생각했다.

'확실히 일세의 거인임에 틀림없다. 하지만 감정이 격하고 고집이 세며 빈틈이 없고 용맹한 대신 단점 또한 쉽게 드러나는구나. 이 사람을 설득하려면 일부러 감정을 격하게 만드는 게 좋을 듯싶다.'

진한 향이 느껴지는 차가 나왔다. 손권은 공명에게 차를 권한 후 말했다.

"신야에서의 싸움은 어떠했습니까? 그것은 선생이 유예주를 도와 싸운 초전이었지요?"

"지고 말았습니다. 병은 수천에 못 미쳤고, 장은 다섯 손가락을 채우지 못했지요. 또 신야는 지키기에 적당하지 못한 성지였습니다."

"대체 조조의 병력은 실제로 어느 정도입니까?"

"백만은 족합니다."

"그렇게 말하고는 있지만……."

"아니, 확실합니다. 북의 청주青州와 연주兗州를 멸망시켰을 때, 이미 4, 50만은 되었습니다. 거기에 원소를 쳐서 4, 50만을 더하고, 중국에서 키우는 직속의 정예군만 적어도 2, 30만은 될 것입니다. 제가 백만이라고 말씀드린 것은 실제로 조조군이 백오육십만이나 된다고 하면 동오의 분들이 놀라 의기가 꺾일까 봐 일부러 적게 헤아려 답했던 것입니다."

"대군을 이끄는 장수는 몇이나 되오?"

"싸움에 능한 장수 2, 3천에, 지혜로운 참모와 용장까지 합해 4, 5천은 될 것입니다."

"선생 같은 사람은 없소?"

"저와 같은 이는 수레를 쌓고 되로 헤아릴 만큼 있습니다."

"지금 조조의 진용陣容은 어디를 공격할 것 같소이까?"

"수륙 양군은 강을 따라 서서히 남진할 태세에 있습니다. 오를 공략하는 일 외에 저토록 많은 군세가 어디를 향할 수 있겠습니까?"

"오는 싸워야 마땅하겠소, 아니면 싸우지 않는 것이 좋겠소?"

손권의 말에 공명이 가볍게 웃었다.

"하, 하."

손권은 무언가 깨달은 듯 다시 정중하게 말했다.

"실은 자경이 선생의 덕과 지조를 높이 칭송하고, 본인 또한 선생의 고명高名을 흠모하고 있던 터라, 오늘 반드시 선생의 고견을 듣고 싶었습니다. 바라건대 이 대사에 임하여 오가 어떤 결정을 내려야 할지 큰 방향을 가르쳐주시면 고맙겠소이다."

"미숙하나마 한 말씀 올리고 싶지만, 필시 주공의 마음에 차지 않을 듯합니다. 무용한 일설을 들으셔서 오히려 심란해지실까 봐 걱정이 됩니다."

"부디 고견을 들려주시길 바라오."

"그럼 기탄없이 말씀 올리겠습니다. 지난날 사해四海가 크게 어지러울 때, 가조家祖 손책 장군은 동오를 일으키셨고, 오늘날 손가孫家의 번영은 희대의 장관이라 해도 과언이 아닙니다. 유예주께서도 초야에서 몸을 일으켜 의를 내세우고 백성을 구하기 위해 조조의 대군과 천하를 다투고 계십니다. 하나 지금은 원통하게도 병도 적고 땅도 없이, 일전에서 패하여 제게 만한萬恨을 맡기셨고, 오와 손잡기를 진심으로 바라고 계십니다. 만일 주공께서 위대한 가조의 창업을 이어받아 원대한 뜻을 품고 계시다면 부디 유예주와 손을 잡아 오월吳越의 병사를 일으켜 즉시 조조와의 국교를 끊으십시오. 혹여 그러한 뜻이 없고 도저히 조조와 천하를 다툴 만한 자격이 없다고 생각하여 포기하신다면, 한 가지 간단한 계책밖에는 없습니다."

"싸우지 않고 나라를 안온하게 할 수 있는 좋은 계책이 있다는 말씀이오?"

"그렇습니다."

"그것이 무엇이오?"

"항복하는 것입니다."

"항복?"

"무릎을 굽히고 조조의 발아래에서 연민을 구하면, 오의 제장들이 장군께 권하는 대로 될 것입니다. 갑옷을 벗고 성을 버리고 땅을 헌납하고 조조의 처분에 맡긴다면 조조도 매정하게 대하지는 않을 것입니다."

"……."

손권은 말없이 고개를 숙였다. 그는 부모의 무덤에 머리를 조아리는 일 외에 여태 다른 사람에게 무릎을 굽힌 적이 없었다. 공명은 그 모습을 물끄러미 지켜보았다.

고개를 숙이고 있는 손권에게 공명이 이어 말했다.

"필시 주공은 가슴속에 큰 자부심을 품고 계실 것입니다. 또 대장부로 태어나 천하대사를 다투고 싶은 기백도 있을 것입니다. 그런데 오의 문무 원로들은 한결같이 싸움을 반대하며 안온제일이 우선이라 합니다. 하지만 사태는 시급하고 중대합니다. 만일 시간을 허비하여 결단의 때를 놓치면 머지않아 큰 화가 닥칠 것입니다."

"……."

손권은 더욱 말이 없었다. 공명은 잠시 시간을 두고 다시 말을 이었다.

"무엇보다 백성이 도탄에 빠져 고통을 받을 것입니다. 싸우려 한다면 싸우는 것도 좋습니다. 항복하려 한다면 그 또한 좋습니다. 다만 어느 쪽이든 빨리 결정해야 합니다. 항복을 한다면 처음부터 치욕을 버리는 편이 주공의 것을 조금이라도 지키는 길입니다."

손권은 고개를 들었다. 속으로 억누르고 있던 울분이 눈과 입술, 그리고 표정에 드러났다.

"선생의 말을 듣고 있으면 남의 일이라고 함부로 말하는 듯한 느낌이 드오. 그렇다면 선생의 주인인 유예주에게도 항복을 권할 수 있겠소? 나보다 더 이길 승산이 없는 유비에게 그 말 그대로 할 수 있소이까?"

"적절한 지적이십니다. 옛날 제齊나라 전횡田橫은 일개 선비에 지나지 않았음에도 한고조에게 항복하지 않고 지조를 지켜 자결했습니다. 유예주께서는 왕실의 종친이면서 그 영재英材가 세상을 덮고, 제민은 물을 따르는 고기처럼 그를 흠모합니다. 승패는 병가지상사요, 진인사대천명입니다. 어찌 조조 같은 무리에게 항복하겠습니까. 만일 제가 주공께 드린 말을 그대로 저희 주군께 진언한다면 주군은 당장 제 목을 치든지, 상종하지 못할 종자라며 평생 경멸하실 것입니다."

공명의 말이 채 끝나기도 전에 손권이 얼굴빛을 바꾸며 자리에서 벌떡 일어나더니 큰 걸음으로 나가버렸다.

병립해 있던 제장들은 노골적으로 공명을 비웃으며 줄지어 후당으로 나갔다. 노숙 혼자 남아 공명에게 물었다.

"선생, 왜 그러십니까?"

"뭐가 말입니까?"

"그토록 제가 충고를 했는데, 선생에게 품은 동정은 허사가 되었습니다. 그리 불손한 말을 들으면 오후뿐 아니라 누구라도 화가 날 것입니다."

"하하, 무엇이 불손이란 말이오. 저는 대단히 신중하고 조심스레 말씀을 드렸습니다. 아마 오후께서는 큰 뜻을 품은 인간을 포용할 도량이 없는 분인 듯합니다."

"그럼 선생에게 다른 묘책이나 대책이 있다는 것입니까?"

"물론입니다. 없다면 공명이라는 이름은 허명이 될 것입니다."

"진정 계책이 있다면 다시 한번 장군께 청해보겠습니다."

"만약 제게 물어보고자 하는 마음이 있다면 그리하셔도 좋을 듯합니다. 조조의 백만 군세도 제 눈에는 개미 떼에 불과합니다. 제가 한 손가락을 움직이면 산산조각이 날 것이고 한 손을 움직이면 큰 강이 거꾸로 올라 그의 전선들을 집어삼킬 것입니다."

노숙은 공명을 가만히 바라보다 그의 말을 믿어도 좋다고 생각했다. 노숙은 손권의 뒤를 좇아 후당으로 들어갔다. 손권은 의관을 갈아입고 있었다. 노숙은 무릎을 꿇고 재차 청했다.

"공명은 아직 본심을 말하지 않았습니다. 조조를 칠 계책에 대해선 결코 가볍게 말할 수 없다고 합니다. 그리고 또한 도량이 좁은 주군이라며 대소하였습니다. 다시 한번 그의 마음을 열어보시길 바랍니다."

"뭐라, 나를 보고 도량이 좁은 주군이라고 말했단 말인가?"

손권은 요대를 차면서 얼굴의 노기를 누그러뜨렸다.

중대한 시기였다. 손권은 국가 흥망의 갈림길에 서 있었다. 그는 마음을 고쳐먹었다.

"그렇다면 노숙, 다시 한번 공명에게 그 계책을 물어보도록 합시다."

"아, 과연 오후이십니다. 잘 생각하셨습니다."

"그는 어디에 있는가?"

"빈전에 그대로 있습니다."

"아무도 들이지 마시오."

손권은 주위를 모두 물리고 다시 공명 앞에 나섰다.

"국주의 위엄에 손을 끼친 죄 죽어 마땅합니다."

"깊이 생각해보니 조조가 오랫동안 적으로 간주하고 있는 것은 우리 동오와 유예주였소이다."

"깨달으셨습니까?"

"하나 우리 동오의 10여 만의 병은 오랫동안 태평에 익숙하여 조조의 강병군마를 당해내기 어렵소이다. 행여 조조에게 대항할 사람은 유예주 외에는 없는 듯하오."

"안심하십시오. 유예주께서 한때 당양에서 패했다고는 하나, 유예주의 덕을 공경한 병사들이 모두 돌아오고 있습니다. 관우가 데려온 병사도 만 명에 이르고, 또 강하의 유기군의 군세도 만 명 정도입니다. 단지 장군의 결의가 어떠하신지, 작금의 건곤일척의 갈림길에서는 구차하게 병수를 따질 계제가 없습니다. 지는 것도 이기는 것도, 모두 장군의 마음 하나에 달려 있을 뿐입니다."

"내 마음은 이미 정했소이다. 나는 동오의 손권이오. 아무렴 조조에게 굴복하겠소?"

"그러시다면 대사를 이룰 기회는 바로 오늘인 듯합니다. 조조의 백만 대군은 모두 원정에 지쳐 있습니다. 때마침 당양 싸움 이후 초조한 마음에 사로잡혀 하루에 3백 리를 진군했다고 합니다. 또한 수군은 대부분 북쪽에서 나고 자라 수전에 미숙합니다. 형주의 군민은 그의 폭력에 어쩔 수 없이 따르는 척하는 자뿐이니, 내부에서 분란을 조장하고, 유예주와 힘을 합친다면 조조를 물리칠 수 있을 것입니다. 그리하여 조조가 북방으로 패퇴하면 형주와 동오의 세력이 강성해져 정족지세鼎足之勢를 이룰 것입니다."

"과연 그렇겠소이다. 더 이상 주저하지 않겠소. 노숙, 즉각 병마를 준비하고 전군에 출정을 알리시오."

노숙은 명을 받고 뛰어나갔다. 손권은 공명에게 우선 객사에 돌아가 쉬고 있으라는 말을 남기고 안으로 들어갔다.

각지에 주둔하고 있던 문무제장과 원로들은 갑작스러운 명에 당황했다. '개전, 출정, 출정 준비'라는 소식을 듣고도 거짓말이라며 믿지 않았다. 그도 그럴 것이 '빈전에서 공명의 불손한 태도에 분개한 손권이 그를 피해 안으로 들어갔다'는 소식을 방금 전해 들었던 것이다.

"뭔가 잘못된 것이 아닌가?"

중신들은 웅성거리다 마침내 개전 반대의 뜻을 모으기 시작했다.

"공명에게 당했소이다. 지금 당장 오후를 뵙고 우리의 뜻을 전해야 하오."

장소를 선두로 기세등등한 중신들이 손권에게 몰려갔다. 손권은 아무렇지도 않은 듯한 얼굴로 그들을 맞았다.

"신 장소, 불손하지만 주공께 직언드릴 것이 있어 찾아뵈었습니다."

"무엇이오?"

"황송하옵지만, 장군과 하북에서 망한 원소를 비교해보시길 바랍니다."

"……."

"저 원소조차도, 강대한 하북조차도 조조에게는 패하고 말았사옵니다. 그 당시만 해도 조조는 지금처럼 강하지 않던 때였습니다."

장소의 눈에 눈물이 고였다.

"주공께서는 공명의 말에 현혹되지 마시고 부디 깊고 현명히 생각하시어 나라를 근심에 빠뜨리지 마시길 간하옵니다."

장소의 뒤를 이어 고옹顧雍이 간하자 다른 제장들도 이에 합세했다.

"유비는 지금 손발이 묶여 있는 상태입니다. 공명을 사자로 보내 우리나라와 병합하여 조조에게 복수하고 때를 기다려 자신의 기반을 확대하려는 의도입니다."

"그런 무리의 말에 이끌려 조조의 대군과 맞서려 하시면 짚을 들고 불속으로 뛰어드는 것과 같사옵니다."

"주공, 불속의 밤을 잡으려 하지 마시옵소서."

손권은 중신들의 간절한 간언에 몰려 더 이상 참을 수 없었다.

"생각해보겠다, 더 생각하겠다."

손권은 그렇게 말하고는 내실로 들어가버렸다.

밖에서 그 모습을 지켜보던 노숙이 손권에게 자신의 생각을 말했다.

"저들 대부분은 문약한 관리와 노후의 안위를 생각하는 노장뿐입니다. 주공께 항복을 권하는 것도 오로지 가솔과 부귀를 누리고픈 마음 외엔 아무것도 없습니다. 주공께서는 절대로 저들의 말에 넘어가지 마시고 각오를 단단히 하시길 바랍니다. 가조 손견孫堅과 형님인 손책孫策, 두 분의 피가 바로 주공의 오체에 면면히 흐르고 있지 않습니까."

"놓으시오."

손권은 소매를 뿌리치고 내실로 들어갔다.

후당전각의 정원 여기저기에서 싸워야 한다는 의견과 싸우면 안 된다는 의견이 분분했다. 일부 소장 무인들만 주전론을 지지할 뿐 대부분의 문관과 무관들은 개전을 반대했다. 수로 따지자면 7대 3 정도였다.

내실로 들어온 손권은 병자처럼 손을 이마에 대고 움직이지 않았다. 침식도 잊고 고민에 고민을 거듭했다. 동오국, 작금의 3대 이래 처음의 국난이자, 태평성대에 젖어 있던 후계가 태어나서 처음으로 직면한 커다란 시련이기도 했다.

"무슨 일이 있습니까?"

손권의 작은어머니이자 이모인 오국태吳國太가 내실로 들어왔다.

손권은 있는 그대로 상세히 현재의 상황을 이야기했다. 그리고 조정의 분란이 부전과 주전 두 갈래로 나누어졌다는 이야기도 전했다.

"아직 우리 오후께서는 어린아이와 같습니다. 그런 일로 침식을 거르다니요. 별일도 아니지 않습니까."

"해결책이 있사옵니까?"

"있고말고요."

"어, 어떻게 하면 좋겠습니까?"

"잊어버리셨습니까? 실형 손책이 임종 시에 남긴 유언을요."

"예?"

"국사를 결정할 때 주저할 일이 있거든, 나라 안의 일은 장소에게 묻고, 나라 밖의 일은 주유周瑜에게 물어라, 하지 않았습니까."

"아, 맞습니다. 지금도 형님의 목소리가 들리는 듯합니다."

"그것 보십시오. 평소에 아버지와 형님을 잊고 지내시니 이렇게 고민을 하는 것입니다. 내무는 장소, 외환과 외교, 즉 나라 밖 일은 주유가 없어서는 안 될 것입니다."

"그렇습니다, 그렇습니다."

손권은 꿈에서 깬 듯 그렇게 외쳤다.

"어서 주유를 불러 의견을 들어야겠습니다. 왜 지금까지 그 생각을 못 했단 말입니까."

손권은 즉각 전갈을 띄웠다. 믿을 수 있는 심복을 시상에서 멀지 않은 파양호로 급히 보냈다. 그곳에서 수군 도독 주유가 수군을 훈련시키는 중이었다.

64

강동이교江東二喬

주유와 대면한 공명은 조조의 「동작대부」를 들려주며 주유를 도발하고,
자신의 아내를 탐하는 조조에게 격분한 주유는 항전을 결심한다

주유는 오의 선주先主 손책과 같은 나이였다. 또 그의 아내는 손책의 정실의 동생이라 손권은 주유에게 형님이 되었다.

자가 공근公瑾인 주유는 노강盧江 출신으로 손책에게 발탁되었는데, 불과 24세의 나이에 중랑장中郎將이 될 정도로 영민했다.

당시 오의 사람들은 채 홍조가 가시지 않은 나이 어린 장군을 군중의 미주랑美周郎이라고 부르거나 주랑, 주랑 하며 놀려댔다.

주유는 강하의 태수가 되었을 때 교공喬公이라는 명가의 둘째딸과 결혼했다. 자매 모두 절세미인으로 교공의 이교二喬라 하면 모르는 이가 없었다. 손책은 이교 중 언니를 아내로 맞고 주유는 그 동생을 아내로 맞이했다. 당시 오나라 사람들은 천하제일의 신랑 둘을 얻은 것 역시 천하제일의 행복이라며 축복했다. 그런데 얼마 후 손책이 세상을 떠나고 첫째 대교大喬는 미망인이 되었지만, 둘째 소교小喬는 지금도 주유의 둘도 없는 아내로 사랑을 받으며 가정을 지키고 있었다.

또한 주유는 음악에 정통하고 다정다감하며 풍류를 아는 인물이었다. 연회에서도 악인이 연주하는 노래나 음악에 잘못이 있으면 아무리 취했더라도 반드시 악인을 돌아보며 "어이, 지금 그 부분이 조금 이상하지 않은가" 하고 주의를 주었다. 당시 세상 사람들의 노래 속에 "음이 이상하면 주유가 돌아보네"라는 가사가 있을 정도였다.

손책이 죽은 후 오의 수군 도독이라는 중임을 맡아 파양호로 부임한 주유는 사랑하는 아내를 보는 날과 좋아하는 음악을 들을 시간도 없이 오로지 오의 수군 조련에 열중해야만 했다. 수군이 결정적인 역할을 할 시기가 점점 다가오기 때문이었다. 조조의 수륙 백만 대군이 남하하며 고압적이고 불순한 최후의 통첩을 오에 보내왔다. 주유도 그것을 모를 리 없었다. 하나 그의 임무는 정치가 아닌 수군의 건설과 조련이었다.

주유가 수군의 훈련을 지켜본 후 호반에 있는 관저로 돌아왔더니 바로 시상성으로 오라는 손권의 파발이 와 있었다.

"올 것이 왔구나."

주유가 기다리던 일이었다. 한숨을 돌리고 곧바로 떠날 준비를 하고 있는데, 평소에 그와 친밀한 사이인 노숙이 찾아왔다.

"지금 전갈이 오지 않았습니까? 실은 그 일에 대해 미리 도독에게 말해줄 게 있어 찾아왔습니다."

노숙은 공명이 와 있는 사정과 중신들의 의견이 두 가지로 나뉜 실정 등을 상세히 이야기했다. 덧붙여서 지금 오가 조조에게 항복하면 이제 오는 세상에서 없는 것과 마찬가지라고 자신의 주장을 강하게 피력했다.

"알겠습니다. 좌우지간 공명을 만나보겠습니다. 시상성에 가는 일은 공명의 속내를 알아본 후라도 늦지 않을 테니 그를 데리고 오십시오. 그때까지 등성을 미루고 기다리겠습니다."

주유의 말에 노숙은 힘을 얻어 돌아갔다. 하지만 그날 오후에 장소, 간옹, 장굉, 보즐 등의 비전파가 주유를 찾아와 말했다.

"노숙이 오지 않았습니까? 참으로 괘씸한 인물이오. 무슨 연유에서인지 그는 공명을 위해 분주히 움직이고 있소이다. 나라를 팔고, 백성을 도탄지경에 빠뜨리려고 작정을 한 모양이오. 이 위기의 기로에서 대체 도독의 생각이 어떤지 알고 싶소이다."

주유는 손님들을 돌아보며 말했다.

"네 분은 모두 부전론으로 의견의 일치를 본 것입니까?"

"물론입니다. 우리의 결의는 바로 그렇습니다."

고옹의 답을 듣고 주유가 크게 고개를 끄덕이며 말했다.

"동감입니다. 실은 저도 지금은 싸울 때가 아니라 조조에게 항복하여 화평을 구하는 게 오를 위한 일이라고 생각하고 있습니다. 내일 시상성에 들어가서 오후께도 말씀드릴 작정이니, 오늘은 우선 돌아들 가시는 게 좋겠습니다."

네 사람은 기뻐하며 돌아갔다. 얼마 후에 다시 일군의 무리가 찾아왔다. 황개, 한당漢當, 정보程普 등의 쟁쟁한 무장들이었다. 그들은 객실에 들어서자마자 번갈아가며 떠들기 시작했다.

"우리는 선군 파로破虜 장군을 따라 오국을 세운 이래 오로지 한목숨을 나라에 바치며 만대의 백골이 되기를 바라는 사람들입니다. 그런데 지금 오후께서는 일신의 안온만을 도모하는 문관들의 말에 현혹되어 조조에게 항복하려고 합니다. 실로 유감이 아닐 수 없소이다."

"설사 우리의 몸이 산산조각 나더라도 이런 굴욕은 참기 어렵습니다. 맹세컨대 조조에게 무릎을 꿇는 일은 없을 것입니다. 도독은 이 사태를 어떻게 생각하고 계십니까? 그것을 여쭈러 왔습니다."

무장들이 주유를 둘러싸고 답을 재촉하자 주유는 반문했다.

"그럼 여기에 계신 분들은 모두 일전의 각오가 되어 있다는 말씀입니까?"

황개가 대답했다.

"목이 떨어져나간다 해도 결단코 조조에게 굴복하지 않을 심사입니다."

다른 무장도 이구동성으로 맹세를 하며, 즉시 개전을 서두를 것을 강력히 주장했다.

"좋습니다. 이 주유도 본래 조조에게 항복할 마음이 없습니다. 하지만 오늘은 우선 조용히 물러가시는 게 좋을 듯합니다. 모든 것은 내일 결정될 테니까요."

주유는 그들을 어르고 달래 돌려보냈다.

저녁 무렵 이번에는 감택闞澤, 여범呂範, 주치朱治, 제갈근 등이 와서

면담을 청했다.

"도독을 뵙고 싶소. 국가의 중대사이오."

그들은 이른바 중립파인데, 주전과 비전 어느 쪽으로도 결심이 서지 않아 찾아온 것이었다.

주유는 제갈근에게 먼저 물었다.

"공은 어떻게 생각하십니까? 공의 아우 제갈량은 유비의 명을 받고 오와 군사동맹을 맺어 함께 조조에 대항하고 싶어 온 것이 아닙니까?"

"그로 인해 제 입장이 아주 곤란합니다. 다들 저를 공명의 형으로 보기 때문이지요. 그래서 실은 일부러 회의에 참가하지 않고 초조하게 밖에서 이 분란을 지켜보고 있을 뿐입니다."

"그건 옳지 않은 듯합니다. 공의 입장은 알겠지만 형과 동생이라는 것은 사적인 일입니다. 공명은 이미 타국의 신하이고 공은 오의 중신입니다. 사리가 명백하지 않습니다. 오의 신하로서 귀공의 생각은 주전에 있습니까, 아니면 비전에 있습니까?"

"항복은 쉽고 싸움은 위태로운 법입니다. 오의 안위를 생각하면 싸우지 않는 것이 좋을 듯합니다."

주유가 한바탕 웃고 나서 말했다.

"그럼 아우인 공명과는 생각이 반대구려. 알겠습니다. 고민이 깊은 듯싶습니다. 어쨌든 대사를 정하는 것은 내일, 내가 오후를 뵙고 난 뒤로 하겠소. 오늘은 그만 돌아들 가십시오."

밤이 되자 여몽呂蒙, 감녕甘寧 등의 장군과 문관들이 번갈아 찾아왔으나 이내 돌아갔다.

실로 오늘 하루 사람들의 왕래가 분주했다. 밤이 깊어도 손님의 발길은 끊이지 않았다. 즉시 개전해야 한다는 사람이 있는가 하면 화평을 구해야 한다는 사람이 있다 보니 여전히 두 개의 선택지 사이를 반복하는 것에 지나지 않았다.

그러던 차에 한 사람이 와서는 주유의 귀에 대고 몰래 속삭였다.

"노숙이 지금 공명을 데리고 와서 뵙기를 청합니다."

주유도 작은 소리로 답했다.

"알겠소. 그럼 다른 손님들 몰래 방으로 모시게. 안쪽 정자에 있는 방이 좋을 듯하네."

그런 다음 주유는 손님들에게 말했다.

"이젠 의논은 그만하면 됐소. 모든 것은 내일 오후 앞에서 결정할 것이오. 모두 돌아가서 내일을 위해 숙면하도록 하시오. 나도 오늘은 그만 잠을 청해야겠소."

주유는 손님들에게 인사하고 그곳을 나왔다.

사람들이 모두 돌아가자 주유는 의복을 갈아입고 노숙과 공명이 기다리는 곳으로 향했다. 주인이나 손님 모두 서로 어떤 사람일지 궁금해했다.

주유가 나타나자 공명은 일어서서 예를 갖추었고 주유도 답례를 하며 인사를 나누었다.

파양호의 수면은 밤을 품은 채 잠들어 있었다. 난간 아래에서는 은은히 부서지는 물결 소리가 들려왔고, 구름을 스치며 날아가는 새의 날갯짓 소리조차 촛불에 흔들리는 듯했다. 황홀한 적막 속에서 두 사람은 잠시 입을 다물고 있었다.

더없이 청초하고 유연한 여인들이 연회 음식을 들고 줄지어 들어왔다. 연회가 시작되었다. 공명과 주유는 십년지기처럼 화기애애하게 이야기를 주고받았다.

그런 상황에서 공명은 주유를 어떻게 보았을지, 주유는 공명의 속내를 어떻게 살폈을지, 옆에 있는 사람은 도무지 알 수가 없었다.

이윽고 시종들을 모두 물리고 주객 삼인만 남았을 때 노숙은 단도직입으로 주유의 흉중을 떠보았다.

"도독의 마음은 이미 정해져 있는 듯합니다. 최후의 결단을 내리셨는지요?"

"그렇소. 정해져 있소."

"드디어 개전입니까?"

"아니……."

"그럼 화평을 구할 생각이시라는……."

노숙은 눈을 반짝이며 주유의 얼굴을 바라보았다.

"아무리 생각해봐도 어쩔 수 없소!"

"예? 그렇다면 도독까지 이미 조조에게 항복할 각오이십니까?"

"그렇게 말하면 심히 모욕적이지만, 나라를 지키기 위해서는 최선책이 아닌가 싶소."

"이런, 생각지도 못한 말을 도독의 입에서 듣게 되다니. 본래 오의 국업은 파로 장군 이래로 작금의 3대까지 기틀을 다지고, 바야흐로 부국강병의 대업을 이루었습니다. 일대 견군堅君의 창업의 고심과 이대 책군策君의 피로 가득한 생애로 다진 오의 땅을 어찌 하루아침에 적장 조조의 손에 무참히 넘길 수 있소이까? 일신의 안전만을 도모하려는 것이 아닙니까. 저는 생각만으로도 온몸의 털이 거꾸로 설 지경입니다."

"하지만 백성과 오를 위해서라면 어쩔 수 없지 않소. 삼대에 걸친 왕가, 손씨 가문의 안태安泰를 도모하자면 아무래도……."

"아닙니다. 그건 유약한 무리가 흔히 찾는 구실입니다. 장강을 의지하여 모두가 일치단결하여 필사즉생必死卽生의 각오로 임하면 조조군 따위는 오의 땅에 한 발도 들여놓을 수 없을 것입니다."

공명은 두 사람이 격렬하게 언쟁하는 것을 소매에 손을 넣은 채 지켜보며 무엇이 우스운지 계속 웃고만 있었다.

주유는 공명의 무례한 행동을 힐난하는 듯한 눈빛으로 물었다.

"선생은 무엇 때문에 아까부터 그렇게 웃고 계시는지요?"

"도독 때문에 웃는 것이 아닙니다. 노숙께서 당장의 급무에 어두우신 것 같아 그만 웃음을 참지 못한 것입니다."

"대체 어떤 연유로 제가 당장의 급무에 어둡다고 하시는지요? 근래 처음 듣는 뜬금없는 소립니다."

노숙이 눈을 크게 뜨고 얼굴빛을 바꾸며 공명에게 따져 물었다.

"생각해보십시오. 조조가 병을 이용하는 기교는 손자孫子와 오자吳子보다 능할 것입니다. 누가 뭐라 해도 지금 그에게 필적할 만한 이는 없습니다. 단 한 명이 있다고 하면 유예주입니다. 유예주께서는 대의는 있어도 사의는 없으며, 그 강적과 자웅을 겨루다 지금 피신해서 강하에 칩거해 계시지만 앞으로의 일은 미지수입니다. 반대로 동오의 대장들을 보면 대의도 모른 채 한결같이 일신일가一身一家의 안온에 여념이 없어 이름이 부끄러운 줄도 모르고, 나라의 흥망을 그때그때의 형편에 맡긴다고밖에 볼 수 없습니다. 그러한 오의 장수 중에 노숙 단 한 분만이 열렬히 주의주장을 펴고 계시고, 지금도 도독에게 무용한 말을 계속하고 계시니 그만 웃고 말았습니다."

주유는 드디어 못마땅한 표정을 지었고, 노숙 역시 몹시 불쾌한 표정을 지어 보였다. 공명이 마치 전쟁을 반대하는 듯 말하고 있었기 때문이다. 노숙은 기껏 주유에게 소개하려고 공을 들였는데, 마치 자신의 호의를 배신하는 듯한 공명의 말투에 분개하지 않을 수 없었다.

"그럼 선생은 오의 군신들에게 역적 조조에게 무릎을 꿇고 만대에 웃음거리가 되라고 권하는 것입니까?"

"아닙니다. 저는 절대로 오의 불행을 바라는 것이 아닙니다. 오히려 오의 명예와 존립을 함께 세울 수 있도록 작은 계책 하나를 세우고 그 성공을 바랄 뿐입니다."

"싸우지 않고 오의 명예를 드높이고 나라도 환난 없이 보전할 수 있다니, 대체 그런 묘책이 있기는 한 것입니까?"

노숙이 뜻밖이라는 얼굴로 공명의 마음을 헤아리자 주유도 공명의 말에 넘어가 몸을 앞으로 숙였다.

"만일 그런 묘책이 있다면 그것은 오에게 있어 기적과 같습니다. 바라건대 첫 대면이지만 저를 위해 그 방법을 상세히 가르쳐주지 않겠습니까?"

"너무나 쉬운 일입니다. 단지 작은 배 한 척과 두 사람을 선물로 보내면 족한 일입니다."

"예? 선생의 말은 어딘지 우리를 조롱하는 것처럼 들립니다."

"실행에 옮겨보십시오. 당장 그 효과가 타나나 깜짝 놀라실 겁니다."

"두 사람이란? 대체 누구와 누구를 선물로 보내란 말씀입니까?"

"여인입니다."

"여인?"

"별의 수만큼 있는 오국의 여인 중에서 불과 두 명을 그에 이용하는 일은 예를 들자면 무성한 큰 나무에서 나뭇잎 두 장을 따는 것보다 쉽고, 수백 수천의 곳간에서 쌀 두 알을 빼내는 것보다 작은 희생일 것입니다. 게다가 그로 인해 조조군의 예봉을 단숨에 바꿔 북방으로 되돌릴 수 있다면 그보다 기분 좋은 일이 없을 것입니다."

"두 여인은 대체 어디의 누구를 말하는 것인지, 어서 말해보십시오."

"제가 륭중隆中에 은거하던 때의 일입니다. 당시 조조군의 북벌로 전란지에서 옮겨온 지인의 이야기에 의하면 조조는 하북을 평정한 후 장하 강변에 누대를 지어 이를 동작대銅雀臺라 명하였다고 합니다. 실로 전대미문의 장관이라 할 수 있는데……."

공명은 좀처럼 이야기의 핵심을 꺼내지 않았다.

"조조와 같은 영걸英傑도 인간인지라 약점이 있었습니다. 동작대와 같은 큰 누대를 오직 자신만의 쾌락을 위해 지은 것이야말로 그의 교만을 나타내는 것이라 할 수 있습니다."

"선생, 그보다 어찌하여 두 여인을 조조에게 보내면 그의 백만 대군이 오를 침범하지 않고 즉시 북방으로 돌아갈 것이라고 예단하시는지,

그 연유에 대해 어서 빨리 듣고 싶소이다."

주유는 재차 재촉했다. 노숙이 듣고 싶은 내용도 그 요점뿐이었다. 두 사람은 지금 이 시점에서 동작대에 대해 상세히 들을 필요가 있을까, 라는 표정을 지어 보였다.

"북국의 지인의 이야기는 더 상세했지만, 그럼 생략하고 요점만 말씀드리도록 하지요. 조조는 동작대의 사치에 만족하지 않고 더 큰 꿈을 품고 있다고 합니다. 그것은 오국의 밖까지 알려진 교가喬家의 이교二喬를 동작대에 두고 싶은 야심입니다. 교가의 이교란 언니인 대교와 동생인 소교를 말하는데, 두 여인의 경국지색은 이전부터 저도 듣고 있었습니다. 고래로 영웅호걸이 미색을 탐하는 일은 흔한 일입니다. 그러하니 도독께서는 서둘러 교가에 사람을 보내시어 황금을 건네고 이교를 얻어 조조에게 보내신다면 그는 즉시 전쟁을 접을 것이니 나라를 환난으로부터 구할 수 있을 것입니다. 이는 범려范蠡가 서시西施를 보내 오왕吳王 부차夫差를 멸망시킨 것과 같은 계책이라 할 수 있습니다."

공명의 말이 끝나자마자 주유는 안색을 바꾸며 말했다.

"그것은 저자거리의 풍설이오. 선생은 어떤 근거로 그런 풍설을 진담으로 받아들이는 것이오?"

"저는 본시 확증이 없는 말은 하지 않습니다."

"그럼 그 증거를 보여주시오."

"조조에게는 조자건曹子建이라는 둘째 자식이 있습니다. 아비를 닮아 자주 시문을 짓다 보니 문인들 사이에 널리 알려져 있습니다. 조조가 자건에게 동작대의 부賦를 짓게 하였는데, 그 부에 '내가 제왕이 되면 반드시 이교를 맞아들여 누대의 꽃으로 삼겠다'라는 조조의 야망이 담겨 있습니다. 그것이 마치 영웅의 정조情操이자 아름다운 이상인 듯 말입니다."

"선생은 그 「동작대부」를 알고 계십니까?"

"문장이 유려한 게 마음에 들어 늘 암송暗誦하고 있습니다."

"그렇다면 어디 한번 들어보도록 합시다."

"마침 취기도 있고 밤도 깊어서인지, 저도 한번 암송을 하고 싶었던 참입니다. 부디 연회의 좌흥座興으로 들어주시길 청합니다."

공명은 눈을 감고 조용히 암송하기 시작했다.

명후를 따라 노닐다 보니	從明后而嬉游兮
정취를 즐기려고 높은 대에 올랐구나	登層臺以娛情
중천에 서서 황홀하게 바라보니	立中天之華觀兮
공중누각이 서쪽 성으로 이어졌구나	連飛閣乎西城
강물의 긴 흐름을 끼고 돌며	臨漳水之長流兮
멀리 동산의 과일 영그는 걸 바라보노라	望園果之滋榮
쌍대를 좌우에 벌려 세우니	雙臺於左右兮
하나는 옥룡이요, 하나는 금봉이다	有玉龍與金鳳
이교를 동남에서 데려와	攬二喬於東南兮
아침저녁으로 함께 즐기리라	樂朝夕之與共
굽어보니 황도의 크고 아름다움이여	俯皇都之宏麗兮
구름과 노을이 서려 있어	瞰雲霞之浮動

천하 인재의 모여듦을 기뻐하니 欣群才之來萃兮
비웅의 옛 꿈을 도우려는 듯 協飛熊之吉夢
봄바람 화목하게 불어오니 仰春風之和穆兮
뭇새들의 슬픈 울음소리 들리네 聽百鳥之悲鳴

갑자기 탁자 밑에서 무언가 깨지는 소리가 났다. 주유가 손에 들고 있던 술잔을 떨어뜨린 것이다. 그뿐만이 아니었다. 그의 얼굴이 돌처럼 딱딱하게 굳어졌다.

"앗, 술잔이 깨졌습니다."

공명이 암송을 멈추고 주의를 주자 주유는 취기가 돈 얼굴에 노기를 띠며 말했다.

"술잔 하나에서도 천지의 전조를 볼 수 있소. 이는 머지않아 조조가 땅을 버리고 도망치는 잔해의 모습이오. 선생, 다른 술잔에 술을 따라 주시오."

"도독께서는 뭔가 기분이 상한 일이라도 있으신지요?"

"조부자가 지은 「동작대부」란 것을 선생의 암송으로 오늘 밤 처음 들었는데, 시문의 교만함은 물론이거니와 시 속에 내비친 교가의 이교에 대한 야망은 그냥 두고 볼 수 없는 모욕이오. 결단코 조조의 추악한 야망을 징벌하지 않으면 안 되겠소."

주유는 한 잔, 또 한 잔 직접 술을 따랐고, 그의 격노는 불같이 커져만 갔다. 공명은 일부러 냉정하게 진정 의아하다는 듯 물었다.

"옛날 흉노匈奴의 세력이 번성했을 때, 종종 중국을 침략하여 한

조漢朝도 골머리를 앓던 시기가 있었습니다. 당시 천자는 눈물을 머금고 애지중지하는 따님을 호족胡族의 왕에게 시집보내 일시의 화목을 유지하며 와신상담臥薪嘗膽하는 사이 궁마를 조련한 예도 있습니다. 또 원제元帝가 왕소군王昭君을 호의 땅으로 보낸 이야기도 유명하지 않습니까? 어째서 도독은 지금 이 나라가 위태로울 때 민간의 두 여인을 보내는 일에 그렇게 분해하시고 화를 내시는 것인지요?"

"선생은 아직 모르시는 것이오?"

"아직 모르다니요?"

"교가의 소교가 민간에 있었던 것은 사실이지만, 언니인 대교는 일찍이 선군 손책의 부인이 되었고, 동생인 소교는 이 주유의 아내가 되었소. 지금의 내 아내가 바로 그 소교이오."

"예? 정말이십니까? 황송합니다. 제가 그만 그런 줄 모르고 큰 실례를 범했습니다. 부디 용서해주십시오. 경망스럽게 쓸데없는 혀를 놀린 죄 죽어 마땅한 듯합니다."

공명은 크게 당황한 듯 사죄했다.

"아니오. 선생에게는 죄가 없소. 선생이 말한 저자거리의 풍설이야 믿기 어려울 수 있으나, 「동작대부」에서까지 노래하고 있는 것으로 봐서 조조도 그것을 공공연히 밝히고 있는 게 틀림없소. 어찌 그의 야망에 선군의 정실과 내 아내를 바칠 수 있겠소. 내 백천百千의 수군과 강병으로 맹세컨대 조조를 가만두지 않겠소."

"하지만 도독, 선현들이 말하길 일을 도모하고자 한다면 세 번 잘 생각하라고 했습니다."

"아니오, 세 번이 뭐요? 오늘 하루 종일 주전인가 부전인가에 대해 수천 번을 생각했소. 내 결의는 더 이상 변하지 않을 것이오. 선군의 유언과 큰 은혜를 입어 오늘날 오의 수군 도독으로 지금까지 절차탁마切磋琢磨한 것이 무엇 때문이겠소. 결단코 간웅 조조에게 몸을 숙여 항복할 수 없소이다."

"하지만 시상으로 돌아간 제관들이 입을 모아 사람들에게 도독은 화평할 생각이라고 말하고 있습니다."

"그들 유약한 무리에 어찌 본심을 털어놓겠소. 그것은 여론의 동향을 살피기 위한 것에 지나지 않소. 어떤 자는 개전이라 하고, 또 어떤 자는 항복이라 하고. 우군의 사기와 다른 의견을 가진 이들의 얼굴을 알아보았던 것이오."

"아, 과연 그러하셨군요."

공명은 가슴에 손을 얹고 칭송하는 듯한 태도를 취했다.

"지금 파양호의 군선을 일시에 강에 띄우면 그 강물의 파도가 거꾸로 흘러 순식간에 미숙한 조조군의 병선을 집어삼킬 것이오. 하나 육지에서는 그보다 다소 손색이 없는 것도 아니오. 바라건대 선생도 힘을 보태주시오."

"그 결의만 굳건하시다면 견마지로犬馬之勞를 마다하겠습니까? 하지만 오군을 비롯해 중신들의 의향이……."

"내일 부중에 들어가면 오군께 직접 청할 것입니다. 중신들의 이견 따위는 걱정할 필요도 없소. 오로지 단 하나의 명령, 개전이라는 대명령만 있을 뿐이오."

65
적벽대전의 서막

손권과 주유는 조조와의 일전을 선언하고, 주유의 밀명을 받은
제갈근은 아우인 제갈량을 찾아와 오를 섬기도록 설득한다

시상성의 대당에는 새벽부터 문무제장들이 정렬해서 오후 손권을 맞이하고 있었다.

밤부터 몇 번이고 파발마가 분주히 드나들었다. 파양호의 주유가 미명에 집을 떠나 이른 아침 등성해 오늘 대평의회에 참석할 것이라는 소식이 있었기 때문이다.

붉은 아침 햇살이 동쪽 성 마루 위로 구름을 뚫고 사람들의 얼굴을 비추기 시작할 무렵, 멀리서부터 주유의 도착을 알리는 일성이 높이 울렸다.

손권은 의관을 바르게 하고 그가 등정하기를 기다리고 있었다. 정렬해 있는 문관과 무관 들을 보면 왼쪽 열에는 장소, 고옹, 장굉, 보즐, 제갈근, 우번, 진무, 정봉丁奉 등의 문관이 있었고, 오른쪽 열에는 정보, 황개, 한당, 주태, 장흠蔣欽, 여몽, 육손陸遜 등을 비롯해 서른여섯의 무관 장수가 각각 의관을 갖추고 검을 차고 있었다.

모두 주유가 가슴에 새겨온 최후의 결단이 오의 운명을 결정할 것이라는 걸 알고 있어 팽팽한 긴장감이 감도는 가운데 그를 기다리고 있었다.

주유는 어젯밤 공명이 돌아간 다음 바로 파양호를 출발했기 때문에 거의 한숨도 자지 못한 상태였다. 하지만 오의 영웅호걸 주유는 조금의 피곤한 기색도 보이지 않았다. 그는 손권에게 절을 하고 중신들의 예를 받으며 의연히 자리에 앉았다.

손권이 주유에게 다급히 물었다.

"사태는 급전직하急轉直下하여 더없이 위중하며 일각의 유예도 허용되지 않는 지경까지 이르렀소. 도독의 생각은 어떠한지, 기탄없이 가슴속의 생각을 듣고 싶소."

"말씀드리기에 앞서 여쭙고 싶은 게 있습니다. 벌써 의회도 수차례 열렸다고 알고 있는데, 제장들의 의견은 어떠한지요?"

"회의 때마다 화전和戰 두 편으로 나뉘어 의견의 일치를 보지 못하였소. 그러하니 더더욱 도독의 뜻을 듣고 싶은 것이오."

"항복을 권하는 자는 누구이옵니까?"

"장소와 같은 열에 있는 사람들이오."

주유는 그쪽으로 얼굴을 돌려 말했다.

"장소 쪽의 의견은 싸우지 않고 항복해야 한다는 방침이시오?"

"그렇습니다!"

장소는 엄숙히 대답했지만 약간 아니꼬운 듯한 말투였다. 어제 주유의 집에서 그를 면담했을 때의 태도와 오늘 그의 모습이 전혀 다르게 보였기 때문이다.

"왜 조조에게 항복을 하지 않으면 안 된다는 것이오. 오는 파로 장군으로부터 이미 삼대에 걸친 강국이오. 조조같이 시류에 편승한 풍운아와는 그 근본이 다르단 말이오. 그대의 의견을 이해하기 어렵소."

"방금 하신 도독의 말씀을 빌리자면, 시류에 편승하고 풍운에 의해 흥하는 것을 절대로 무시해서는 안 될 줄 압니다."

"물론이오. 하지만 동오육군을 망라한 국업과 삼대에 걸친 오의 전통과 문화는 여전히 건재하오. 아니 한층 번영하고 있소. 오야말로 시류와 풍운을 갖추었는데, 일개 조조가 홀로 천하를 좌지우지하고 있지 않소이까?"

"그의 강점은 무엇보다 천자의 칙명을 칭하고 있다는 점입니다. 아무리 저희가 이를 갈아도 이에 대해서는……."

"하하하."

주유가 한바탕 웃고 나서 말했다.

"조조는 역적이오. 그러니 더욱 싸워야 하지 않겠소? 그가 거짓 명분을 내세운다면 우리는 칙명을 더럽히는 역적을 응징해야 할 것이며, 그 응징의 대의를 만천하에 주장하지 않으면 안 될 것이오."

"하지만 수륙 백만 대군입니다. 명분은 어찌 되었든 그의 군세에 대항하기에는 우리의 군세와 군비가 부족합니다. 이 점을 부디 살피시길 간청합니다."

"중요한 건 사기士氣이오. 사기로 그의 허점을 노려 공략하는 것이오. 그러려면 병사의 수보다는 묘책이 중요하오. 그대는 문관의 장이라 무에는 어두운 것 같소이다."

주유는 쓴웃음을 지으며 말했다.

단정한 용모와 어울리지 않게 주유에게는 고약한 면이 있었다. 군주와 중신들 앞에서 장소를 발끈하게 만든 후, 그 주장을 일일이 반박하고 조소하여 부전파 문관들의 입을 완전히 봉해버린 것이었다.

그런 다음 주유는 손권을 향해 자신의 주장을 펼치기 시작했다. 아무 일도 없었다는 듯, 지금까지 장소를 논쟁의 상대로 삼은 것은 이제 말하려고 하는 자신의 강경론을 내세우기 위한 조역에 불과하다는 듯 말을 이어나갔다.

"조조군이 강하고 용맹한 것은 확실하지만, 그것은 보병에 한한 것입니다. 그들은 북방에서 나고 자랐으니, 물에서는 수군이 지휘할 것입니다. 아무리 조조라 해도 말 위에서가 아니면 우리 수군을 당해낼 수 없을 것입니다."

주유는 부전파의 논거를 단번에 논파하고 나서 다시 말을 이었다.

"또 무엇보다 중요하게 여겨야 할 것은 나라의 태세와 위치입니다. 우리 오는 남쪽이 바다이고, 큰 강의 험한 지세가 동쪽을 에워싸고 있으며, 서쪽은 아무런 걱정이 없습니다. 그에 비해 위魏가 북국을 평정한 것은 바로 어제의 일이자, 그 잔군과 패군 등의 적들이 끊임없이 조조를 괴롭히고 있다는 것은 잘 알려진 일입니다. 뒤에는 그러한 마초馬超와 한수韓遂의 무리가 있고, 앞에는 유비와 유기가 있으며, 허창에서 멀리 나와 산과 들에서 싸우고 있다는 점을 우리 무인들의 입장에서 보면, 그 위태로움이야말로 누란과 같다 할 수 있습니다. 바로 이는 조조 스스로 오의 땅으로 자신이 묻힐 묘지를 찾으러 온 것과 같습니다. 이 천재일우千載一遇의 기회를 놓치고 그에게 무릎을 꿇고 나라를 바치는 치욕을 백세에 남기려는 것은 실로 언어도단이요, 겁쟁이들이라 고밖에 할 수 없습니다. 주군, 바라옵건대 부디 제게 수만의 병사와 전선을 내려 조조의 대군을 격파하시고, 탁상공론으로 화평을 주장하는 자들의 두려움을 오국에서 일소하시기를 청하옵니다."

화평을 주장하는 중신들의 얼굴에서 핏기가 사라졌다. 그들은 미동도 하지 않고 굳게 입을 다문 채 그저 한 가닥 희망을 오후 손권에게 맡기고 있었다.

"주 도독, 잘 말씀하셨소이다. 역적 조조의 이력을 살펴보면 그가 조정에 있으면서 얼마나 큰 야망을 품고 있는지 잘 알 수 있소. 그는 틈만 나면, 각 주를 제패하기 위해 폭력과 위협을 일삼고 있소. 원소, 여포, 유표 모두 조조에게 패망하고 이제 오직 이 손권만이 남았을 뿐인데, 내 어찌 가만히 앉아 원소와 유표와 같은 비참한 전례를 밟겠소이까."

"그럼 주군께서도 마음속에 개전을 결정하셨사옵니까?"

"공은 전군을 지휘하고, 노숙은 육병을 이끌어 반드시 역적 조조를 치시오."

"신은 오를 위해 한목숨 바칠 각오가 되었습니다만, 신이 염려하는 것은 단 한 가지, 주군께서 조금이라도 결심이 흔들리시지 않을까, 오직 그것뿐이옵니다."

"그러하오?"

손권은 갑자기 일어서서 차고 있던 검을 뽑아 한칼에 앞에 있던 탁자를 두 동강 냈다.

"조조의 머리를 취하기에 앞서 먼저 나의 망설임부터 이렇게 베겠소!"

그러고 나서 검을 한 손으로 높게 들어 올리며 말했다.

"오늘 이후 다시는 이 문제를 논하지 않을 것이다. 이후 조조에게 항복을 권하는 자가 있다면 누구를 막론하고 이 탁자와 같이 될 것이다!"

손권의 선언이 성의 전역으로 퍼져나가자 와, 하는 함성이 천지를 흔들었다.

"주유, 내 검을 차고 전쟁에 임하라."

손권은 검을 주유에게 내리고 그 자리에서 그를 오군대도독으로 봉했다. 또한 정보를 부도독, 노숙을 찬군교위贊軍校尉로 삼으며 다음과 같이 명했다.

"그대들의 명령에 따르지 않는 자가 있다면 당장 베어버리시오."

손권이 결단을 내렸으니, 개전이 선포된 것이다. 장소와 뜻을 함께한 화평파는 그저 아연실색할 뿐이었다. 주유는 검을 받아들고 모두에게 말했다.

"불초, 오군의 명을 받들어 지금부터 조조를 치는 대임에 임한다. 전쟁에 임해서는 군율을 첫째로 중시할 것이다. 칠금령七禁令, 오십사참五十四斬을 위반하는 자는 반드시 벌할 것이다. 내일 새벽까지 모두 출정 준비를 갖추고 강가에 집결하라. 그곳에서 소속과 전열을 하달할 것이다."

문무백관과 제장 들은 묵묵히 퇴장할 수밖에 없었다. 주유는 집에 돌아오자마자 바로 공명을 불러 오늘의 상황과 의회의 결정을 들려주며 조용히 물었다.

"자, 이제 선생의 계책을 말해보시오."

공명은 마음속으로는 일이 성사되었다고 생각했지만 겉으로는 태연한 척 말했다.

"아직 오후의 흉중에는 일말의 불안이 남아 있는 게 틀림없을 것입니다. 스스로도 깊이 근심하고 자신이 없어 어떻게 할까 망설이고 있을 것입니다. 도독께서는 수고스럽더라도 내일 새벽의 출정 전까지 다시 한번 등성해서 적군에 동조하지 않는 군수를 상세히 말씀하시어 오후께 확고한 신념을 전해드릴 필요가 있습니다."

이제 오의 일진일퇴가 유비의 운명에 직접적으로 영향을 미치는 중대한 일이 되었으므로, 공명은 주군을 위해 신중에 신중을 더했고, 돌다리도 두드려보고 건너려는 듯 치밀할 수밖에 없었다.

"과연 맞는 말이오."

주유는 공명의 말에 동의한 후 다시 성으로 들어갔다. 손권은 밤이 깊었는데도 개전의 전야인 데다 내일 새벽이야말로 오의 흥망을 결정짓는 때라 잠을 이루지 못하고 있었다. 손권은 주유를 가까이 불러 물었다.

"야밤에 어인 일이오?"

주유가 대답했다.

"드디어 내일 아침에 출정합니다. 주군의 결심에 변화는 없으신지요?"

"지금에 와서 생각할 여지가 뭐 있겠소. 단지 이제껏 잠자리에 들지 못한 것은 위에 비해 오의 군수가 적다는 것이……."

"그렇습니다. 실은 그 문제로 인해 퇴청한 후, 문득 주공께서 의구심이 들지 않을까 해서 서둘러 뵈러 왔습니다. 저는 본래 조조가 백만 대군이라고 칭하는 수에는 상당한 오류가 있다고 보고 있습니다."

"물론 다소의 과장은 있을지언정 오하고의 차이는 상당히 크지 않소? 실수는 어느 정도요?"

"헤아려보면, 중국의 조조 직속군은 15, 6만에 불과합니다. 거기에 원소의 군세가 7, 8만 정도 합해져 있지만, 패잔병으로 사기도 떨어지고 충성심과 용맹도 없으니 그저 휘하에 딸려 있는 것과 같습니다. 두려워할 필요가 없습니다."

"유표의 휘하에 있던 형주의 장수와 병사도 상당수 합류해 있지 않소?"

"그들은 합류한 지 얼마 되지 않은 데다 조조가 유표의 병사와 장수에게 의구심을 가지고 있어 중요한 전장에는 기용하지 않고 있습니다. 이렇게 큰 틀에서 보면 많아도 30만이나 40만 정도이며, 또 질적으로는 우리 오의 군사와 비교할 수가 없습니다."

"그에 비해 우리의 병력은 어떠한가?"

"내일 아침 강가에 집결하는 병은 약 5만입니다. 주군께서는 군량과 무구, 병선 등을 충분히 준비하신 후 3만을 소집하여 나중에 출군해주십시오. 주유 5만의 선군은 수륙 일체가 되어 대강을 거슬러 오르고 육로를 달려 조조군을 격퇴하고 오겠습니다."

주유는 손권에게 용기를 북돋아주었다. 주유의 말을 듣고 손권은 확신을 갖게 되었고, 주유와 계책을 의논하다 미명이 되어서야 헤어졌다.

아직 천지는 어두웠다. 새벽까지는 시간이 많이 남았다. 주유는 집에 돌아가는 도중에 생각했다.

'공명은 무서운 인물이다. 늘 오군을 대하고 가까이에서 섬기는 우리보다 오후의 흉중을 꿰뚫어보고 있으며, 그 생각은 조금도 틀리지 않았다. 사람의 마음을 읽는 능력이 탁월하다. 아무리 생각해도 그 혜안과 지혜는 나보다 한 수 위인 게 틀림없다.'

주유는 감탄한 나머지 후일에 대한 공포심마저 생겼다. 지금 공명을 죽이지 않으면 훗날 오의 화근이 될지도 몰랐다.

"……그렇지."

집의 관문을 들어설 때 그는 혼자 고개를 끄덕였다. 그리고 바로 사자를 보내 노숙을 불러 넌지시 말했다.

"오의 방침은 확정되었소. 이제부터는 오직 그대와 내가 일치단결하여 오후와 오군의 중간에 서서 적을 격퇴하는 일만 남았으니, 공명은 더 이상 우리에게 무익, 아니 오히려 훗날의 화근이 될 것이오. 어떻소? 지금 그를 죽이는 것은?"

"예? 공명을요?"

노숙은 깜짝 놀라며 어안이 벙벙한 표정을 지었다.

"그렇소. 지금 공명을 죽이지 않으면 언젠가 유비를 도와 위와 오의 사투에 편승할 것이며, 그 지혜로 장래에 어떤 일을 도모할지 모를 일이오."

"안 됩니다. 절대로 안 됩니다."

"공은 반대인가?"

"당연합니다. 아직 조조의 병사를 한 명도 죽이지 못했는데, 또한 공명의 본심이 우리 편이 아니라 해도 절대로 적이 아닌 이상 공명을 죽인다는 것은 아무리 생각해도 대장부가 할 일이 아닙니다. 세상에 알려지면 웃음거리가 될 것입니다."

"……그러한가?"

주유가 결단을 내리지 못하고 고민하자 노숙은 의심을 풀기 위해 다른 계책 하나를 속삭였다.

"공명의 형 제갈근을 이용하여 이번 기회에 유비와의 연을 끊고 오의 신하가 되도록 공명을 설득하는 편이 오를 위해서도 좋을 것입니다."

"과연 그것이 좋겠소. 때를 봐서 제갈근에게 취지를 설명하고 공명을 설득하도록 합시다."

주유도 그 의견에는 이의가 없었다. 그런 사이 창밖으로 날이 새고 있었다. 주유도 노숙도 나중에 보자며 헤어졌고, 즉시 출정 준비를 마치고 강가로 향했다.

대강의 강물은 하얗게 물결이 일었고, 아침의 광휘는 삼군三軍을 비추고 있었다. 강기슭에 집결한 오만의 장수와 병사 들은 영슈을 기다리고 있었다.

대도독 주유는 북소리의 환영을 받으며 말에서 내렸다. 그리고 중군장中軍帳과 사령기司令旗 등에 둘러싸인 막사의 한 단 높은 곳에 서서 전군을 향해 외쳤다.

"국법은 친親과 불친不親을 따지지 않으니 제군들은 맡은 바 직분에 진력을 다하라. 지금 위의 조조는 황제의 권력을 빼앗았다. 그 죄가 씻을 수 없이 막중하니 저 동탁과는 비견할 바가 아니다. 안으로는 황제를 허창의 부府에 가두어놓고, 밖으로는 병사를 동원하여 우리 오를 침략하려 하고 있다. 이 역적을 치는 일은 신하 된 도리이자 정의를 지키는 일이다. 싸움에 임해서 공을 세우는 자에게는 상을 내릴 것이고 죄를 지은 자는 벌할 것이다. 오를 위해 조조를 쳐라! 먼저 한당, 황개를 선봉으로 행군하고, 대소 병선 5백여 척은 삼강三江의 기슭으로 나아가 진지를 구축하라. 장흠, 주태는 제2진을 맡아 뒤따르라. 능통凌統, 반장潘璋은 제3진을, 태사자太史慈, 여몽은 제4진을, 육손, 동습董襲은 제5진을 맡아라. 또한 여범, 주치朱治의 2대隊에게는 사방순경사四方巡警使의 임무를 명한다."

그날 아침, 제갈근은 혼자서 말을 타고 공명이 있는 역관을 방문했다. 그는 주유의 밀명을 받고 공명을 오의 신하로 삼기 위해 설득하러 간 것이었다.

"아, 잘 오셨습니다. 성에서는 주위의 이목도 있고 해서 제대로 이야기도 나누지 못했습니다. 그간 별일은 없으셨는지요?"

공명은 형의 손을 잡고 방으로 들어서자 가슴이 먹먹해졌고, 재회한 기쁨과 어릴 적 추억이 떠올라 눈물을 흘렸다. 제갈근도 함께 눈가가 젖어 한동안 말을 잇지 못했다.

이윽고 제갈근이 마음을 다잡고 말했다.

"아우야, 너는 백이숙제伯夷叔齊를 어떻게 생각하느냐?"

"예? 백이숙제 말입니까?"

공명은 형의 급작스런 질문에 놀랐지만, 그 순간 마음속에서 무언가 깨달은 바가 있었다. 제갈근은 정을 담아 동생에게 말했다.

"백이와 숙제 형제는 서로 벼슬을 양보하고 나라에서 물러난 후, 후일 주의 무왕에게 간하다 받아들여지지 않자 수양산首陽山에 들어가 평생 동안 주의 곡식을 먹지 않고 굶어 죽었지만 그 이름은 오늘날까지 전해지고 있다. 너와 나 또한 피를 나눈 형제인데, 어릴 적 고향을 떠나 지금은 서로 다른 군주를 섬기며 만나지도 못하다가 마침내 만나게 되었다. 하지만 너는 유예주의 사자로, 나는 오의 신하로, 마음 놓고 이야기도 나누지 못하다니, 백이숙제의 아름다운 형제를 생각하면 인간의 자식으로 부끄럽게 생각되지 않느냐?"

"아닙니다, 형님. 이 어리석은 동생의 생각은 조금 다릅니다. 형님께서 말씀하시는 것은 인도人道의 의義이자 정情일 것입니다. 하지만 의와 정이 인륜의 전부가 아닐 것입니다. 그보다 충과 효가 더 중하다고 알고 있습니다."

"본시 충, 효, 의 중 하나가 빠지면 신하의 도리라고 할 수 없지만, 형제가 하나 되어 조화를 이루면 그것이 효이자, 또 충절의 근본이 아니겠느냐?"

"그렇지 않습니다, 형님. 형님과 저 모두 한조의 사람인 부모님의 자식이 아닙니까. 제가 섬기고 있는 유예주께서는 바로 중산정왕의 후예, 경제景帝의 후손에 해당하는 분입니다. 만일 형님이 뜻을 바꿔 유 황숙을 섬기신다면 지하에서 부모님이 얼마나 기뻐하실 것이며 또한 바라고 계실 것입니다. 게다가 이것은 충의 근본과도 합치되는 일입니다. 부디 작은 소의에 얽매이지 마시고 충효의 근본을 돌아보십시오. 우리 형제의 부모님의 무덤은 모두 강북에 있지 강남에 있지 않습니다. 후일 조정의 역신을 척결하고 유예주께서 군에 올라 한조를 바로 세운 후, 우리 형제와 함께 고향의 부모님의 묘를 벌초할 수 있다면, 이것이 인생의 지락至樂이 아닐까 합니다. 설마 세상 사람들이 그때에 가서 '제갈 형제는 백이숙제에 비해 부끄러움을 알라'고 하겠습니까."

제갈근은 한 마디도 하지 못했다. 자신이 하려고 한 말을 반대로 동생에게 듣자 오히려 자신이 설득당하는 모양새가 되었다.

그때 저 멀리 강 근처에서 출정의 북소리와 함성이 들려왔다. 공명은 숙연히 고개를 숙이고 있는 형의 마음을 살피며 말했다.

"저 소리는 오의 대군이 출정하는 소리가 아닙니까? 형님은 오의 신하입니다. 대사에 늦어서는 안 될 것입니다. 또 기회가 있을 때 천천히 이야기를 나누지요. 자, 저는 개의치 마시고 어서 출정에 참가하십시오."

"그럼 또 만나자꾸나."

제갈근은 그만 가슴속의 말을 한 마디도 꺼내지 못하고 밖으로 나왔다. 그리고 마음속으로 '아아, 위대한 아우여!' 하고 되뇌었지만 그 심정은 기쁘면서도 괴로웠다.

주유는 제갈근의 입에서 일이 뜻대로 되지 않았다는 말을 듣고 떨떠름한 듯 제갈근에게 말했다.

"그럼 그대도 언젠가 공명과 함께 강북으로 돌아갈 심산이오?"

제갈근은 당황해하며 말했다.

"어찌 오군의 후은을 배신하겠습니까? 그런 의심은 거두어주십시오."

주유는 농담이라며 웃어넘겼지만 공명에 대한 그의 경계심은 더욱 강해졌다.

66
조조의 세객과 주유의 계략

제갈량은 유비에게 동남풍이 부는 날 돌아갈 것을 약조하고, 서전에서 패한 조조는 장간을 보내 주유를 회유하지만 오히려 주유의 계책에 속아 채모와 장윤을 죽이고 만다

오의 출사出師가 실현되었으니, 공명의 사명은 우선 성공한 셈이었다. 공명은 손권의 도움으로 그날 조금 늦게 한 척의 군선에 몸을 실었다.

배 안의 사람들은 모두 전선으로 향하는 장수와 병사였는데, 그중에 정보와 노숙도 있었다. 정보는 예전부터 대도독 주유와 그다지 사이가 좋지 않았고 이번 출정에서도 반대편에 서 있었지만, 지금은 주유에 대한 칭송을 아끼지 않았다.

"도독이 아직 젊다 보니 사실 조금 불안한 마음이 있었는데, 제 아들

정자程咨가 말하기를 오늘 아침 강가의 출정식에서 장대에 올라 삼군에게 영을 내리는 태도와 위엄이 참으로 위풍당당했다고 하더이다. 오에 희대의 영웅이 나타났다고요."

노숙도 그 말에 맞장구를 쳤다.

"도독은 청년 시절 풍류만 아는 풍운아라는 말까지 들었지만, 바로 그가 외유내강을 지닌 사람이 아니겠소. 앞으로 전쟁을 치러보면 결국 그 본질이 발휘될 것이오."

정보는 자신도 그렇게 생각한다는 듯 고개를 크게 끄덕였다.

"사실 저는 지금까지 주 도독의 인물을 알아보지 못한 사람이었는데, 오늘 이후로는 주 도독의 명령에 충절을 다할 것이오. 실은 배가 출항하기 전에 도독을 만나 그런 내 마음을 전하고 사죄하고 왔소이다."

공명은 한배에 있으면서도 두 사람 곁으로 가까이 가지 않았다. 혼자 선창에 기대서서 망연히 강물과 하늘을 보고 있었다.

삼강三江을 7, 80리 거슬러 오르자 크고 작은 병선들이 집결해 있었다. 주유는 강기슭 곳곳에 영채를 세우고, 그 중앙에 위치하는 서산을 뒤로하고 수륙총사령부를 설치했으며, 5, 6리에 걸쳐 병영과 울타리를 구축한 후 태양빛도 가릴 만큼의 기번旗幡과 대패大旆를 세웠다.

"공명도 왔다지요?"

주유가 본진에서 노숙을 만나자 물었다.

"여봐라, 누가 마중을 나가라."

"이곳으로 그를 부를 요량이십니까?"

"그렇소."

"그럼 다른 사람 대신 제가 다녀오겠습니다."

노숙은 바로 강기슭의 영채로 가서는 그곳에서 쉬고 있던 공명을 데려왔다. 주유는 잡담을 나눈 후에 말했다.

"선생에게 가르침을 청할 것이 있습니다."

"무엇인지요?"

"백마白馬와 관도官渡의 싸움에 대해서입니다."

"원소와 조조의 싸움 말입니까? 제가 무엇을 알겠습니까?"

"아닙니다. 선생의 지혜로운 병법에 비추어, 그 싸움에서 적은 수의 병사로 대군을 물리친 조조의 승리는 무엇에 기인하는지, 제게 설명해 주시기를 청합니다."

"사기와 민첩한 용병술 덕분이겠지요. 본래 조조와 원소의 차이도 있겠습니다만, 중요한 것은 조조군의 기습군이 원소 측의 군량을 불태운 것이 승리의 결정적인 요인이었다고 해도 과언이 아닙니다."

주유는 무릎을 치면서 말했다.

"아, 명쾌한 답변이오. 선생의 생각도 그렇습니까? 저도 그 싸움의 분수령이 바로 거기에 있다고 생각했습니다. 지금 조조의 병력은 83만, 우리 군의 수는 불과 3만, 지금의 조조는 당시 상황과 전혀 반대로 우세한 측입니다. 조조의 병력을 깨기 위해서는 우리도 그의 군량 수송의 길을 끊는 것이 상책일 텐데, 선생이라면 어떻게 하시겠습니까?"

"그의 군량지는 어디입니까?"

"척후병을 보내 알아낸 바로 조조의 군량은 모두 취철산聚鐵山에 있다고 합니다. 선생은 소년 시절부터 형주에 살아 그 주변 지리를 훤히 꿰뚫고 있다 들었습니다. 결사대 천을 드릴 테니, 조조를 치기 위해, 그리고 선생의 주군을 위해, 야음을 틈타 적지 깊숙이 들어가 조조의 군량을 불태워주시길 바랍니다. 선생밖에는 이 거사를 해낼 인물이 없는 듯합니다."

이내 공명은 주유가 적의 손을 빌려 자신을 죽이려는 심산이라는 것을 깨달았다. 하지만 공명은 우선 알았다고 말한 뒤 거처로 돌아갔다. 그 곁에 있던 노숙은 주유와 공명을 위해 남몰래 공명의 거처를 찾아갔다.

거처로 돌아온 공명은 바로 갑옷을 입고 검을 차고 앉았다. 누가 봐도 밤이 오기를 기다리는 듯 보였다. 노숙은 그를 지켜보다 결국 모습을 드러내고 안타까운 듯 물었다.

"선생, 선생은 오늘 밤 출전하면 반드시 이기리라 생각하시는지요? 아니면 어쩔 수 없는 상황이라고 체념하신 것인지요?"

공명은 웃음을 머금고 말했다.

"제 자랑인 듯하지만, 이 공명은 수전水戰, 기병전騎兵戰, 거전車戰, 보전步戰 모든 전투에 관한 묘책을 꿰고 있는데, 어찌 패할 것이라며 포기한 상태로 출정하겠습니까?"

"하나 조조 같은 자가 전군의 생명줄인 군량지를 소홀히 하겠소이까? 적은 수의 병사로 그곳에 가는 것은 호랑이 굴로 들어가는 것과 같습니다."

"선생이나 주 도독의 경우라면 그러하겠지요. 둘이 하나가 되어야 간신히 이 공명의 일능一能에 이를 터이니 말입니다."

"그건 무슨 말씀이시오?"

"오의 사람들은 흔히 육전에는 노숙, 수전에는 주유가 있다고 말합니다. 하나 실례지만, 육지의 승자인 선생이라 해도 수전에는 완전히 어둡고, 강 위의 명장 주 도독도 육전에 있어서는 물 위로 올라온 물고기와 마찬가지입니다. 모쪼록 명장이란 지혜와 용맹을 겸비하고 수륙양군에 정통해야 할 것입니다. 어느 한쪽을 알지 못하고 어느 한쪽에만 능하다면, 바퀴 한쪽이 빠진 것과 무엇이 다르겠습니까?"

"선생답지 않은 말씀입니다. 어찌 됐든 주 도독을 반능半能의 인물이라 하시는 건 조금 과하신 말씀인 듯합니다."

"아닙니다. 눈앞의 사실을 보면 아실 것입니다. 제게 군사 천 명을 주며 취철산의 군량고를 불태우라고 말하는 거야말로 육전에 대해 전혀 모른다는 증거가 아니겠습니까? 제가 만일 오늘 밤 공격하다 죽는다면 주 도독의 어리석음은 만천하에 널리 알려질 것입니다."

노숙은 놀라서 그길로 돌아온 뒤 주 도독에게 공명의 말을 전했다.

주유는 본래 감정적인 인물이었다. 때때로 그 감정이 이성의 눈을 멀게 만들었다. 주유는 노숙에게 공명의 말을 듣자마자 격분했다.

"뭐요, 이 주유가 육전에 어두운 우장愚將이라 했단 말이오? 반능의 장수에 지나지 않다고도 했단 말이오? 좋소, 지금 당장 공명에게 가서 출정을 그만두게 하시오. 오늘 밤의 기습은 내가 직접 출정하여 반드시 적의 군량고를 불태워버리고 말겠소."

주유는 공명에게 모욕당한 것에 격앙한 나머지 자신의 실력을 과시하고픈 심정뿐이었다. 그는 오늘 밤의 출정을 위해 준비를 서둘렀다. 즉각 휘하에 출정 전령을 알리고 병수도 5천으로 늘렸다.

공명은 노숙에게 주유에 대한 이야기를 듣고 빙긋 웃어 보였다.

"5천, 8천, 아무리 군사를 늘려 기습을 감행해도 결국 조조에게 모두 붙잡히고 말 것이오. 주 도독은 오의 영웅이니, 두고만 볼 수 없소이다. 공은 주 도독의 친우이니 잘 설득해서 만류하는 것이 좋습니다."

그리고 덧붙여 말한 후 노숙을 돌려보냈다.

"지금 오와 유예주께서 진정으로 하나가 되어 조조에게 대항하면 대사를 이룰 수 있습니다. 서로 시기하고 의심하면 결코 조조를 이길 수 없습니다. 또 지금 전장터를 육지로 삼는 것은 불리합니다. 강 위에서 제일전의 자웅을 겨뤄 적의 사기를 떨어뜨린 후, 서서히 육전의 기회를 도모해야 합니다."

* * *

어느새 오의 진영에 황혼이 깔리고 있었다.

주유는 말을 부리고 있었고, 5천의 군사는 어스름 속에서 전열을 갖추고 숙연히 출정의 명을 기다리고 있었다.

그곳으로 노숙이 달려와서는 주유에게 공명의 말을 전했다. 주유는 그 말을 귀 기울여 듣고는 통탄하며 말했다.

"아, 나의 재기가 공명에게 미치지 못하는구나!"

주유는 급히 출정을 취소했다. 취철산 기습을 포기한 것이다. 주유도 결코 어리석은 장수가 아니었으며, 공명의 말을 듣지 않더라도 이 기습이 얼마나 위험한지는 충분히 알고 있었던 것이다.

하지만 기습은 포기했다 하더라도 공명을 없애려는 주유의 마음은 변하지 않았다. 오히려 공명의 큰 지혜를 지나치게 두려워한 나머지 그 살의는 더욱 집요해지고 음성적이 되었다. 주유는 마음속으로 '후일, 다음 기회에는 반드시'라고 속삭이며 맹세했다.

한편 유비는 매일 번구樊口의 언덕에 올라 장강의 강물을 바라보며 공명을 걱정했고, 하늘을 우러러보며 오의 동향을 궁금해했다.

그러던 어느 날, 강을 내려갔던 배 한 척이 귀항하며 유비에게 소식을 전했다.

"오가 드디어 위를 향해 개전을 했습니다. 수천의 병선이 축로舳艫를 줄지어 강을 소항하고 있습니다. 또 삼강의 강기슭 일대에 전대미문의 병영을 구축했습니다. 북쪽 강안의 형세를 엿보니 위의 조조는 백만에 가까운 대군을 이끌고 밤낮으로 남으로 이동하고 있습니다."

유비는 보고의 절반도 듣지 않고 공명이 일을 성사시켰다는 것을 깨닫고 기뻐했다.

본래 유비는 아무리 좋은 일이 있어도 환호작약歡呼雀躍하지 않는 성격이었다. 어떤 때에는 기쁜 건지 기쁘지 않은 건지 곁에 있는 사람도 그 속을 알 수 없을 정도로 멍하니 있을 때가 있다. 하지만 지금 이 순간만큼은 무척이나 기뻐하는 모습이었다. 이내 유비는 하구夏口의 성루에 신하들을 모아놓고 말했다.

"이미 오가 일어섰는데도 여태껏 공명에게서 아무런 소식이 없소. 누군가 강을 내려가 오군의 진영에 가서 공명의 안부를 알아올 사람이 없소?"

미축이 자진해서 청했다.

"미욱하나마 제가 다녀오겠습니다."

"그대가 가주겠는가?"

유비는 미축이 적임자라고 생각했다. 미축은 본래 외교에 재기가 있고 임기응변에도 능했다. 그는 산동의 일도시一都市의 거상의 집에서 태어났다. 지금은 먼 옛날이 되었지만, 유비가 강릉 부근에서 갓 군사를 일으켰을 무렵 병사도 없고 군자금도 없이 곤궁했을 때, 거상의 아들인 미축이 유비의 장래를 보고 자금을 대고 자진해서 자신의 누이동생을 유비의 첩실로 들여보내기도 했다. 그리고 그 이후 지금까지 오로지 유비의 재무를 담당해왔다. 미축은 유비의 휘하에서도 특이한 인재였다.

"그대가 가준다면 더 바랄 것이 없소. 부탁하오."

유비는 안심하고 미축을 오군의 진영으로 보냈다. 미축은 바로 배에 술, 양육, 차와 함께 많은 예물을 싣고 강을 내려갔다.

배가 오군의 연안에 닿자 미축은 번을 보는 책임자에게 취지를 밝히고 바로 본영으로 가서 주유를 만났다. 주유는 흔쾌히 선물들을 받고 사자로 온 미축을 잘 대접했다. 하지만 주유는 어쩐지 서먹서먹한 듯하고 공명에 대한 소식도 전혀 언급하지 않았다.

다음 날, 또 다음 날까지 세 번이나 회담을 가졌지만 주유는 항상 공명에 대한 이야기를 피했다.

사흘째 아침, 미축이 작별을 고하러 가자 주유는 처음으로 공명을 언급하며 말했다.

"본 진영에 공명 선생이 있습니다만, 함께 조조를 치기 위해 유예주께서 꼭 한 번 오셔서 긴밀히 대책을 의논했으면 합니다. 유예주께서 이곳까지 오신다면 그보다 더 기쁜 일은 없을 듯합니다."

미축은 주유가 의심스러웠지만 주유의 뜻을 주군에게 전하겠다고 약속하고 돌아갔다.

그 후 노숙은 주유가 무엇 때문에 유비를 이곳까지 청했는지 궁금했다. 노숙이 주유의 의중을 이상히 여기며 묻자 주유가 태연히 대답했다.

"당연히 죽이기 위해서이오."

주유는 공명을 빼돌리고 유비를 죽이는 것이 오의 장래를 위한 일이라고 굳게 믿고 있었다. 그것은 노숙의 생각과 너무나 배치되는 것이었다. 아직 조조와의 일전도 시작되지 않았는데, 같은 편 수뇌끼리 내부 분쟁을 일으키는 것은 바람직한 일이 아니라 여긴 것이다. 하지만 노숙은 대도독의 권한으로 하는 일을 두고 감히 강하게 반대할 수 없었다.

하구의 유비는 돌아온 미축에게서 전말을 듣고 서둘러 오의 진영으로 가려고 배를 준비시켰다. 관우를 비롯한 신하들이 주유의 의도가 의심스럽다며 간언했다.

"미축이 가도 공명을 만나게 하지 않았던 점을 생각하면 주유의 본심이 의심스럽습니다. 서찰이라도 보내 그의 의중을 살피는 것이 좋을 듯합니다."

"그럼 공명이 사자로 가서 간신히 실현시킨 동맹의 의의와 신의를 우리 쪽에서 저버리는 것이 될 것이오. 허심탄회虛心坦懷하게 그의 신의를 믿고 갈 뿐이오."

유비는 신하들의 말을 듣지 않았다. 이윽고 유비는 배 한 척에 불과 20여 명의 수행을 이끌고 출발했다. 유비와 신하들은 얼마 후 오의 중군 지역에 도착했다.

강안의 부대로부터 본진의 주유에게 이 소식이 전달되었다. 주유는 '드디어 왔구나' 하는 표정으로 신하에게 물었다.

"유비가 병사를 몇이나 데리고 왔느냐?"

"20명 정도입니다."

"뭐라, 20명?"

주유는 웃으며 "일은 이미 성사된 것이나 마찬가지다"라고 속삭였다.

이내 유비 일행은 병사에게 안내되어 중군의 영문을 지나왔다. 주유는 직접 나가 예를 갖춰 유비를 맞이했다. 그러고는 막사로 안내하고는 유비에게 상좌를 양보했다.

"처음 뵙겠습니다. 유비 현덕입니다. 장군의 명성은 남쪽에서뿐 아니라 일찍이 북쪽에서도 널리 듣고 있었습니다. 오늘 이처럼 직접 배현拜見하니 기쁘기 한량없습니다."

유비가 먼저 인사를 했다.

"아닙니다. 유 황숙의 명성이야말로 예전부터 흠모하고 있었습니다. 진중이라 특별히 환대라고는 할 수 없지만……."

주유는 유비를 위해 주연을 열었다. 그날까지 공명은 아무것도 모르고 있다가 문득 강안의 병사에게 오늘의 손님은 하구의 유 황숙이라는 말을 듣고 깜짝 놀랐다. 공명은 주유의 본영으로 급히 서둘러 갔다. 그리고 막사 밖에서 몰래 주객의 자리를 살폈다.

* * *

연회 자리에 당연히 공명도 초대되어야 했지만 공명은 유비가 온 사실조차 듣지 못했다. 이것으로 주유의 마음속에 어떤 생각이 숨겨져 있는지 헤아릴 수 있었다.

장막 밖에서 연회의 상황을 살피고 있던 공명은 바로 자신의 주군이 맹수의 덫에 들어가 있는 것을 엿보고 있는 듯 불안해했다. 유비는 그런 줄도 모르고 마음 편히 주유와 이야기를 나누었다. 공명은 유비의 배후에 검을 차고 수호신처럼 우뚝 서 있는 관우를 보고는 조금 안심한 듯 홀연히 강기슭에 있는 자신의 처소로 사라졌다.

유비는 공명이 밖에서 서성거리다 돌아간 줄 꿈에도 몰랐다. 그는 주유와의 잡담 끝에 군사軍事 이야기를 나누면서 허심탄회해지자 옆에 있는 노숙을 돌아보며 말했다.

"마침 제 신하 공명이 한동안 진중에 머물고 있다는데, 이곳으로 불러주실 수 없으신지요?"

그러자 주유가 바로 말을 가로챘다.

"부르는 건 문제도 아니지만, 어차피 일전을 목전에 두고 있으니, 조조를 친 후 축하 연회에서 만나시면 되지 않겠습니까?"

그러고는 다시 조조군을 칠 전략과 준비 등에 대한 화제로 말꼬리를 돌렸다. 그때 관우가 주군의 소매를 당기며 뒤에서 몰래 눈짓을 했다. '그 문제에 대해서는 말하지 않는 편이 좋다'라고 주의를 주는 듯했다.

"그렇군요. 그럼 오늘의 연회는 이 정도로 하면 좋을 듯합니다. 곧 조조군을 물리친 후에 다시 축하의 연을 여는 것으로 하고……."

유비가 이내 깨닫고 자리에서 일어설 기회를 잡은 후 헤어졌다.

주유는 유비가 너무나 순식간에 자리에서 일어나는 바람에 다소 갈피를 잡지 못했다. 실은 유비를 취하게 만들고, 관우에게도 술을 권해 암살하려고 사방에 수십 명의 수하를 숨겨두었던 것이다. 그런데 유비가 교묘히 자리를 피해버려 신호를 보낼 여유조차 없었다. 오히려 주유가 밖에까지 따라 나와 어이없이 손님 배웅까지 한 꼴이 되었다.

유비는 말에 올라 본진을 벗어난 후 관우를 비롯한 일행을 재촉하여 서둘러 강기슭까지 왔다. 그때 물가의 버드나무 그늘에서 손을 흔들며 부르는 사람이 있었다.

"주군, 무사히 돌아가시는 것입니까?"

자세히 보니 공명이었다. 유비는 말 등에서 뛰어내려 달려갔고, 두 사람은 서로의 무사를 확인하며 기뻐했다. 하지만 공명이 곧 기쁜 마음을 뒤로하고 말했다.

"저는 지금 호랑이 입 속에 있습니다만, 태산泰山과 같이 안전합니다. 절대로 심려치 마십시오. 오히려 앞으로 조심하셔야 할 것은 주군의 행동입니다. 오는 11월 20일은 바로 갑자甲子에 해당합니다. 잊지 마시고, 그날 조운에게 명하여 빠르고 작은 배 한 척을 가지고 강의 남쪽 기슭에 가서 저를 기다리도록 준비해주십시오. 지금은 돌아가지 못하지만, 공명은 반드시 동남풍이 불어오는 날에는 돌아가겠습니다."

"공명, 어찌 앞으로 동남풍이 불 날을 알 수 있소?"

"10년간 융중의 언덕에 살았을 때, 매년 봄이 가고 여름을 맞고 가을을 보내고 겨울을 기다리며, 장강의 물과 하늘에 떠가는 구름을 바라보고 아침저녁의 바람을 헤아리며 생활하던 몸이니, 그 정도는 빗나가지 않을 정도로 예측할 수 있습니다. 주군은 사람들 눈에 띄기 전에 서둘러 떠나십시오."

공명은 유비에게 배 위에 오를 것을 재촉하고 자신도 홀연히 오의 진영 속으로 모습을 감추었다.

유비는 공명과 헤어진 후 배 위에 올라 바로 돛을 펴고 강을 거슬러 올라갔다. 50리 정도 나아가자 저편에서 일군의 선단이 강 위에 진을 치고 있었다. 가까이 다가가자 그들은 자신의 안부가 걱정되어 마중 나온 장비와 군사들이었다.

"아, 무사하셔서 다행입니다."

일행은 무사를 축하한 뒤 주군의 배를 호위하며 하구로 돌아갔다.

유비가 돌아간 후, 오의 진영에서 주유는 손안에 들어온 진주를 떨어뜨린 듯한 얼굴을 하고 있었다. 노숙은 일부러 주유에게 심술궂게 물었다.

"어째서 도독은 오늘 같은 기회를 놓치고 유비를 살려 보내셨습니까?"

주유가 불쾌한 마음을 어찌할 줄 몰라 하며 답했다.

"시종일관 관우가 유비의 뒤에 서서 눈을 떼지 않고 노려보고 있었소. 잘못하면 유비를 죽이기도 전에 우리 쪽이 관우에게 당할 게 뻔했소. 무슨 일을 벌이든 그런 맹장이 지키고 있으면 손을 댈 수가 없는 법이오."

주유는 풀이 죽어 있었다. 그에 반해 노숙은 오를 위해 그의 계획이 실패한 것을 기뻐했다.

그 일이 있은 지 얼마 지나지 않은 어느 날이었다.

"강가에 위의 사자가 조조의 서찰을 가지고 와 있습니다."

주유는 조조가 직접 보낸 서찰인지 살핀 후 서찰을 건네받으라고 명했다. 곧 그는 한 통의 서찰을 건네받았다. 서찰은 틀림없이 조조의 친서였다.

주유는 서찰을 읽자마자 격노하며 사자를 놓치지 말라고 명령하고는 서찰을 갈가리 찢었다. 노숙이 놀라 무슨 일인지를 묻자 주유가 발밑에 찢어버린 서찰 조각을 발로 가리키며 말했다.

"그것을 보시오. 역적 조조 이놈, 자신을 한대승상韓大丞相이라고 서명하여 주 도독에게 서찰을 보냈겠다? 마치 나를 신하 다루듯 조롱하고 있소."

"벌써 적의를 분명하게 밝히고 있는 조조이기에 그가 어떤 무례를 범하든 화를 낼 필요는 없을 듯합니다."

"그래서 나도 사자의 목을 쳐서 그에 화답하려는 것이오."

"하나 나라와 나라가 싸워도 서로간의 사자는 해치지 않는 게 고래의 관례가 아닙니까?"

"전쟁터에서 어디 법이 있겠소. 적의 사자의 목을 베어 아군의 사기를 높이고 적에게 위엄을 보이는 게 오히려 전장의 관례일 것이오."

밖으로 나온 주유는 사자를 일으켜 세우고 큰 소리로 꾸짖은 뒤 바로 목을 베었다.

"사자의 종자는 이 목을 가지고 가서 조조에게 보이라."

그런 다음 즉각 수군과 육군에게 전비戰備에 임하라고 명령했다. 감녕을 선두로 장흠, 한당을 좌우 날개로 배치하고, 밤 사경更(새벽 2시)에 밥을 먹고 오경(새벽 5시)에 진陣을 펼쳐 쇠뇌와 석포를 전열한 후 적을 기다렸다.

조조는 사자의 목을 가지고 돌아온 종자의 입을 통해 주유의 태도를 전해 들었다. 조조는 수군대도독 채모蔡瑁와 장윤張允을 불러 먼저 주유의 진을 격파한 후 오의 땅을 점령하라고 명령했다.

강 위에는 바람도 한 점 없고 물결도 잠잠했다.

건안建安 13년(208년) 11월, 위의 대선단은 형주에서 항복한 채모와 장윤을 선봉으로 삼강을 향해 서서히 남하를 개시했다.

* * *

밤은 새고 있었지만 짙은 안개로 수로의 시야가 가려져 눈앞에 있지 않으면 서로가 근접한 것을 알 수가 없었다.

"공격하라."

돌연 위의 병선이 북을 울리고 물살을 가르며 오의 병선의 진열로 공격해왔다. 마침 오의 기함에서 해룡의 투구를 쓴 장수가 위의 병선을 지휘하는 채모와 장윤의 모습을 보고 비웃으며 큰 소리로 말했다.

"형주의 개구리와 북국의 족제비들이 인간의 흉내를 내고 군선에 올라탄 모습이 참으로 가소롭구나. 물 위의 싸움은 어떻게 하는 것인지 보여줄 테니, 우리 오군의 움직임을 잘 보아두어라."

먼저 선루에 배치한 쇠뇌를 일제히 쏘았다. 조조의 도독 채모가 적의 호언에 불같이 화를 내며 앞으로 나서려던 순간, 그의 동생 채훈蔡薰이 먼저 적을 되받아쳤다.

"용대가리를 쓴 어부, 이름이 무엇인가? 나는 대도독의 아우 채훈이다. 원숭이 울음을 멈추고 가까이 오너라. 단칼에 쳐서 물고기 밥으로 만들어주겠노라."

"이 감녕을 모르는 걸 보니 수전을 모르는 놈이 분명하다. 형주의 겁쟁이 개구리 중 한 마리구나. 장강의 물은 우물 안과 다르니라."

감녕은 쇠뇌의 줄을 잡아당겼다. 몇 발의 화살이 소리를 울리며 날아갔고, 그중 한 발이 채훈의 얼굴을 꿰뚫었다. 채훈이 양손으로 얼굴을 감쌌을 때 또 한 발이 그의 목덜미에 꽂혔고, 그는 강물 위로 고꾸라져 물밑으로 사라졌다.

아우가 죽자 채모는 화가 머리끝까지 치솟았다. 그는 선루에서 단숨에 오의 선열을 분쇄하라고 명령했다. 채모가 타고 있는 기함을 중심으로 한 무리의 선열船列이 오군 깊숙이 들어갔다. 하지만 그것은 감녕이 위군의 주력을 아군의 포위망 속으로 교묘히 유도한 것이었다.

왼쪽 기슭에서 한당, 오른쪽 기슭에서 장흠이 때를 기다렸다 즉각 하얀 물살을 일으키며 적의 주력을 포위하고 전후좌우로 포탄을 쏟아

부었다. 위의 선단은 한 척씩 침몰되어 갔다. 위의 주력이 붕괴된 후로 후진의 병선은 각각 흩어져 강기슭으로 좌초하거나 나포되거나 도망치기 바빴다. 이렇듯 위는 초전에서 패하고 말았다.

싸움이 끝난 후 황탁한 장강 위에는 홍수가 지나간 것처럼 파선된 조각과 깃발, 불에 탄 키와 무수한 시신들이 떠다니고 있었다.

수많은 전사자는 대부분 위의 병사들이었다. 그날의 전황을 전해 들은 조조는 얼굴 가득 노기를 띠며 말했다.

"채모를 부르라. 부도독 장윤도 불러오라."

조조 앞에 불려온 채모와 장윤은 어떤 처벌이 떨어질지 전전긍긍했고 다른 제장들도 불안에 떨었다.

* * *

패전의 책임을 물을 것이라고 생각한 채모와 장윤은 얼굴에 핏기가 없었다. 두 사람은 부들부들 떨며 조조의 앞으로 나가 절을 하며 패전을 사죄했다. 조조는 근엄하게 말했다.

"지난 어리석음을 듣거나 또 과거의 잘못을 책하려 그대들을 부른 것이 아니다. 중요한 것은 앞날이다. 또다시 패전의 치욕을 안긴다면 그때에는 반드시 군법에 따라 용서하지 않겠다. 하지만 이번만은 덮고 넘어가겠다."

조조의 관대한 처분에 채모는 감격하여 말했다.

"본시 아군의 패전은 저희의 지휘가 부족한 탓도 있지만, 더 중요한 결함은 형주의 수군들은 조련이 부족한 반면 오의 수군은 오랫동안 파양호를 중심으로 충분히 절차탁마하여 실력을 향상시킨 점에 있습니다. 더욱이 아군 북국의 병사는 수상 진퇴에 익숙하지 않지만 오의 병사들은 어릴 때부터 물에 익숙한 무리들뿐입니다. 수전은 평지와는 다르니, 아마 여기에도 약점이 있는 듯합니다."

조조도 그 점에 대해서는 잘 알고 있었다. 하지만 병사들을 오랜 기간 훈련을 시켜야 하는 일이라 당장 어떻게 할 수 있는 문제가 아니었다.

"그럼 어떻게 해야 하는가?"

조조가 묻자 채모는 다음과 같은 방책을 내놓았다.

"공격을 멈추고 수비 태세를 취하는 것입니다. 나루를 견고히 하여 요지를 보호하고, 수중에 수책을 설치하여 요새를 만드는 것입니다. 그런 다음 적을 유인하여 적의 허를 찌르고, 그들이 지치기를 기다렸다가 일거에 강을 내려가 공격하는 것이 어떨까 합니다."

"흠, 좋은 계책인 듯싶소. 신속히 시행하도록 하라."

사실은 조조 자신도 수상전에 자신이 없었다. 두 도독에게 책임을 묻지 않고 죄를 사하여 격려한 것도 그들을 대신할 수군 장수가 없었기 때문이다.

채모와 장윤은 안심하고 군을 재정비하기 시작했다. 먼저 북쪽 기슭의 요지에 방어진을 설치하고, 강 위에 42개의 수문과 길게 이어진 수채水寨를 지었다. 안쪽에 작은 배를 배치해 교통과 연락의 수단으로 사용하고, 수채의 바깥에 큰 배를 배치해 선진船陣을 펼치도록 했다.

그 규모의 크기는 위의 세력을 여실히 보여주었으며, 밤이면 한층 장관이었다. 약 3백여 리에 걸친 요새의 땅과 강에는 횃불, 봉화, 수천 수만의 등이 불타올랐고, 밤하늘의 별과 대조를 이루었다. 게다가 군량과 군수를 운송하는 거마의 소리가 끊이지 않았다.

"요즘 상류에 있는 북방의 하늘이 밤마다 빨갛게 물드는데 무슨 연유인 줄 아시오?"

남쪽 강기슭에 진을 친 주유가 의아한 듯 노숙에게 물었다.

"조조가 급히 구축한 북안의 요새로, 매일 밤 횃불과 등화가 구름에 비치는 것입니다."

주유는 감녕의 승리에 만족하며 조조군을 무시하고 있었는데, 노숙이 자세히 설명하자 갑자기 불안한 마음이 들었다. 주유는 조조의 요새의 규모를 자신이 직접 확인하겠다고 했다.

"전쟁에서 이기는 가장 중요한 방법은 적을 아는 것이다."

밤이 되자 주유는 몰래 배 한 척에 노숙, 황개 등 여덟 명의 장수를 태우고 조조군의 본영을 정찰하러 갔다. 물론 적지에 들어가는 것은 아니었다. 20개의 쇠뇌에 각각 궁수를 배치한 후 장막을 덮었다. 그리고 적의 눈을 흐리게 하기 위해 일부러 북과 징을 울리며 서서히 북쪽 강기슭의 수채로 다가갔다.

별은 어둡고 밤은 깊었다.

배는 돌로 된 닻을 내리고 몰래 위의 요새를 정찰하고 있었다. 주유는 42개의 수문에서 수채, 대소 선열 등을 샅샅이 둘러보았다. 그 광경에 수전에 정통한 주유도 깜짝 놀라고 말았다.

"대체 이런 구상과 포진은 누가 한 것인가?"

노숙은 에둘러 말했다.

"물론 형주의 채모와 장윤 두 사람입니다. 그들의 지모智謀를 결코 얕봐서는 안 됩니다."

주유는 입맛을 다시며 말했다.

"조조에게는 수전에 정통한 자가 없다고 생각했는데, 내 생각이 잘못되었소. 채모와 장윤을 죽이지 않으면 수상전이라 해도 절대로 안심할 수 없을 것이오."

그 사실을 알게 된 위의 감시선이 조조에게 보고를 올렸다. 조조는 즉각 명을 내렸고, 일진의 병선이 주저 없이 주유의 배를 쫓았지만 주유의 배는 한발 앞서 도망가버렸다. 강을 따라 내려가는 것이어서 배의 속도는 한층 빨랐다. 다음 날 조조는 주유의 배를 놓쳤다는 보고를 받고 기분이 좋지 않았다.

"적에게 진중陣中이 노출되었으니, 우리 진영의 형세에 변화를 주지 않으면 안 되겠다. 이렇게 허점이 있어서 언제 오를 손에 넣을 수 있겠는가?"

그러자 한 사람이 나서서 말했다.

"승상, 한탄하지 마십시오. 제가 주유를 설득하여 우리 편으로 만들어보겠습니다."

사람들은 놀라 호언장담하는 사람이 누군지 살펴보았다. 그는 장하帳下의 막빈幕賓 장간蔣幹이었다. 그의 자는 자익子翼이었다.

"오, 그대가? 그대는 주유와 친우가 아닌가?"

"저는 구강九江 태생이어서 주유와는 고향도 가깝고, 소년 시절부터 동문수학한 벗입니다."

"그것은 좋은 구실이 될 것이오. 만일 오에서 주유를 빼앗아오면 오군은 졸지에 오합지졸이 될 것이오. 무엇을 준비해서 갈 생각이오?"

"아무것도 필요 없습니다. 그저 동자 한 명과 배 한 척으로 족합니다."

"세객說客의 의기가 마땅히 그러해야 할 것이오. 그럼 어서 서두르시오."

조조는 장간을 위해 그날 저녁 크게 연회를 벌였다.

* * *

장간은 일부러 갈건葛巾에 도포를 걸치고 술 항아리 하나와 동자 한 명을 태운 채 물결과 바람에 일엽편주一葉片舟를 맡기고 오의 진영으로 내려갔다.

"주 도독의 옛 친구라 칭하는 자가 멀리서 벗이 그리워 찾아왔다 합니다."

신하의 말을 듣고 주유가 껄껄 웃으며 말했다.

"하하하, 드디어 왔구나. 조조의 막빈이 되었다는 장간일 것이다. 어서 들이거라."

주유는 그사이에 장수들에게 계책을 속삭이며 장간을 기다렸다.

"자, 어떤 얼굴을 하고 오는지 한번 보자."

이윽고 안내를 받고 들어온 장간의 눈이 동그래졌다. 입구에서 화려한 비단옷錦衣을 입고 꽃으로 장식한 모자를 쓴 4, 5백 명의 병사가 그를 정중하게 맞았다. 영중에 들어가니 주유의 자리 주변에 아름다운 화장을 한 장수들이 앉아 있었다.

"이보게, 간공. 오랜만이네. 그간 별고 없으셨는가?"

"주 도독도 별고 없으신지요? 경하드립니다."

장간은 절을 한 후 더 친근한 척했고, 주유도 의식적으로 더 허물없이 대했다.

"오는 도중에 다행히 화살을 맞지 않고 잘 오셨소. 이런 북새통 중에 그 멀리 강을 건너 무엇을 하러 오셨는가? 조조의 부탁을 받고 온 게 아니신가? 하하하, 농담이오 농담."

주유는 장간의 얼굴빛이 바뀐 것을 보고는 바로 자신의 말을 취소했다.

장간은 내심 놀라면서도 태연한 표정을 지어 보였다.

"그런 말씀 마시오. 섭섭합니다. 도독의 높은 이름이 요즘 오에 널리 퍼져서 제게도 축하해주는 사람이 끊이지 않는 차에 죽마고우 그 시절이 그리워 찾아왔습니다. 조조의 세객이라니요, 천부당만부당한 말씀입니다."

장간은 일부러 섭섭한 표정을 지었고, 주유는 웃으며 장간의 어깨를 다독였다.

"그리 화내지 마시오. 허물없는 벗이니 그런 농담도 할 수 있는 법 아니겠소. 어쨌든 잘 왔소. 진중이라 마땅히 환대할 것도 없지만 오늘 밤은 크게 마시고 즐겨봅시다."

주유는 장간의 팔짱을 끼고 주연 자리로 이끌었다. 당상당하에 모인 제장들은 모두 비단으로 수놓은 옷을 입고 있었고, 상 위에는 금은으로 만든 그릇과 유리 술잔, 한동韓銅의 꽃 그릇 등이 놓여 있었다. 전쟁 중이라고는 생각되지 않을 만큼 화려한 차림이었다.

주객이 자리에 앉자 득승락得勝樂이라는 군가가 연주되었다. 주유가 일어서서 휘하의 사람들을 향해 말했다.

"여기 장간은 나와 동문수학한 벗으로, 강북에서 찾아왔지만 절대로 조조의 세객이 아니니 심려하지 마시오."

그리고 제장들 중에서 태사자太史慈를 불러내더니 자신의 검을 건네며 명령했다.

"오늘 밤은 그리운 옛 친구와 함께 밤을 새워 즐길 것이니 손님에게 예가 아닌 일이 생겨서는 안 될 것이다. 손님이 제일 싫어하는 것이 조조의 세객이라는 취급을 당하는 것이다. 그러니 만일 이 자리에서 조조와 우리 오와의 합전合戰에 대해 경솔히 입에 담는 자가 있으면 그 즉시 이 검으로 베어버려라."

태사자는 검을 받아들고 자리 한편에 섰다. 장간은 마치 바늘방석에 앉아 있는 심경이었다. 주유는 잔을 들고 술을 마시기 시작했다.

"출정 이래 술을 멀리하고 진중에서는 한 방울도 마시지 않았지만, 오늘 밤은 옛 벗을 위해 마음껏 마실 생각이오. 제장들도 함께 그동안의 수고를 풀기 바라오."

자리는 술로 채워지고 분위기도 점점 달아올랐다. 사람들은 모두 일어서서 춤을 추고 떠들어댔다.

"아직 밤이 새려면 멀었으니 잠깐 바깥바람을 쐬며 취기를 달랜 후 다시 마십시다."

주유는 장간과 팔짱을 끼고 밖으로 나갔다. 주유는 진중을 소요하면서 장간에게 무기와 군량이 풍부한 곳과 병사들의 높은 사기를 넌지시 보여주고는 다시 자리로 돌아왔다.

"자네와 나는 동문수학하며 어릴 때부터 함께 장래를 이야기한 적이 있었지. 지금 나는 오의 삼군을 이끌며 대도독이라는 높은 자리에 올랐고, 주군 또한 나를 중용해서 내 말이라면 무엇이든 들어주신다네. 그때는 내가 이렇게까지 입신할 줄 생각도 못 했네. 그러니 아무리 소진蘇秦이나 장의張儀 같은 자가 와서 나를 설득하려 해도 내 마음은 금강과 같다네. 말만 내세우는 식자들이 상투적인 학문으로 내 마음을 바꾸기 위해 온다면 그보다 우스운 일은 없을 걸세."

장간은 확실히 몸을 떨고 있었다. 취기가 가신 얼굴은 흙빛이 되었다. 주유는 그에게 술을 권했다.

"장 형, 완전히 술이 깬 듯하네. 자 큰 잔에다 받게나."

주유가 술잔을 장간에게 떠넘기자, 제장들도 술을 마시도록 재촉했다. 술잔 공세를 받고 있는 장간의 얼굴을 보면서 주유가 말했다.

"오늘 밤 여기 있는 이들은 모두 오의 영웅뿐이니 이를 군영회群英會라 칭하겠소. 이 회합의 길례吉禮로 내가 춤을 한 판 추겠소. 여러분은 노래로 화답하시오."

주유는 검을 빼서 휘두르며 춤을 추기 시작했다.

장부가 세상에 나왔으니 공명을 세움이여　丈夫處世兮 立功名

공명은 이미 세웠으니 왕업을 이룸이여　　功名旣立 王業成
사해를 깨끗이 하니 천하태평이여　　四海淸兮 天下泰平
천하가 태평하니 내 장차 취함이여　　天下泰平兮 吾將醉
이미 내 취하였으니 칼춤을 추리라　　吾將醉兮 舞霜鋒

주유가 노래를 부르자 제장들이 따라 부르며 박수와 환호를 보냈다. 밤이 깊어도 흥이 식을 줄을 몰랐다.

"아, 상쾌하구나. 간 공, 오늘 밤은 나와 함께 같은 침소에서 자며 이야기로 밤을 새우세."

주유는 장간의 목에 매달려 함께 침소로 들어갔다. 그와 동시에 주유는 옷도 벗지 않고 그대로 이불 위로 엎어져서 잠이 들어버렸다.

"도독, 도독. 그런 곳에서 잠이 들면 안 됩니다. 몸에 해롭습니다. 감기라도 걸리시면……."

장간이 몇 번이고 주유를 흔들어 깨웠는데도 깨기는커녕 주유의 코 고는 소리만 커져갔다. 방 안은 금방 술 창고처럼 술 냄새로 찌들었다.

장간은 좀처럼 잠을 잘 수가 없었다. 밤은 벌써 사경에 가까워 진중을 순찰하는 소리가 들렸다. 주유는 술에 곯아떨어져 있었고 잔등의 빛이 아스라이 방 안에 명멸하고 있었다.

장간은 벌떡 몸을 일으켰다. 탁상에 서류와 서찰이 수북이 흩어져 있었다. 바닥에 떨어져 있는 5, 6통을 집어 들고 슬쩍 펼쳐보자 모두 기밀문서였다.

"……."

장간의 손이 떨렸다. 그는 몇 번이고 주유의 자는 얼굴을 곁눈질했다. 그리고 다시 몇 통의 서류를 빠르게 눈으로 읽어 내려갔다.

그의 눈을 의심하게 하는 글자가 눈에 들어왔다. 눈에 익은 필적이어서 펼쳐보니 그것은 장윤이 보낸 편지였다.

> 채모, 장윤 삼가 아룁니다. 저희가 조조에게 항복한 것은 벼슬이나 녹봉을 위해서가 아니라 형세가 여의치 않아서였을 뿐입니다. 이미 북군을 속여 진채 안에 가두어놓았으니, 이는 모두 저희가 복수를 하고 견제하기 위해서입니다. 이제 막 남풍에 실어 한 통의 회문回文을 보내니 곧 내란을 일으켜 조조의 목을 베어 오군에게 드릴 것입니다. 부디 망국의 원을 씻는 일이 바로 천하를 위한 일일 것입니다. 사람들의 안목을 피해 거친 문을 보내는 것을 깊이 살펴주시길 청하는 바입니다.

주유가 몸을 뒤척였다. 장간은 당황해서 바람을 불어 등불을 껐다. 그리고 잠시 주유의 모습을 살폈다. 주유가 다시 코를 골며 잠에 빠진 듯하자 장간도 조심조심 침상에 들어 한동안 엎드려 있었다.

그때 문밖에서 누군가 방문을 두드렸다. 장간은 숨을 죽였다. 이윽고 한 사내가 들어왔다. 주유를 깨우러 온 장수 같았다. 그는 주유를 부르며 계속 흔들어 깨웠다.

주유는 겨우 일어났다. 그리고 장간이 자는 쪽을 보더니 물었다.

"이 침소에 나와 함께 자고 있는 자는 대체 누구인가?"

"장간입니다."

사내가 대답하자 주유가 어이없다는 듯 사내에게 주의를 주고는 밖으로 나갔다. 두 사람은 꽤 오랜 시간 무언가 서서 이야기를 하고 있는 듯했다. 때때로 장윤과 채모의 이름이 들려왔다.

그사이에 또 다른 목소리가 들렸다. 북쪽 사투리를 쓰는 사내가 무슨 말을 하기 시작했다. 오의 진중에 북병이 있는 게 수상하다고 여긴 장간은 귀를 기울여 들었다.

그는 여기 진중의 사람이 아니었다. 강북에서 온 밀사인 듯했다. 채 대인이라거나 장 도독이라며 채모와 장윤을 존칭해 부르는 것으로 봐서 그들의 부하이거나 부탁을 받고 온 사람이 틀림없었다. 장간은 조금 전 본 서찰이 떠올라 온몸의 털이 곤두서는 듯했다.

이윽고 밀사로 온 사내와 장수는 이야기가 끝났는지 발소리를 죽이며 물러갔다. 주유도 바로 침소로 돌아왔다. 그리고 이번에는 장막을 치고 침상에 들어 잠을 잤다.

장간은 실눈을 뜨고 창밖의 기척을 확인하며 새벽이 오기만을 기다렸다. 주유는 다시 코를 골기 시작했다. 얼마 후 창가가 아스라이 밝아지고 있었다.

"아하, 잘 잤다."

장간은 일부러 크게 기지개를 켜면서 중얼거렸다. 주유는 눈을 뜨지 않았다. 장간은 뒷간에 가는 체하며 방에서 나왔다. 아직 새벽 무렵, 동쪽 하늘에 붉은빛이 아련히 번지고 있었다. 입구의 초소까지 나오자 보초를 서는 병사가 장간을 보며 누구냐고 물었다. 장간은 불시에 검문을 받자 뜨끔했지만 강하게 대처했다.

"주 도독의 손님에게 누구냐, 라니 무엄하다. 나는 도독의 친구 장간이다."

병사는 당황하며 경례를 했다. 장간은 유유히 발길을 돌리는 척했다. 그러고는 병사의 시야에서 벗어나자 강까지 바람처럼 달려가 배에 올랐다.

조조는 그의 귀환을 기다리고 있었다. 내심 주유의 항복을 학수고대하고 있었던 것이다. 하지만 장간은 홀몸으로 돌아왔다.

"명을 받고 간 일은 잘되지 않았습니다."

조조의 얼굴에 실망하는 빛이 역력했다. 그때 장간이 말을 이었다.

"그보다 큰일을 오의 진영에서 알아왔습니다. 이것을 한번 보십시오."

장간은 주유의 침소에서 훔쳐온 서찰 한 통을 조조에게 내밀었다.

서찰에는 '아군의 수군대도독 채모와 장윤 두 사람이 적과 내통하고, 그 위에 조조의 목을 치는 것은 반역이나 배신이 아닌 죽은 유표의 복수이다'라고 쓰여 있었다.

"당장 두 놈을 불러와라."

조조의 분노가 심상치 않았다. 병사들이 즉각 달려가서 채모와 장윤을 잡아왔다. 조조는 짐승을 보듯 두 사람을 쳐다봤다.

"불시에 선수를 쳐서 네놈들도 놀랐을 것이다. 감히 이 조조를 속이고 적과 내통해 내 목을 치려 음모를 꾸미다니! 네놈들 뜻대로 될 줄 알았더냐? 여봐라, 당장 저놈들의 목을 쳐라."

조조는 검을 빼서 병사에게 건넸다. 채모와 장윤은 깜짝 놀랐다.

"대체 무슨 일이시온지 저희는 영문을 모르겠습니다. 이유라도 알려 주십시오."

조조는 고함치며 서찰 한 통을 두 사람의 눈앞에 들이댔다.

"뻔뻔하고 교활한 놈들, 이것을 보아라. 이것은 누구의 서찰이냐."

그것을 본 장윤이 펄쩍 뛰면서 말했다.

"이것은 위조문서입니다. 적의 계략입니다."

장윤의 말이 채 끝나기 전에 뒤에 있던 병사가 대검을 휘둘러 그의 목덜미를 후려쳤다. 이어서 도망치려는 채모의 목도 단칼에 잘려나갔다.

67
진중에는 희언戱言이 없다

주유는 자신의 계책을 꿰뚫어본 공명을 제거하기 위해 열흘 안에 화살 10만 개를 만들어줄 것을 청하고, 제갈량은 사흘 안에 만들어주기로 약속하는데……

곧바로 오의 간자들은 채모와 장윤이 조조에게 죽임을 당했고, 위의 수군사령부가 바뀌었다는 사실을 알아냈다.

그 소식을 들은 주유가 노숙에게 자랑하듯 말했다.

"어떻소? 내 계략이야말로 명사수가 활을 쏘아 날아가는 새를 맞추는 것과 같지 않소이까?"

주유는 득의만만한 표정으로 말을 이었다.

"채모와 장윤 두 사람이 수군을 지휘하는 동안엔 방심할 수 없다고 걱정했는데, 앞으로는 위의 수군을 두려워할 필요가 없소이다. 이제 조조의 운명은 이 손안에 있는 것과 다름없소."

그러다 문득 다음과 같은 말을 덧붙였다.

"아군들도 이 계략을 내가 꾸민 거라는 걸 모르고 있소만, 공명은 어떻게 생각하는지 궁금하오. 그대가 모른 체하고 공명에게 가서 이 일을 어떻게 생각하는지 살피고 오면 어떻겠소? 그 또한 후일을 대비해서 알아둘 필요가 있으니 말이오."

다음 날 노숙은 공명의 거처를 찾았다. 공명은 배 한 척을 강가에 매어놓은 후 선창에 발을 걸어놓고 있었다.

"제가 요즘 군무에 쫓기다 보니, 그만 적적하셨겠습니다. 별일은 없으신지요?"

"보시는 대로 아무런 일도 없습니다. 실은 오늘 찾아뵙고 주 도독께 축하를 드리려던 참이었습니다."

"축하요? 아니, 무엇을 말입니까?"

"공께서 모를 리 없을 듯합니다만……."

"아니, 군무에 쫓겨서인지 아직 아무것도 알지 못합니다. 축하라니 무슨 말씀이신지요?"

"주 도독께서 공을 제게 보내시어 제 흉중을 알아보라고 하신 그 일 말입니다."

노숙은 당황해하며 공명의 얼굴을 망연히 바라보았다.

"선생은 어떻게 그것을 알고 계시는지요?"

"묻는 것이 어리석습니다. 장간조차 교묘하게 속인 지혜가 있으니, 지금쯤 자연히 깨달으셨겠지요."

"이거, 도무지 선생의 혜안에는 두 손을 들었습니다. 더 드릴 말씀이 없습니다."

"어찌 됐든 장간을 이용해 채모와 장윤을 제거한 일은 대성공입니다. 풍문에 의하면 조조는 두 사람이 죽은 뒤 모개毛玠, 우금于禁을 등용해서 수군 도독으로 임명하고 사기를 쇄신해 오직 훈련에만 힘쓴다고 합니다. 하지만 본래 모개와 우금은 수군의 대장이 될 만한 그릇이 아닙니다. 머지않아 스스로 파멸을 초래할 것이 불을 보듯 뻔합니다."

모든 것을 꿰뚫고 있는 공명의 선견지명에 노숙은 입도 뻥끗 못했다. 그저 멍하니 앉아 한가한 세상 이야기로 시간을 보내다 돌아갈 뿐이었다.

공명은 노숙이 돌아갈 때 밖까지 배웅을 나와 주의를 주었다.

"제가 그 계략을 알고 있었다는 말은 도독에게 하지 말아주십시오. 만일 주 도독이 그것을 알게 된다면 도독은 반드시 저를 해하려 하실 것입니다. 사람의 심리라는 것은 종잡을 수 없으니 말입니다."

노숙은 고개를 끄덕이고 돌아왔지만 주유의 얼굴을 보자 마음을 숨길 수 없었다.

"공명의 형안炯眼에는 도저히 당해낼 수가 없었습니다. 꼭 오늘뿐이 아닙니다."

노숙은 그만 주유에게 모든 것을 소상히 말해버렸다.

노숙의 말을 듣고 주유는 공명을 더욱더 무서워했다. 오의 진중에 형안炯眼과 명찰明察, 공명과 같은 자를 두는 일은 오의 내정과 군의 기밀을 마음껏 살피라고 하는 것과 같은 셈이었다. 그렇다고 지금에 와서 공명을 하구로 돌려보낼 수도 없었다. 그 또한 후일 큰 화근이 될 게 불 보듯 뻔했다.

설사 유비를 오의 산하에 둔다 해도 유비에게 공명과 같은 인물이 있는 한, 유비가 언제까지 그것에 만족할 리가 없었다. 그때가 되면 공명이 보고 들었던 오의 내정들이 오에게 불리하게 작용할 터였다. 그러니 어떠한 수단과 희생을 감수하고라도 지금 공명의 숨통을 끊어놓아야 했다.

"그렇다. 바로 그것이다."

주유가 혼잣말을 하며 크게 고개를 끄덕이자 노숙이 의심스러운 듯 물었다.

"바로 그것이라니, 무슨 말씀입니까?"

"뻔한 것 아니오. 바로 공명을 죽이는 것이오. 절대로 그를 살려두어서는 안 된다는 것을 새삼 알게 되었소."

"이유도 없이 그를 죽이면 만천하의 비난을 받을 것입니다. 신의가 없는 나라로 오가 매도당한다면 오를 위해서도 좋지 않습니다."

"개인적인 원한으로 죽이는 것은 안 될 것이오. 그렇다고 공도公道로 그를 죽일 방법이 없는 것도 아니오."

며칠 후 회의가 열렸다. 그 자리에는 오의 제장은 물론 공명도 참석했다. 회의 말미에 주유가 문득 공명에게 물었다. 주유에게는 미리 꾸민 계략이 있었다.

"선생, 수상전에 필요한 무기로 무엇을 가장 많이 준비해두어야 합니까?"

"앞으로는 군선에도 특수한 무기가 발명될지 모르겠습니다만, 아직까지는 활과 화살을 능가하는 무기는 없을 듯합니다."

공명의 대답에 주유는 예상했던 바라는 듯 고개를 끄덕이며 다시 말했다.

"옛날 주周의 태공망太公望께서는 진중에 장인을 두고 많은 무기를 만들게 했다고 들었습니다. 선생께서도 부디 오를 위해 화살 10만 개를 만들어주실 수 있는지요?"

"지금 진중에 화살이 그리 부족하십니까?"

"수상전에 들어가면 지금 비축해놓은 화살은 눈 깜짝할 사이에 없어질 것이 불 보듯 뻔합니다."

"알겠습니다. 만들도록 하지요."

"10일 안에 가능하신지요?"

"10일이요?"

"무리한 일이겠지요?"

"아닙니다. 당장 내일 일도 어찌 될지 모르는 것이 전쟁입니다. 10일이라는 긴 시간 동안 무슨 일이 생길지 알 수 없습니다. 3일 안에 화살 10만 개를 만들어드리겠습니다.

"예? 3일 안에요?"

"그렇습니다."

"진중에는 희언이 없습니다. 저를 놀리시는 것은 아니겠지요?"

"그럴 리 있겠습니까. 반드시 3일 안에 10만 개의 화살을 준비하겠습니다."

회의가 끝난 후 노숙이 사람이 없는 틈을 이용해 주유에게 몰래 말했다.

"아무래도 이상합니다. 공명이 거짓말을 한 듯합니다."

"사람들 앞에서 거짓말을 할 리 없소."

"그렇지만 3일 안에 화살 10만 개를 만들 수는 없습니다."

"자신의 지모를 자만한 나머지 그만 그런 호언을 한 것일게요. 스스로 자신의 목을 갖다 바치는 격이 될 것이오."

"혹시 하구로 도망칠 생각은 아니겠지요?"

"아무리 목숨이 귀하다고는 하나 공명 같은 자가 추하게 도망가지는 않을 것이요. 그래도 혹시 모르니 공명에게 가서 넌지시 그의 동향을 살피고 오시오."

노숙은 새벽에 일찍 일어나 공명을 찾았다.

공명은 밖에서 강물에 얼굴을 씻고 있었다. 노숙은 인사를 한 후 버드나무 아래의 돌에 앉았다.

"어제는 참으로 곤란했습니다. 제가 그리 당부를 했건만."

공명은 평소보다 훨씬 온화해 보였다. 노숙도 일부러 밝은 목소리로 물었다.

"그게 무슨 말씀이신지요?"

"제가 그렇게 당부를 드렸는데 주 도독께 모두 말씀하지 않으셨습니까. 그 덕에 주 도독이 저를 경계하여 3일 안에 화살 10만 개를 만들게 생겼습니다. 만일 만들지 못하면 군법에 비춰보아 참수에 처해질 것입니다. 저를 좀 도와주셔야겠습니다."

"도독이 처음에 10일 이내라고 했는데, 선생께서 3일 안에 만들겠다고 해서 스스로 화를 초래한 것이 아닙니까? 지금은 저도 어쩔 방도가 없습니다."

"도독께 약속을 취소해달라는 말을 전해주십사 하는 것이 아닙니다. 공의 휘하에 있는 병사 5, 6백 명과 배 20여 척을 잠시 제게 빌려주시길 청하는 것이지요."

"그것으로 무엇을 하시려고요?"

"배마다 사병 30명을 태우고 선체는 모두 푸른 천과 짚단으로 둘러 강기슭에 준비해주시면 3일 안에 반드시 화살 10만 개를 만들어 본진까지 운반하겠습니다. 단 지금의 이 일을 절대로 주 도독께는 비밀로 해주시길 바랍니다. 아시면 허락하지 않을지도 모르니 말입니다."

노숙은 돌아가서 또 그대로 주유에게 말했다. 공명의 말이 하도 이상해서 대체 어쩌려는 생각인지 주유의 의견을 듣고 싶었기 때문이다.

"잘 모르겠군."

주유도 고개를 갸웃거리며 생각에 잠겼다. 이렇게 된 이상 두 사람도 공명이 무슨 생각으로 그런 이상한 준비를 부탁한 것인지 지켜보고 싶은 생각이 들었다.

"어떻게 해야 할지요?"

"뭐, 해달라는 대로 해주고 지켜보면 어떨까 싶소. 경계는 충분히 해야겠지만."

"그럼 배 20척과 병사를 빌려주도록 하겠습니다."

"음, 하나 방심은 금물이오."

"잘 알고 있습니다."

이틀이 지나 사흘째 밤이 되었다. 그때까지 병선 20척은 공명이 지시한 대로 짚과 천으로 완전히 위장을 마쳤다. 그리고 한 배에 30명씩 탄 채로 강가에 준비되어 있었다.

"선생, 기한은 오늘까지입니다."

노숙이 상황을 보러 오자 공명은 기다렸다는 듯이 말했다.

"그렇습니다. 오늘 밤입니다. 선생도 같이 가시겠습니까?"

"어디를 말입니까?"

"강북 쪽 기슭으로요."

"무엇을 하려요?"

"화살 사냥을 가는 것입니다. 화살 사냥……."

공명은 웃으면서 노숙의 손을 잡고 배 안으로 이끌었다.

* * *

밤안개가 짙게 깔려 있었다. 뱃줄로 묶인 20척의 병선은 서서히 북쪽을 향해 강을 거슬러 올랐다.

"전혀 모르겠습니다."

"무엇을 말입니까?"

"이 선단의 목적과 선생의 심사를요."

"하하하, 곧 알게 될 것입니다."

공명과 노숙은 선두에 있는 배 안의 희미한 등불 아래 마주 앉아 술을 마셨다. 빛 한 줄기도 새어나가지 않게 선창과 입구에 장막이 걸려 있었고, 가끔씩 뱃전을 때리는 물결에 등불이 흔들리면 술잔의 술도 따라 흔들렸다.

"20척 모두 짚과 천으로 선체를 구석구석 덮은 것이 꼭 복면을 쓴 위장선 같습니다."

"복면선. 그거 참 재미있는 말입니다."

"도대체 어쩌실 작정입니까?"

노숙은 계속해서 궁금해하며 물었지만 공명은 그저 같은 말만 되풀이했다.

"이 짙게 깔린 밤안개가 걷히면 아시게 될 것입니다. 뭐, 걱정하지 마십시오."

공명은 술을 마시며 혼자 즐거운 듯했다. 하지만 노숙은 심란했다. 축로舳艫를 나란히 하고 북상하는 배는 한없이 강을 거슬러 올라만 갔다.

'이대로 20척의 배와 병사, 그리고 나를 데리고 하구까지 가려는 것은 아니겠지?'

노숙은 공명의 의중을 의심한 나머지 불안하기까지 했다. 그날 밤은 안개로 남쪽 강안의 삼강 지방뿐 아니라 강북 일대까지 깊은 어둠에 싸여 각 진영의 횃불들조차 가물가물할 정도였다.

조조는 초저녁부터 특히 강기슭의 경비에 대해 엄령을 내렸다.

"오늘 같은 밤은 더 방심하면 안 된다. 모든 진영은 경계를 더욱 강화하라."

조조의 머릿속에는 온통 오군은 수상전에 능하고, 그에 비해 위의 병사는 훈련이 부족하다는 생각뿐이었다.

적의 몇십 배에 달하는 대군을 보유하고 있으면서도 경계를 늦추지 않는 것은 과연 조조다운 모습이었다. 교만으로 파멸에 빠진 많은 선인들을 보아왔기 때문에 그 전철을 밟지 않으려고 그는 오늘 밤도 부하들을 독려하고 자신도 늦게까지 잠자리에 들지 않았다.

밤이 사경에 가까워질 무렵, 강 저 멀리 수채 부근에서 함성 소리가 들렸다. 조조와 함께 불침번을 서고 있던 서황徐晃, 장료 두 장수가 즉시 달려가보니 오의 선단이 밤안개를 뚫고 수채로 다가오고 있었다. 장료와 서황은 놀라 조조에게 오군의 야습을 서둘러 알렸다.

"당황하지 말라."

조조는 기다리고 있었다는 듯 직접 말을 타고 강기슭의 진지로 나가 3천 명의 궁수대를 망루에 배치하고 일제히 활을 쏘게 했다.

물결 소리와 함성 소리로 밤이 새고 짙은 안개 한편에서 붉은 햇살이 비쳤다. 강 위에 있던 오의 선단의 그림자는 이미 조조의 진영에서 보이지 않았다.

"승상, 어젯밤의 호의에 감사하오. 선물로 받은 화살은 이미 충분하니, 그럼."

공명은 강을 내려가는 선상에서 위의 수채를 돌아보고 있었다. 그를 태운 배를 선두로 20척의 배는 화살을 한가득 싣고 쏜살처럼 강을 내려가고 있었다.

두툼한 짚과 천으로 뒤덮인 배에는 선체가 보이지 않을 정도로 적의 화살이 꽂혀 있었다.

"당했다."

나중에야 깨달은 조조가 많은 추격선을 보냈지만 공명의 선단을 놓치고 말았다.

"어떻습니까? 이 화살을 셀 수 있으신지요?"

공명은 노숙에게 말을 걸었다. 노숙은 어젯밤 공명의 계책을 깨닫고 그저 혀를 내두르며 감탄할 뿐이었다.

"도저히 셀 수가 없습니다. 선생이 3일 안에 화살 10만 개를 만들겠다고 장담한 것이 바로 이것이었군요."

"그렇습니다. 장인을 모아 이 정도를 만들려고 하면 10일도 어려울 것입니다. 왜냐하면 주 도독이 장인들의 작업을 고의로 방해할 것이기 때문입니다. 도독의 목적은 화살을 얻는 데 있는 것이 아니라 제 목숨을 얻는 데 있을 테니 말입니다."

"아, 그것까지 알고 계셨군요."

"짐승도 자신을 죽이려는 손길을 미연에 깨닫고 도망치지 않습니까. 하물며 만물의 영장이라 하는 사람이 자신의 목숨이 위험하다는 걸 어찌 모르겠습니까?"

"실로 감복했습니다. 그렇다고 해도 어떻게 며칠 전부터 간밤의 농무를 알 수 있었습니까? 우연이었습니까?"

"군사를 부리고 지휘하는 사람이라면 천문에 능통하고 지리에 밝으며, 기문奇門을 몰라서는 이른바 장수의 그릇이라 할 수 없습니다. 운무의 증발은 대지의 기온과 운행雲行 풍속을 감안하면 무지한 자도 예측할 수 있습니다. 3일 안이라고 도독에게 약속한 것도 그런 기상의 변화를 헤아린 것이지요."

공명은 마치 남의 일처럼 담담하게 말했다. 조금도 지식을 뽐내는 것처럼 보이지 않았다. 그저 아침 운무를 뚫고 중천으로 떠오르는 태양빛을 얼굴 가득 받으며 홀로 즐기고 있을 뿐이었다.

이윽고 모두 무사히 오의 강기슭까지 도착했다. 병사들을 독려해서 만선의 화살을 뽑아보니 한 척에 대강 6, 7천 발의 화살이 꽂혀 있었다. 모두 합쳐 10만이었다. 그것을 다시 한 발 한 발 골라 부러지거나 못쓰게 된 것은 버리고 당장 사용할 수 있는 것만을 한 다발씩 묶어 산처럼 쌓아올렸다.

* * *

주유는 노숙의 이야기를 머리를 숙인 채 아무 말 없이 듣다가 이내 고개를 들고 긴 한숨을 내쉬었다. 부끄럽고 놀란 기색이 역력했다.

"어리석구나. 그만 소아小我에 사로잡혀 오직 공명의 지혜를 미워하고 해치려고만 했는데, 그의 신기神技와 명찰明察을 도저히 따라갈 수 없구나."

주유도 영웅호걸이었다. 주유는 자신이 한 일을 되돌아보고 반성한 후 노숙에게 공명을 데려오도록 했다.

얼마 후 주유는 공명이 왔다는 소리를 듣고 직접 입구까지 나가 기다렸다. 주유는 정중히 예를 갖춰 공명을 맞이한 후 상좌를 청했다. 공명은 의심스러운 듯 물었다.

"도독, 오늘의 과분한 대우는 무슨 일이신지요?"

"솔직히 말하겠습니다. 지금까지 제가 저지른 무례를 용서해주십시오. 또 적지에 들어가서 적의 화살 10만 개를 가져오신 천하의 계책을 노숙에게 듣고는 그저 감탄할 수밖에 없었습니다."

"하하하, 그 정도의 사기를 가지고 어찌 감탄할 수 있겠습니까. 군자는 부끄러움을 안다 했습니다. 오히려 제가 부끄러울 따름입니다."

"듣기 좋으라고 드리는 말씀이 아닙니다. 손자와 오자도 공명 선생을 피할 것입니다. 오늘은 사죄의 의미로 선생을 모시고 한잔 올리고 싶습니다."

주연의 자리에서도 주유는 거듭 말했다.

"실은 어제도 오후께서 사자를 보내 하루라도 빨리 조조를 치지 않고 헛되이 무엇을 하고 있느냐며 꾸지람을 하셨습니다. 그렇다고는 하나 아직 제게는 승책도 없고 확고한 전법도 서있지 못합니다. 부끄럽지만 조조의 견고한 방어진과 대군 앞에서는 사면초가의 상황입니다. 부디 저희를 위해 선생의 계책으로 조조의 대군을 칠 방법이 있으면 가르쳐주십시오. 이렇게 머리를 숙여 부탁드립니다."

"어찌 이러십니까. 도독은 강동의 호걸이신데, 저와 같은 둔재에게 어찌 가르침을 달라 하십니까. 또 어찌 그런 계책을 제가 가지고 있겠습니까."

"선생은 겸손이 지나치십니다. 부디 그러지 마시고 마음을 열어주십시오. 얼마 전 밤을 틈타 노숙과 함께 강을 거슬러 올라 적의 진영을 살펴보았더니, 수륙의 조화도 견고하고, 병선의 배치와 수채의 구조도 모두 잘 갖춰져 있었습니다. 그런 상황이면 접근하기조차 어렵다고 생각하여 그것을 깨기 위해 여러 궁리를 해보았지만 여태 확실한 전법을 얻을 수 없었습니다."

공명은 주유의 말을 제지한 후 얼마간 생각에 잠기더니 이내 입을 열었다.

"단 한 가지 실행하면 이룰 수 있을 듯한 계책이 있습니다. 하지만 도독의 흉중에도 계책이 없을 리 없습니다."

"최후의 계책이 하나 없는 것도 아닙니다만……."

"두 사람 각자 손바닥에 써서 서로의 생각이 틀린지 같은지 펼쳐보는 건 어떻습니까?"

"그거 흥미로울 듯합니다."

곧바로 먹과 벼루를 가져오게 하여 서로 붓을 들고 손에 무언가를 쓴 후, 주먹과 주먹을 맞댔다.

"그럼, 동시에."

공명은 그렇게 말하며 손을 폈다. 주유도 동시에 손바닥을 폈다.

공명의 손바닥에도 '화火'라는 글자가 쓰여 있었고, 주유의 손바닥에도 '화火'라는 글자가 쓰여 있었다.

"오, 부절符節을 맞춘 듯합니다."

두 사람은 큰 소리로 웃었다. 노숙도 잔을 들고 두 영웅의 화해와 일치를 축하했다. 두 사람은 서로 꿈속에서라도 다른 사람에게 발설하지 않기로 약속하고 헤어졌다.

68

사항계詐降計와 고육지계苦肉之計

조조는 사항계를 써서 채화와 채중을 오에 거짓으로 항복시키고, 주유와 황개는 조조를 속이고자 고육지계를 쓰며, 감택은 황개의 사항계를 성사시키고자 조조를 찾아간다

강북에 있는 위의 진영은 사기가 떨어져 있었다. 공명의 계책에 속아 넘어가 적이 십수만의 화살을 얻어 쾌재를 부르고 있다는 소문이 퍼졌기 때문이다.

"지금 오에는 공명이 있고, 주유 같은 명장도 있습니다. 게다가 그들의 내부 사정을 알 방법도 없습니다. 사람을 뽑아 오군 진영에 첩자를 심으면 어떻겠습니까?"

책사 순유가 고민 끝에 조조에게 권했다.

"좋은 계책인 듯하다. 과연 누가 적임자인가?"

"채모의 생질 중에 채화蔡和와 채중蔡仲이 있습니다. 숙부 채모가 참수당해 죽었기 때문에 지금 근신 중입니다."

"음, 나를 무척 원망하고 있겠구나."

"바로 그 점입니다. 당연히 모든 사람들이 그렇게 생각하고 있다는 게 이 계책의 노림수이자 중요한 역할을 할 것입니다."

"그럼 채화와 채중 두 사람을 오로 보내자는 것인가?"

"그렇습니다. 먼저 승상이 둘을 불러 그들의 마음을 위로하고, 이利와 영달로 격려한 다음 그들을 강남으로 보내 거짓으로 항복시키는 것입니다. 적은 분명 믿을 것입니다. 왜냐하면 승상에게 죽임을 당한 채모의 생질이기 때문입니다."

"하나 반대로 그 틈을 이용해 오에게 정말로 항복하여 내게 복수를 하면 어쩔 것인가?"

"형주에 둘의 처자가 있는데 어찌 승상을 배신하겠습니까?"

조조는 수긍하며 순유에게 일을 맡겼다. 다음 날 순유는 근신 중인 두 사람을 찾아가 먼저 사면의 명을 전하고 함께 조조에게 나왔다.

조조는 두 사람에게 술을 권하고 위로하며 계략을 말했다.

"어떤가? 숙부의 오명을 씻고 공을 세워보지 않겠는가?"

"기꺼이 따르겠습니다."

"명을 받들겠습니다."

두 사람 모두 의욕이 넘쳤다. 조조는 만족해하며 이 일을 성공시키면 큰 상은 물론 공신으로 중용하겠다고 약속했다.

"안심하고 맡겨주십시오. 반드시 주유와 공명의 목을 가지고 돌아오겠습니다."

두 사람은 호언장담했다.

이튿날 두 사람은 목숨을 걸고 탈출한 것처럼 위장하여 배 여러 척에 병사 5백 명을 태우고 출발했다.

때마침 오의 주유는 군중을 순찰 중이었는데, 적의 진영에서 두 사람의 장수가 병사 5백 명을 이끌고 항복해왔다는 보고를 받게 되었다. 주유는 만면에 희색을 띠며 그들을 어서 데려오라고 일렀다.

얼마 지나지 않아 채화와 채중이 엄중한 호위를 받으며 주유의 앞으로 왔다. 주유는 두 사람에게 물었다.

"그대들은 왜 조조의 진영을 탈출하여 우리 오에 항복해왔는가? 이는 무가의 사람으로서 부덕한 행동이 아닌가?"

채화와 채중은 머리를 조아리고 눈물을 흘리며 대답했다.

"저희 두 사람은 조조에게 죽임을 당한 위의 수군사령 채모의 생질입니다. 숙부는 죄도 없이 죽임을 당했습니다. 믿고 의지해온 숙부가 그렇듯 비참히 돌아가시자 다른 이들까지 저희를 꺼리고 의심하기에 이르렀습니다. 숙부의 억울한 죽음을 갚기 위해 이렇게 강북을 탈주해왔습니다. 바라옵건대 저희를 거두어 그 원수를 갚을 기회를 주십시오."

"오를 위해 몸을 받치겠다니 지금부터 우리 진중에 머물도록 하라."

주유는 그 자리에서 그들을 감녕의 휘하에 배치했다.

채화와 채중은 겉으로는 감읍해하면서 마음속으로는 '일은 성사된 것이나 마찬가지다'라며 흡족해했다.

그 후 노숙이 의심스러운 듯 주유의 생각을 물었다.

"충신으로 불렸던 채모가 죄도 없이 죽임을 당하였으니, 그의 친족들은 원망하지 않으려야 않을 수가 없을 것이오. 조조를 떠나 우리에게 온 것은 남풍이 불면 남안의 물새가 돌아오는 것과 같은 이치니 의심의 여지가 무에 있겠소."

주유는 그저 웃을 뿐 아무 의심 없이 대답했다.

그날 노숙은 공명을 찾아가 주유의 경솔한 행동을 한탄하며 이야기했다. 그러자 공명도 역시 웃기만 했다. 노숙이 왜 웃는지 힐난하자 공명은 그제야 입을 열었다.

"필요 없는 걱정을 지나치게 하시니 그만 웃음이 멈추지 않습니다."

공명은 주유에게 계략이 있는 게 틀림없다며 자신의 생각을 들려주었다.

"채화, 채중의 항복은 분명히 사항계詐降計입니다. 그들의 처자는 강북에 남겨져 있습니다. 주 도독도 그것을 이내 간파했을 것입니다. 양군이 서로 강을 사이에 두고 싸울 구실이 없었는데, 이번 일을 절호의 기회로 여겨 그들의 계략에 속은 체한 후, 이쪽의 계략으로 이용하려는 것이지요."

"아, 과연……."

"어떻습니까? 공께서도 웃고 싶어지셨습니까?"

"아니, 웃을 수 없습니다. 저는 어찌 이리도 사람의 마음을 보는 데 둔한지……. 제 자신이 가련할 뿐입니다."

노숙은 깊이 깨닫고 돌아갔다.

그날 밤, 오군 제일의 노장 황개가 몰래 본진을 찾아와서는 주유와 밀담을 나누었다.

흰 눈 같은 눈썹과 형형한 눈을 가진 황개는 손견 이래 삼대에 걸쳐 오를 섬겨온 공신이다.

"늦은 밤 이렇게 찾아뵌 것은 드릴 말씀이 있어서입니다. 이렇듯 대치가 길어지는 사이 조조군은 이미 북안에 요새를 쌓고 매일 훈련을 하고 있습니다. 이제 적의 군사가 강해지는 것은 시간문제입니다. 또한 적은 그 수가 많고 아군은 그 수가 적으니, 화를 쓰는 전술 외에는 방법이 없습니다. 주 도독, 화공을 쓰셔야 합니다."

주유가 노장의 큰 목소리를 제지하며 말했다.

"대체 어느 누가 그대에게 그것을 가르쳐주었소?"

"누가 가르쳐주다니요? 제 스스로 내린 결론입니다."

"아, 역시 그대의 생각도 일치하는구려. 실은 채중과 채화 두 사람은 거짓으로 오에 항복해왔지만, 그것을 모른 체 받아들이고 우리 진영에 머물게 했소이다. 적의 계략을 역이용하여 이쪽의 계략을 행하기 위해서입니다."

"흠, 묘책입니다. 그럼 도독은 그들을 어떻게 이용하여 조조의 뒤통수를 칠 생각이십니까?"

주유는 탄식하며 말했다.

"그 기책을 행하기 위해서는 오에서도 조조 진영에 거짓으로 항복하는 사람을 보낼 필요가 있습니다. 하지만 애석하게도 그럴 만한 사람이 없습니다."

"어찌 없다 하십니까?"

황개가 몸을 앞으로 내밀며 힐난했다.

"오국이 생긴 이래 삼대입니다. 그 정도의 도움을 줄 사람도 없다고 생각하시는 걸 보면 주 도독의 시야가 좁은 듯합니다. 여기 황개도 있지 않습니까?"

"예? 그럼 공이 자진해서 그 임무를 맡아주시겠다는 말씀이오?"

"국조 손견 장군 이래, 은혜를 입어 삼대에 걸쳐 주군을 섬겨왔습니다. 나라를 위해서라면 설사 간뇌도지하더라도 여한이 없습니다."

"그대에게 그런 용기가 있다니 오국의 큰 행운이 아닐 수 없소. 그럼 그대가 그 임무를 맡아주시오."

주유는 주위를 둘러보았다. 진중은 적막하여 흔들리는 등불 말고는 사람의 그림자도 없었다. 두 사람은 좀 더 의논한 뒤 새벽에 헤어졌다.

다음 날 주유는 일어나자마자 중군에 나가 고수에게 명해서 사람들을 모았다.

공명도 모습을 드러냈다. 주유가 명을 내렸다.

"가까운 시일 안에 적을 칠 것이다. 각 부대와 제장들은 이를 염두에 두고 각 병선에 세 달 치 군량을 쌓아두라."

그러자 황개가 앞으로 나왔다.

"무모한 명령입니다. 지금 몇 개월 치의 군량을 준비하라 말씀하셨습니까?"

"세 달이라 하였소만. 그것이 어떻단 말이오?"

"세 달은커녕 설사 열 달 치 군량을 쌓는다고 해도 소용없습니다. 어찌 조조의 대군을 이길 수 있겠습니까."

주유는 발끈 화를 내며 말했다.

"아직 단 한 번도 싸우지 않았는데 그런 불길한 말을 하다니. 저 늙은이를 끌어내라."

황개도 지지 않고 맞섰다.

"주유는 입 다물라. 지금까지 아무 대책도 없이 한가로이 지내다가 그런 무모한 명을 갑자기 내리면 어찌 복종할 수 있으리."

"제멋대로 혀를 놀려 병사들의 마음을 어지럽히는 어리석은 자로다. 그 목을 쳐 지엄한 군율을 보이겠다."

"주유 네놈은 기껏해야 선대 이래의 신하가 아니더냐? 국조 이래 삼대의 공신인 나를 벌할 수 있겠느냐?"

"저자의 목을 치거라."

주유가 좌우의 병사들에게 외쳤다.

"잠깐 기다려주십시오."

그때 감녕이 뛰어나와 황개를 대신하여 사죄했다. 하지만 황개도 잠자코 있지 않았고 주유의 화도 진정되지 않았다. 잘못했다가는 감녕까지 목이 달아날 판이었다. 제장들은 모두 안색이 창백해졌고, 큰일이 벌어질 것이라 염려해 중재에 나섰다.

"황개는 나라의 공신으로 나이도 있고 하니 도독께서 부디 가련히 여기십시오."

주유는 어깨를 들썩이며 씩씩거렸다.

"제장들이 그렇게까지 애원하니 목숨만은 살려두겠소. 하지만 군법은 군법이니, 곤장 백 대의 형에 처하고 진중에서 근신하라 이르시오."

주유는 선처를 애원하는 제장들의 말을 받아들이지 않았다.

한 대, 두 대, 세 대. 황개는 땅에 엎드려 이를 악물고 참았지만 이윽고 비명을 지르기 시작했다.

다시 열 대, 열한 대…… 장형은 계속되었다. 피가 흘러 백발에 물들고 육신은 찢어져 뼈가 부러질 듯했다. 아흔, 아흔하나…… 옥졸도 완전히 지쳤다. 황개는 이미 혼절한 상태였다. 주유도 창백한 얼굴로 노려보고 있다 그대로 막사로 들어가버렸다.

제장들이 황개를 안고 그의 거처로 옮기는 도중에도 피가 멈추지 않았다. 정신을 차렸다가 다시 혼절하기가 몇 번인지 몰랐다. 평소 황개와 친한 사람들과 오의 건국 이래 생사고락을 함께한 노장들이 모두 눈물을 흘리며 괴로워했다.

한바탕 소동이 있은 후 공명은 묵묵히 자신의 배로 돌아갔다. 그러고는 홀로 배의 선미에 앉아 흐르는 강물을 바라보며 무언가 골똘히 생각했다. 노숙은 공명의 뒤를 쫓아와서는 말을 걸었다.

"오늘 일은 참으로 가슴이 아픕니다. 주 도독은 군의 총사령이고 황개는 오랜 선배인데…… 간언을 하려 해도 저리 화를 내시니, 오히려 불에 기름을 붓는 격인 듯해 그저 바라만 볼 수밖에 없었습니다. 선생은 타국의 빈객이자 주 도독이 진심으로 존경을 표하는 분이니, 저 노숙뿐 아니라 모두들 선생이 황개를 위해 중재에 나서주시길 바랐습니다. 그러한데 선생은 시종일관 묵묵히 아무 말도 하지 않으시고 구경만 하고 계셨습니다. 혹여 무슨 깊은 생각이라도 있었던 것입니까?"

"하하하, 그보다 더 여쭙고 싶은 것은 귀공이야말로 왜 저를 속이려

하십니까?"

"예? 그럴 리가요. 선생을 오에 모시고 온 이래로 저는 선생을 속인 적이 한 번도 없습니다."

"그렇다면 아직 병법의 고육지계苦肉之計를 모르시는 듯합니다. 도독이 오늘 노발대발하여 황 장군에게 장형을 내리고, 진중에 내분을 밖으로 내보인 것은 모두 조조를 속이기 위한 계책입니다. 그런데 어찌 제가 만류할 수 있겠습니까?"

"예? 그럼 이도 계략이란 말씀입니까?"

"틀림없습니다. 하지만 자경, 혹시 주 도독이 물어도 제가 그렇게 말했다는 걸 절대 말씀하지 마십시오."

"하하하, 알겠습니다. 그럼 이만."

그날 밤, 노숙은 주유와 이야기를 나누던 도중 주유가 먼저 황개의 얘기를 꺼내자, 낮에 공명이 자신에게 한 말을 떠올리고는 사실인지 확인해보고자 했다.

"노숙, 진중의 아군들은 어제 일을 어떻게 생각하고 있소?"

"도독께서 그처럼 화내시는 모습을 본 적이 없던 터라 모두 불안해하고 있습니다."

"공명은 뭐라 했소이까?"

"도독이 매정하게 대했다고 심려하고 있었습니다."

"그렇군. 공명도 그렇게 말했단 말이군. 처음으로 공명을 속였구나. 공명이 그렇게 믿을 정도라면 내 계략은 반드시 성공할 것이오. 아니 벌써 성공했다 해도 과언이 아닐게요."

주유는 회심의 미소를 지으며 처음으로 노숙에게 심중의 비책을 털어놓았다.

* * *

4, 5일 동안 황개는 진중의 침상에 드러누운 채 죽을 먹으며 신음하고 있었다.

사람들은 그를 문안하러 왔다. 어떤 자는 함께 슬퍼하고 어떤 자는 함께 아파하고, 또 어떤 자는 무정한 주유를 함께 원망했다.

평소에 친했던 참모인 감택闞澤은 문안을 와서 황개의 모습을 보자 눈물을 흘렸다. 황개는 사람들을 물리고 억지로 몸을 일으킨 후 말했다.

"잘 와주었네. 누가 온 것보다 기쁘구려."

감택이 가슴 아파하며 물었다.

"장군님, 혹시 전에 주 도독께 원한을 산 일이라도 있으셨습니까?"

황개는 고개를 저으며 말했다.

"아무것도 없네. 원한을 산 일은 아무것도 없다네."

"그렇지 않다면 이번 일은 도무지 이해가 되지 않는 처벌입니다. 너무 가혹한 듯합니다."

"그대 외에는 진실을 얘기할 사람이 없어 내 그대가 오기만을 기다리고 있었네."

"장군, 사람들 앞에서 그토록 심하게 문책을 당한 것은 혹시 고육지계가 아닙니까?"

"쉿, 조용히 하게. 그것을 어찌 눈치챘는가?"

"주 도독의 행동이나 가혹한 처벌 등이 도를 넘었다고 생각했습니다. 평소에 두 분의 교류를 고려하면 짐작할 수 있었습니다."

"아, 과연 감택이군. 잘 보았네. 바로 그대로이네. 내가 오를 섬겨 삼대의 은혜를 입었으니, 지금 이 늙은 몸을 바치는 게 하나도 아깝지 않네. 그래서 내 자진해서 한 가지 계책을 세우고, 먼저 아군을 속이기 위해 일부러 장형을 받은 것이네. 이 고통도 동오를 위해서라면 아무것도 아니네."

"역시 그러했습니까? 하지만 그렇게까지 하시면서 계획한 비책을 제게만 털어놓으시는 연유는, 저를 조조에게 보낼 사자로 삼기 위해서가 아니신지요?"

"그렇다네. 자네의 생각대로, 자네가 아니면 누구에게 이 대사大事를 털어놓고 사자使者를 부탁할 수 있겠는가."

"잘 말씀해주셨습니다. 저를 알아주시니 감사할 따름입니다."

"그럼 대사를 맡아 사자로 가겠다는 말인가?"

"대장부가 믿음을 얻고, 자신을 알아주는 사람에게 어찌 등을 돌리수 있겠습니까. 세상에 나와 임금을 섬기고, 검을 차고 전쟁에 임했는데 하나의 공도 세우지 못하고 늙어간다면 살아 있어도 보람이 없습니다. 하물며 황 장군께서 목숨을 던져 도모한 계책인데 어찌 소인이 목숨을 아까워하겠습니까."

"고맙네."

황개는 그의 손을 잡아 자신의 볼에 대고는 눈물을 흘렸다.

"일을 늦추면 기회를 놓칠 염려가 있습니다. 장군, 제가 언제라도 지참하고 조조에게 갈 수 있도록 지금 당장 서찰 한 통을 써주십시오."

"아, 그 서찰은 이미 남몰래 준비해서 여기에 숨겨놓았네."

황개는 베개 밑에서 두툼하게 봉한 서찰 한 통을 건넸다. 감택은 그것을 건네받고는 태연히 그곳을 나왔다. 그는 밤이 되자 오의 진영에서 모습을 감추었다.

그로부터 몇 밤이 지났을 때 위의 수채 부근에서 홀로 낚싯줄을 기울이는 늙은 어부가 있었다.

강기슭에서 고기를 잡으며 살고 있는 어부나 주민은 계속되는 전쟁에 익숙한 터라 싸움이 없는 날에는 이렇듯 낚시를 하거나 어망을 던져 고기를 잡았다.

하지만 근래 신경이 더욱 예민해진 조조군의 경계병은 수채 가까이에서 낚시를 하던 늙은 어부를 수상히 여겨 포박했다. 늙은 어부는 위의 진중에 끌려온 후 '나는 오의 참모 감택이다'라고 신분을 밝혔다.

깊은 밤 조조는 침소에서 나와 군청의 일각에 촛불을 밝히고 있었다. 어부로 위장한 오의 참모 감택이 '조 승상을 직접 뵙고 말씀드릴 것이 있다'라고 했기 때문이다. 조조는 그 보고를 받고 잠을 깬 것이었다.

얼마 지나지 않아 감택은 부하들에게 둘러싸여 조조 앞에 끌려왔다. 그는 주위의 위압에 조금도 두렵지 않은 듯 계단 아래 자리를 잡고 앉았다.

감택에게 조조가 근엄하게 물었다.

"그대는 적국의 참모라고 들었는데, 무슨 일로 짐의 진영에 왔는가?"

"……."

아무 말 없이 바라보던 감택이 '후후후' 소리를 내며 실소했다.

"보는 것과 듣는 것에 큰 차이가 있소이다. 조 승상은 현賢을 사랑하고 인재를 구하고 있다고 들었소만, 그렇지 않은 듯하오. 아, 황개도 사람을 볼 줄 모르구나! 어처구니없는 일을 저지르고 말았으니."

감택은 혼자 탄식하며 딴전을 부렸다.

조조는 눈썹을 찡그렸다. 정신이 나간 게 아닌지 의구심이 들었지만, 화를 내지 않고 말했다.

"적국의 참모라고 하는 자가 단신으로, 게다가 어부로 위장하고 이곳에 온 이상, 그 진의를 밝히는 것은 당연지사 아닌가. 어찌 그에 대해서는 일언반구도 없는가?"

"바로 그것이오, 승상. 여기에 온 이상, 나는 목숨을 걸지 않으면 할 수 없는 일이 있소. 그런데 무엇 때문에 왔느냐는 질문은 죽음을 불사한 자에 대한 야유 같은 말인데, 그 말을 들으니 고심 끝에 결심하고 온 긴장감이 사라져 그만 탄식이 나온 것이오."

"오를 멸망시키는 것은 내 필생의 바람이오. 그 목적에 부합하는 일이라면 새삼 무례를 사죄하고 그대의 말을 듣겠소."

"승상에게는 천재일우의 기회이니 잘 들으시오. 오의 황개 장군은 자는 공복, 즉 삼강의 진에서 선봉대장을 겸한 오군의 군량총사이시오. 이분이 삼대에 걸쳐 오를 섬기고 충절의 공신이라는 것은 세상 모두 알고 있소. 그런데 수일 전, 주 도독에게 직언을 하다 명을 거스르게 되어, 제장들이 보는 가운데 면박을 받고 노구의 몸에 장형 백 대를 받아

몸은 찢기고 피투성이가 되어 정신을 잃고 말았소. 그 자리에 있던 사람들은 모두 얼굴을 돌리고 몰래 도독의 가혹한 처사를 원망하였소. 나는 황개 장군과 오랜 친교가 있어, 문안을 갔다 황 장군이 몰래 쓴 서찰 한 통을 받았소. 내게 그 서찰을 맡기며 승상에게 전하기를 소원하신 바, 골수에 사무친 원한을 풀기 위함이라 하셨소. 후일 오의 진영을 탈출하여 오의 군량과 무기 등을 가지고 투항한다 하셨소이다."

"흠, 황개의 서찰은 가지고 있는가?"

"가지고 왔소이다."

"어디 한번 보이시오."

서찰은 대신의 손을 거쳐 조조의 탁자에 놓였다. 조조는 서찰을 펼쳐 몇 번이나 되풀이하여 읽고는 주먹으로 탁상을 내리치며 고함쳤다.

"이까짓 고육지계에 이 조조가 속을 줄 알았더냐? 분명한 계략이다. 여봐라, 저놈을 끌고나가 당장 목을 쳐라."

조조는 말을 끝내자마자 황개의 서찰을 찢어버렸다.

감택은 태연자약泰然自若하며 오히려 큰 소리로 웃었다.

"아하하, 소심한 승상이여, 이 목을 원한다면 언제라도 헌상하겠소. 소문으로만 듣던 위의 조조가 이렇듯 소인이라고는 생각지 못하였소."

"입 다물라. 어린아이 소꿉장난 같은 계략을 가지고 나를 속이려 하다니, 네 목을 베어 우리 군의 위엄을 보이겠다."

"황 장군이 조조 같은 인물을 과대평가하였구나. 그것이 가여워 웃음만 나올 뿐이다."

"아무리 지껄여도 소용없는 일이다. 간사한 입을 다물라. 나도 어릴 때부터 병서를 읽었으며, 손자와 오자의 진수를 알고 있었다. 다른 사람이라면 몰라도 이 조조가 어찌 네놈과 황개 같은 자의 의도대로 움직이겠는가."

"형설지공의 고통을 배우고 약관弱冠부터 병서를 가까이했다는 자가 어찌 내가 가져온 서찰이 진짜인지 가짜인지, 진위조차 파악하지 못하는가? 세상에 이보다 더 바보 같은 자만은 없을 것이다."

"좋다! 저승길 선물로 황개의 서찰이 왜 거짓인지 그 이유를 들려주겠다. 진심으로 항복하는 거라면 반드시 항복하러 올 시기를 확약했을 테지. 그런데 서찰에는 그 일시에 대해 아무런 언급이 없다. 이것이야말로 본심이 아닌 거짓이라는 증거이다."

"거참, 이상한 말을 다 듣소이다. 분별없이 병서를 읽었다고 하더라도 책을 읽었다면서, 책을 활용할 줄 모르는 자는 오히려 무학보다 더 무식한 법이오. 그런 범안凡眼으로 이 대군을 움직이고 오의 주유와 마주한다면 그 즉시 적에게 좋은 먹잇감이 되어 패배할 것이 눈에 선하군."

"뭐라, 패배가 눈에 선하다고?"

"소학小學의 병서에 만족하여 새로운 병리兵理를 연구하지 않고, 서찰 한 통의 허실과 사자의 신의와 불신도 구별하지 못하는 대장이 어찌 오의 신예新銳를 이길 수 있으리."

"……."

문득 조조는 입을 다물고 무언가 생각하는 듯한 눈으로 물끄러미 감택을 바라보았다.

감택은 자신의 목을 두드리며 말했다.

"자, 베려면 빨리 베어라."

조조는 고개를 가로저으며 말했다.

"잠시 네 목숨을 살려두도록 하겠다. 내가 반드시 패한다는 말에 대해 조금 더 들어보고 싶구나. 만일 이치에 맞는 점이 있다면 나도 논해 볼 것이다."

"당신은 현인을 대하는 예의도 모르오. 그러니 무엇을 말한다 해도 무익할 것이오."

"앞서 했던 말은 사죄할 테니, 먼저 고론高論을 제시하라."

"옛말에 이르길, 주인을 저버리고 도적질을 하는 데는 기일을 미리 정할 수 없다 하였소. 황 장군은 지금 삼대를 섬겨온 오를 저버리고 승상의 휘하에 들어오려 하고 있소. 한데 만일 기한을 약속했다 급히 지장이 생겨 그 기일을 넘긴다면 승상은 즉시 의심을 품을 것이고, 이에 두 분은 하나가 되지 못할 뿐 아니라, 황 장군은 의지할 진영과 돌아갈 나라도 없이 자멸의 길로 빠질 것이오. 그에 일부러 기일을 명시하지 않고 호기를 가늠하려는 것이야말로 본심을 나타내는 증거이올시다. 이를 두고 거짓의 증거라 하는 승상의 불명不明을 슬퍼하지 않을 수 없소이다."

"음, 그 말이 맞다."

조조는 순순히 수긍하며 말했다.

"내가 잠시 눈이 어두웠소. 앞서 저지른 무례를 용서하시오."

조조는 사죄한 후 빈객에게 예를 갖추고 주연을 열어 의견을 구했다. 그 와중에 대신 중 한 명이 들어오더니 조조의 소맷자락 밑에 편지를 건네고 물러갔다.

감택은 오에 있는 채화와 채중에게서 온 첩지라는 것을 알아챘지만 모른 척하며 계속해서 술을 마시고 이야기를 나누었다.

* * *

술을 마실 때 조조는 채화와 채중에게서 온 첩보를 살짝 탁자 밑에서 읽었다. 그러더니 이내 소매에 숨기고 태연히 말했다.

"지금 나는 그대에게 일말의 의심도 품고 있지 않소. 다시 오에 돌아가서 내가 승낙한 취지를 황 장군에게 전하고, 충분히 상의한 후 우리 진영으로 와주시오. 빈틈은 없겠지만 부디 주유가 눈치채지 못하도록 잘 부탁하오."

그러자 감택은 고개를 저으며 거절했다.

"아닙니다. 그 전령은 다른 적합한 인물을 보내십시오. 저는 이곳에 남겠습니다."

"어째서이오?"

"다시는 오에 돌아가지 않을 것입니다."

"그대라면 자유로이 오갈 수 있지 않소. 만약 다른 자를 보내면 황 장군도 주저할 것이오."

조조가 몇 번을 청한 후에야 감택은 조조의 말을 승낙했다. 감택은 조조가 자신의 심중을 알아볼 요량으로 그렇게 말한 것이라 생각하고 경계한 것이었다.

하지만 이제 조조는 충분히 그의 말을 믿게 된 듯했다. 감택은 일을 완수했다고 생각했지만 겉으로 드러내지 않고 후일 재회를 약속하며 배에 올랐다. 조조는 감택에게 막대한 금과 은을 건넸다.

"대장부가 황금 때문에 모험을 할 수는 없습니다."

감택은 조조가 건넨 금과 은에 손도 대지 않고 배를 저어 사라졌다.

감택은 오의 진영에 돌아오자마자 서둘러 황개와 밀담을 나누었다. 황개는 일이 성사될 것이라 믿으며 신중히 물었다.

"처음에 의심했던 조조가 나중에 어떻게 갑자기 굳게 믿게 된 것이오?"

"아마 제 변설만으로는 조조를 믿게 할 수 없었을 것입니다. 때마침 채화와 채중의 첩지가 조조에게 몰래 전달되었던 것이지요. 제 말을 믿지 않던 조조도 심복의 첩보에 바로 믿음을 갖게 되었겠지요. 게다가 그 첩보의 내용과 제 말이 부절처럼 꼭 일치하니, 의심할 여지가 없었던 게 틀림없습니다."

"음, 그렇군. 수고했네. 감녕의 부대에 가서 채화와 채중이 무얼 하고 있는지 알아봐주겠나?"

그길로 감택은 감녕의 부대를 방문했다. 급작스런 감택의 방문에 감녕은 그를 힐끗거리며 무엇 때문에 왔는지 물었다.

감택이 본진에서 언짢은 일이 있어 무료함을 달래러 왔다고 하자 감녕은 의심스러운 얼굴로 옅은 웃음을 흘렸다. 그때 우연히 채화와 채중이 들어왔다. 감녕이 감택에게 눈짓을 보내자 감택은 감녕의 마음을 알아차리고 일부러 불쾌한 듯 말했다.

"요즘은 유쾌한 날이 하루도 없군. 주 도독의 재주와 지혜는 우리도 잘 알고 존경하지만, 그렇다고 해서 사람을 무시하는 것은 좋지 않은 일인데 말이오."

감택이 울분을 토로하자 감녕이 맞장구를 쳤다.

"또 무슨 일이 있었나? 군의 중추에서 매일 그렇게 분란이 생겨서야……."

"논쟁이라면 괜찮겠지만 주 도독은 입이 걸어 사람들 앞에서 모욕을 주니 더 괘씸할 뿐이오. 참으로 불쾌하고 참기가 어렵소이다."

감택이 입술을 깨물며 울분을 토로하다 문득 한편에 서 있는 채화와 채중을 곁눈으로 흘낏 보고는 급히 입을 다물었다.

"감녕, 잠깐 이야기 좀 나눌 수 있겠습니까?"

감택은 감녕의 귀에 대고 속삭이고는 일부러 옆방으로 갔다.

채화와 채중은 아무 말 없이 눈짓을 교환했다.

그 후에도 감택과 감녕은 종종 사람이 없는 곳에서 몰래 만났다.

어느 날 저녁, 두 사람은 막사에서 조용히 이야기를 나누고 있었다. 그들을 눈여겨보던 채화와 채중이 장막 밖에서 귀를 대고 그들의 이야기를 엿들었다. 저녁 바람에 장막의 한쪽이 들려 채화의 몸 일부를 안에 있던 두 사람이 보게 되었다.

감택과 감녕은 뛰어나와 채화와 채중에게 다가갔다.

"우리의 밀담을 엿들었구나!"

감택이 추궁하자 감녕이 검을 땅에 던지며 말했다.

"이제 우리의 대사가 깨졌도다. 다른 사람의 귀에 들어간 이상 더는 여기에 머물 수가 없다."

채화와 채중 형제는 서로 고개를 끄덕이더니 갑자기 주위를 살피며 말했다.

"두 분은 절대 절망할 필요가 없습니다. 무엇을 숨기겠습니까. 실은 저희 형제는 조 승상의 밀명을 받고 거짓으로 오에 항복한 것입니다."

감녕과 감택은 뚫어져라 두 사람의 얼굴을 바라보았다.

"아니, 그게 사실이오?"

"어찌 거짓을 고하겠습니까."

"아아, 그 말을 들으니 안심이 되오. 귀공의 투항이 조 승상의 심오한 계책의 일부라니 꿈에도 생각지 못했소. 이는 자연스레 위가 흥하고 오가 쇠하려는 조화가 아니오."

감녕과 감택은 사람이 없는 곳에서 주 도독에 대한 반감으로 어떻게 하면 오의 진영을 탈출할 수 있을까, 어떻게 하면 주유에게 복수할 수 있을까, 더 나아가 불평불만이 있는 사람들을 모아 폭동을 일으키자며 자주 밀담을 나누었다. 이는 일부러 채화와 채중이 의심하도록 하기 위해서였다.

채화와 채중 형제는 그것이 교묘한 계책인 줄 전혀 알아차리지 못했다. 이미 자신들이 간자의 사명을 띠고 적진에서 활약하고 있다고만 생각했지, 오히려 상대의 계략에 빠졌다는 것은 상상도 하지 못했다.

그날 밤 네 명은 둘러앉아 늦게까지 술을 마시며 서로 흉금을 털어놓고 함께 조 승상을 모시게 된 것을 축하했다.

"그럼 어서 빨리 승상에게 서찰을 보냅시다."

채화와 채중이 이 일을 보고하는 글을 쓰고, 감택도 따로 서찰을 써서 강북의 위군에게 보냈다.

> 감녕도 주 도독에 품은 뜻이 있어 승상을 따르고자 합니다. 황개를 주모로 하여 가까운 시일 안에 군량과 군수물자를 배에 옮겨 싣고 강을 건너 투항하려 합니다. 다만 아직 날을 정하지 못하였을 뿐, 청룡기를 꽂은 배를 발견하시면 즉각 저희의 항복선으로 여겨 공격하지 마시길 바랍니다.

하지만 조조는 그 서찰을 받고 그대로 믿지 않았다. 오히려 의심을 하며 한 자 한 자 반복해서 읽었다.

69
방통의 연환계連環計

방통과 주유는 장간을 이용해서 계책을 꾸미고,
장간의 주선으로 조조를 만난 방통은 연환계를 제안하는데……

조조는 지금 세상에서 손자와 오자는 바로 자신뿐이라며 자부하고 있었다. 한 통의 서찰을 보는 데에도 실로 치밀하고 냉정했다. 자신의 심복이며, 자신이 직접 오에 밀정으로 보낸 채화와 채중에게서 온 첩지조차 신중히 검토한 후 군신을 모아놓고 내용의 시비를 토론에 부쳤다.

"채 형제도, 오에 돌아간 감택도 이런 서찰을 보내오니, 너무 일이 잘 풀리는 것만 같소. 자, 여기에 대한 대책을 말해보시오."

그의 자문에 제장들이 제각각 의견을 냈다. 그러던 중 장간이 말했다.

"소인, 앞서 명을 받잡고 오의 사자로 가서 주유를 설득하여 항복시키려 했지만 모두 실패하고 아무런 공도 없이 돌아와 내심 부끄러울 따름이었습니다. 하오니 지금 재차 명을 받들어 오로 건너가 채 형제와 감택의 말이 사실인지 여부를 확인하고 온다면, 조금이나마 죄를 갚을 수 있지 않을까 싶습니다. 만일 또다시 아무런 공도 세우지 못하고 돌아온다면, 군법의 형벌을 받는다 해도 결코 원망하지 않겠습니다."

조조는 이번 일을 성급히 결정할 수 없으니 그것도 하나의 방법이라며 장간의 말을 받아들였다. 곧 장간은 작은 배를 타고 오로 떠났다.

한편 양양의 명사 방덕공龐德公의 생질 중에 방통龐統이라는 인물이 있었다. 방덕공이라고 하면 형주에서 모르는 사람이 없는 명망가라 수경水鏡 선생 사마휘司馬徽조차 그 집 대문에 예를 갖출 정도였다.

사마휘가 평소 자신의 문하와 지인들에게 와룡臥龍 봉추鳳雛라는 말을 자주 했는데, 그 와룡이란 공명을 가리키며, 봉추란 방덕공의 생질인 방통을 말한다는 것은 널리 알려진 사실이다. 그 정도로 사마휘가 높이 산 인물이 왜 세상에 나오지 않았는지 사람들은 궁금해했다.

오늘 바로 그 방통이 오의 군중에 손님으로 와 있었다. 그는 공명보다 두 살 연상에 지나지 않았다.

"선생께서는 요즘 이 근처 산에 계시지요?"

주유가 방통에게 물었다.

"형주와 양양이 망한 후, 잠시 산속 암자에 살고 있습니다."

"오에 힘을 보태주시지 않겠습니까? 저희가 막빈으로 모시며 소홀히 하지 않겠습니다."

"조조군은 형주의 고향을 유린한 적입니다. 도독의 부탁이 없어도 오를 돕지 않을 수 없습니다."

방통의 말에 주유가 크게 기뻐했다.

"천군만마를 얻은 듯합니다. 감사할 따름입니다. 그런데 아군의 적은 병사로 어떻게 조조의 대군을 격파할 수 있겠습니까?"

"화계火計가 득책입니다."

"예? 화공 말입니까? 선생께서도 그렇게 생각하십니까?"

"하지만 망망한 장강 위에서 배 한 척이 불에 타면 다른 배들이 즉시 사방으로 흩어질 것입니다. 그러니 화공을 이용하기 위해서는 먼저 조조군의 병선을 모두 한곳에 모아놓고 쇠고리로 연결해야 할 필요가 있습니다."

"어찌 그것이 가능할 수 있겠습니까?"

"이를 연환계連環計라 합니다."

"조조 역시 병법에 능한 자입니다. 어찌 그런 계략에 빠지겠습니까? 선생의 계책은 신묘하지만 아마도 조조가 넘어오지 않을 듯합니다."

주유와 방통이 대화를 나누는 사이에 장간이 다시 찾아왔다는 소식이 전해졌다. 그 뒤로 방통은 돌아갔고, 주유는 진중으로 왔다.

"이번 대사를 성공시킬 사람이 지금 나를 찾아왔구나."

주유는 회심의 미소를 지으며 장간을 들일 것을 명했다.

이윽고 장간이 안내를 받으며 들어왔다. 주유가 이전과는 달리 밖으로 나와 자신을 맞이하지도 않고 자리에 앉은 채 교만히 노려보자 장간은 내심 불안했지만 태연한 척하며 주유에게 다가갔다.

주유는 눈을 부릅뜨며 말했다.

"장간, 그대는 또 나를 속이려고 왔는가?"

"속이다니? 하하, 농담하지 말게. 왜 오랜 친구인 자네에게 그런 짓을 하겠는가. 오늘 나는 지난번 자네의 호의에 보답하기 위해 왔네. 자네에게 가르쳐줄 것이 있네."

"그만두게. 자네의 속내는 훤히 들여다보이네. 내게 항복을 권할 작정이지 않나?"

"오늘은 어찌 그리 화가 나 있는가. 자, 옛이야기나 하며 한잔하는 게 어떤가. 자네에게 천천히 할 얘기가 있네."

"뻔뻔하구먼. 이렇게 말하는데도 아직 모르겠는가. 아무리 자네가 혀를 놀리고 지혜를 짜낸다 해도 내 마음을 바꿀 수는 없을 것이네. 내 결코 조조에게 항복하지 않을 것이야. 지난번에는 그만 정에 이끌려 술을 마시고 같은 침상에서 잠을 잤지만, 나중에 보니 내 방에서 기밀문서가 사라졌네. 자네가 중요한 서찰을 훔쳐 달아나지 않았는가?"

"뭐라고? 내가 기밀문서를 훔쳤다고? 장난은 그만두게. 어찌 내가 그것을 훔쳐 달아나겠는가?"

주유는 장간의 말을 끊으며 말했다.

"그 때문에 오와 내통하고 있던 장윤과 채모 두 사람이 조조에게 죽임을 당했네. 이는 필시 자네가 조조에게 말한 것 때문이겠지. 그래놓고는 뻔뻔하게 다시 이곳에 나타나다니. 얼마 전 위를 탈출해 이곳으로 온 채화와 채중을 어떻게 하려고 온 것이 아닌가?"

"도대체 왜 나를 그토록 의심하는 것인가?"

"다시 한번 말하지만, 채화와 채중은 내게 충성을 맹세했으니, 허튼

수작 말게."

"허튼수작이라니?"

"본래 단칼에 목을 쳐야겠지만, 옛정을 생각해서 목숨만은 살려주겠네. 이제 우리 오가 3일 안에 조조를 격파할 것이네. 그동안 자네는 오의 진영에서 꼼짝하지 못할 것이네. 여봐라, 이자를 서산西山의 움막에 가두어라. 조조를 친 후 채찍 백 대를 쳐 북으로 내쫓을 것이다."

주유는 장간을 노려보며 좌우의 무장들에게 호령했다. 무장들은 장간을 포박하고 영외로 끌고 갔다. 그런 다음 말에 태워 삼엄한 경비를 붙여 서산으로 데려갔다.

장간은 산중에 있는 작은 움막에 갇혔다. 경비병들이 밤낮없이 사방에서 그를 감시했다.

장간은 날마다 고민을 하느라 제대로 밥도 먹지 못하고 잠도 자지 못했다. 그러던 어느 날 밤, 경비병이 방심한 틈을 타 탈출에 성공했다.

"어디로 가야 하나?"

어두운 산속을 헤매며 궁리했지만 산을 내려가면 오의 진영이고, 올라가면 서산의 험준한 봉우리뿐이었다. 기껏 탈출했지만 어디로 가야 할지 몰랐다.

그때 저편 숲 속에 언뜻 불빛이 보였다. 다가가보니 집이 있는 듯했다. 숲 속으로 난 작은 길을 따라가자 책을 읽는 소리가 들렸다.

사립문을 열고 암자 안을 엿보니, 서른 살 전후의 처사가 검을 한쪽에 찬 채 책상 앞에서 등불을 켜고 병서를 읽고 있는 듯했다.

"아, 양양의 봉추, 방통이 아닐까?"

장간은 자신도 모르게 중얼거렸다. 그때 안에서 바깥의 기척을 느끼고 누구인지 묻는 소리가 들렸다. 장간은 뛰어 들어가 절을 올렸다.

"지난날 군영회에서 선생의 모습을 뵌 적이 있습니다. 대인은 봉추 선생이 아니신지요?"

"그렇게 말하는 귀공은 장간이 아닌가?"

"그렇습니다."

"그 후로 여태 오의 진영에 머물고 있었는가?"

"아닙니다. 일단 돌아갔다 다시 왔는데 주 도독에게 의심을 받게 되어……."

장간이 전후 사정을 이야기하자 방통이 웃으며 말했다.

"그 정도로 끝났으니 천운이 아닌가. 내가 주유였다면 절대로 살려두지 않았을 것이네."

"예?"

"하하하, 농담이네. 자, 이리 오게."

방통이 자리를 마련해 둘은 이야기를 나누기 시작했다. 장간은 이야기를 할수록 방통이 큰 뜻을 품고 있다는 걸 알았다. 방통은 일찍부터 세상에 널리 알려진 인물인데, 지금의 처지를 보면 오로부터 대우를 받지 못하는 것 같았다. 장간은 살짝 방통의 마음을 떠보았다.

"선생 같은 재략을 지니신 분이 어찌 이런 산중에 몸을 감추고 계십니까? 이곳은 오의 세력 아래인데 오를 섬기는 것도 아닌 듯하고……. 아마 위의 조 승상처럼 선비를 사랑하는 명군이 알면 절대로 내버려두지 않을 것입니다."

"조조가 선비를 사랑하는 사람이라는 것은 전부터 듣고 있었지만……."

"그럼 어찌 오를 떠나 조 승상에게 가지 않으십니까?"

"그만큼 위험이 따를 것이오. 임시변통이라 해도, 아무리 선비를 사랑하는 조조라도 오에 있던 자를 무조건 받아들이지 않을 게 아니오."

"그렇지 않습니다."

"어째서요?"

"제가 모시고 가면……."

"뭐요, 귀공이?"

"그렇습니다. 실은 조 승상의 명을 받고 주유에게 항복을 권하러 온 것입니다."

"그럼 역시 위의 첩자……."

"첩자가 아닙니다. 세객으로 온 것입니다."

"그게 그거 아니오. 내가 앞서 말한 농담이 맞아구려."

"그래서 깜짝 놀랐습니다."

"나는 오로부터 녹祿이나 벼슬을 받은 사람이 아니니 안심하시오."

"어떻습니까? 이곳을 떠나 위로 가시는 게……."

"뜻은 있지만……."

"승상과의 중재는 제가 반드시 보장하겠습니다. 승상에게도 인재를 보는 눈이 있습니다. 어찌 선생을 의심하겠습니까."

"그럼 한번 가보는 것도……."

"결단만 내리시면 지금 당장이라도 가실 수 있습니다."

"무엇이든 빠른 것이 좋다 하였소."

두 사람은 완전히 하나가 되었다. 그날 밤 방통은 암자를 떠나 장간과 함께 오를 벗어났다. 그곳에 살고 있던 방통이 장간보다 지리를 잘 알고 있었다. 두 사람은 협곡을 따라 난 샛길을 지나 드디어 장강에 다다랐다. 그리고 배를 타고 서둘러 강북으로 올라갔다. 위군의 요새에 도착한 다음에는 장간이 안내를 맡았다.

조조는 유명한 양양의 봉추 방통이 왔다는 소식을 듣고 무척이나 기뻐했다. 조조는 먼저 방통에게 상좌를 양보했다.

"이토록 귀한 손님이 이곳까지 몸소 오시다니, 잘 오셨습니다."

방통도 진심으로 기쁜 듯 행동했다.

"제 의지보다는 승상이 저를 이끌어 제가 이곳까지 오게 된 것 같습니다. 승상께서 선비를 존경하며 현명함을 중히 여기시는 희대의 어진 명장이라는 고명을 일찍부터 듣고 흠모할 따름이었습니다."

조조는 완전히 마음을 열고 장간의 공을 치하하며 연회를 열었다.

다음 날 조조와 방통은 함께 말을 타고 언덕에 올랐다.

조조는 방통의 입을 통해 자신의 포진에 대한 기탄없는 비평을 듣고 싶었다. 하지만 방통은 계속 칭찬만 늘어놓았다.

"연안 백 리의 진, 산을 따르며 숲에 의지하면서도 장강을 앞에 두어 수리水利를 잘 살렸습니다. 게다가 각 진마다 서로 살필 수 있도록 상호간에 드나드는 문이 있고, 나아감과 물러섬의 곡절이 신묘하니 손자와 오자라 할지라도 이보다 더 근사한 포진은 펼칠 수 없을 듯합니다."

조조는 무언가 허전한 느낌이 들어 말했다.

"부디 선생의 혜안으로 부족한 점을 기탄없이 지적해주십시오."

하지만 방통은 고개를 내저었다.

"절대로 감언이설이나 거짓으로 드리는 상찬이 아닙니다. 어떤 병가의 오의奧義로 보아도 이 연안의 진용에서 결점을 찾을 수 없을 것입니다."

조조는 무척 기뻐하며 방통을 데리고 언덕을 내려왔다. 이번에는 각 수채의 수문과 크고 작은 배들의 주행舟行 등을 함께 둘러보았다. 그리고 강 위에 떠 있는 24척의 전함의 포진을 가리키며 자랑스럽게 물었다.

"저희 수상 성곽을 보니 어떻습니까?"

방통은 더없이 감탄한 듯 손뼉을 치며 말했다.

"아아, 승상이 병법과 용병에 능하다는 말이 거짓이 아니었습니다. 수군의 배치만 하더라도 이렇게까지 훌륭할 줄 꿈에도 상상하지 못했습니다. 가련하구나, 주유여. 주유는 강 위의 전투에 있어 자신을 능가할 사람이 없다고 자만하고 있으니, 자멸의 날이 되어서야 그 교만과 망상에서 깨어나겠구나. 가련한 주유여!"

조조는 영중에 돌아와 방통을 위해 환대의 연회를 열었다. 그리고 밤늦게까지 손자와 오자의 병법을 논하고, 고대사에 비추어 병가의 진법을 평하느라 흥에 겨워 밤이 깊어가는 줄도 몰랐다.

"잠깐 실례하겠습니다."

그사이 방통은 잠깐씩 밖에 나갔다 다시 돌아와 이야기를 계속했다.

"안색이 안 좋은 듯한데 괜찮으신지요?"

"뭐 그리 큰일은 아닙니다."

"어딘가 불편한 듯 보이십니다."

"본래 저는 태어날 때부터 몸이 약한 데다, 사나흘이나 배를 타고 왔더니 심신이 조금 지친 듯합니다. 지금도 헛구역질이 나서……."

"의원에게 보이는 편이 좋을 듯합니다."

"진중에 의원이 많이 있는 듯하니, 그럼 부탁드립니다."

"의원이 많다는 것은 어찌 아셨습니까?"

"승상의 장병은 절반 이상이 북국 태생이 아닙니까. 장강의 풍수나 선상 생활에 익숙하지 않은 자들뿐일 것입니다. 그들을 방치한다면 괴병에 걸릴 테고, 그러다 보면 막상 전쟁에 나가서는 능력을 펼칠 수 없을 게 아닙니까."

방통의 말은 화살처럼 조조의 흉중을 꿰뚫었다.

그렇지 않아도 요즘 조조는 병자가 속출해 고민이었다. 지금 군중은 그 대책과 원인을 세우기 위해 한창 골머리를 앓고 있었던 것이다.

"어떻게 하면 좋겠습니까? 바라건대, 뭔가 좋은 방법이 있으면 부디 가르침을 주십시오."

방통은 고개를 끄덕이며 말했다.

"포진과 병법의 묘는 물 샐 틈이 없습니다만, 다만 한 가지 빠진 것이 있으니, 원인은 바로 거기에 있습니다."

"포진과 병자가 속출하는 것이 무슨 관계가 있습니까?"

"아주 큰 관계가 있습니다. 그 점만 제거하면 아마 한 사람의 병사도 병들지 않을 것입니다."

"그렇다면 기꺼이 그 가르침에 따르겠습니다. 많은 의원이 약을 썼지만, 그 원인에 대해서는 아직 풍토가 다르다고 할 뿐 전혀 알지 못하고 있습니다."

"북국의 병사들은 물에 익숙하지 않은데도 오랫동안 땅을 밟지 못한 채 배 위에서 비바람과 파도에 흔들리며 기력을 빼앗겼습니다. 그러니 심신이 지칠 수밖에 없습니다. 고로 제대로 먹지도 못하고 병이 들게 되는 것입니다. 그들을 고치기 위해서는 병사들을 모두 땅 위로 보내야만 합니다. 그렇지만 병선에도 사람이 없어서는 안 될 테니, 포진을 새롭게 해야 합니다. 먼저 크고 작은 배를 모두 풍랑이 적은 만灣의 입구 안으로 집결시키고, 선체의 크기에 따라 종횡으로 포진한 다음, 큰 배는 30열, 중간 배는 50열, 작은 배는 크기에 맞춰, 배와 배의 수미에 쇠고리를 튼튼하게 연결하여 환형環形으로 펼쳐놓습니다. 또 배들끼리 다리를 만들어 서로 자유롭게 오갈 수 있도록 한다면 사람은 물론이고 말들도 평지와 같이 마음껏 걸을 수 있을 것입니다. 폭풍이 불고 물결이 거친 날에도 배가 덜 흔들리면 물자를 쉽게 옮길 수 있으니 병사들의 사기는 높아지고 움직임도 좋아질 것입니다. 그렇게 되면 병들어 앓아눕는 병사는 없을 듯합니다."

"과연 지당하신 말씀입니다. 선생의 큰 가르침을 듣고 나니 짐작되는 바가 적지 않습니다."

조조는 자리에서 내려와 감사를 표했다.

"제 좁은 소견일지 모르니, 좀 더 원인을 잘 살피고 숙고하시는 게 좋을 듯합니다. 오는 아군에 병자가 많다는 것을 알지 못합니다. 조금이라도 빨리 적당한 조치를 취한다면, 후일에 반드시 오를 물리칠 수 있을 것입니다."

조조는 방통의 말을 받아들여 다음 날 제장들을 부르고 대장장이를 모아 환형의 고리와 대못 등을 밤낮없이 만들게 했다.

방통은 유유자적 손님으로 머물면서 그러한 모습을 보며 속으로 웃고 있었다. 그러던 어느 날 방통이 조조와 허심탄회하게 군사에 대한 담소를 나누면서 말했다.

"다년간 품은 뜻이 이루어지니, 이제야 명군을 만난 듯합니다. 분골쇄신하여 앞으로도 미력하나마 제 재주를 다해 충절을 맹세합니다. 가만히 생각하니, 오의 제장들 중에 주유를 진심으로 따르는 자가 적은 듯 보입니다. 주유를 원망하고 기회가 있으면 등을 돌릴 장수가 손가락을 세고도 남습니다. 제가 가서 세 치 혀를 놀려 그들을 설득하면 즉각 승상에게 항복해올 것입니다. 그런 다음 주유를 산 채로 잡고, 다음으로 유비를 평정하는 것이 급무입니다. 오도 오이지만, 유비야말로 무시할 수 없는 적이라고 생각하지 않으시는지요?"

방통의 말은 조조의 급소를 찔렀다. 조조는 방통이 말을 꺼낸 것을 기회로 여기며 말했다.

"그렇다면 오에 돌아가서 사람을 모아 은밀히 계책을 세워주십시오. 만일 성공하면 선생을 삼공三公에 봉하도록 하리다."

* * *

감쪽같이 속였다고 방심해서는 안 되는 일이었다. 지금부터가 중요했다. 혹시라도 조조가 방통을 떠보려고 하는 말일지도 몰랐다. 방통은 '성공하면 선생을 삼공에 봉하겠다'라는 조조의 말에 고개를 좌우로 흔들며 말했다.

"말씀은 감사합니다만, 저는 눈앞의 이익이나 영달을 위해 하는 것이 아닙니다. 오직 백성들의 고충을 없애기 위해서입니다. 승상이 오군을 격파하고 오나라에 들어간다고 해도 부디 무고한 백성만은 죽이지 말아주십시오. 바라는 것은 오직 그뿐입니다."

조조가 방통의 청렴을 믿고 근심을 풀어주기 위해 말했다.

"오의 권력을 치더라도 바로 다음 날부터 오의 백성은 내가 보호해야 할 백성입니다. 어찌 무참히 죽일 수 있겠습니까. 안심하십시오."

"승상의 마음은 의심치 않습니다만, 뭐라 해도 대군이 적국에 물밀듯 들어갈 때에는 백성들이 재난을 겪기 마련입니다. 이제 명을 받고 강남으로 돌아가야 하니 제 일족의 안전을 보장할 수 있는 승상의 방문榜文을 한 장 받을 수 있겠는지요?"

"선생의 일족은 지금 어디에 있습니까?"

"형주에서 쫓겨나 오의 벽지에 있습니다. 만일 승상께서 방문을 내려주신다면 위험을 피할 수 있을 듯합니다."

조조는 이내 붓을 들어 '위군이 오에 들어가더라도 방통 일가의 안전은 보장하라. 이를 어긴 자는 참형에 처한다'라고 쓴 후 직인을 찍어 건넸다.

방통은 속으로 이렇게까지 하는 이상 조조가 자신의 말을 완전히 믿게 되었다고 생각했다. 방통은 웃음을 감추고 다녀오겠다는 말과 함께 감사를 표했다.

조조는 주유가 눈치채지 않도록 조심하라고 몇 번이나 당부하며 방통을 직접 영문營門까지 배웅했다. 방통은 이별을 슬퍼하는 것처럼 몇 번이고 뒤를 돌아보았다.

강가에 도착한 방통이 작은 배에 오르려는 순간, 한 사내가 버드나무 그늘에서 뛰어나왔다. 그는 '배신자'라고 소리치며 방통을 뒤에서 붙잡았다.

방통이 깜짝 놀라 두 다리로 버티며 뒤를 돌아보았더니, 사내는 도포를 입고 죽관을 쓰고 있었다. 놀라운 힘이었다. 아무리 몸을 발버둥쳐도 꿈쩍하지 않았다.

"조 승상의 객에게 배신자라니 넌 누구냐?"

"승상은 속였을지 몰라도 나를 속일 수는 없을 게다. 오의 황개는 고육지계를 꾸미고, 감택은 사항계를 써서 채화와 채중에게 편지를 하고, 이제 너는 오를 위해 승상에게 와서 연환계를 쓰다니! 우리 북군을 모두 불에 태워 죽이려는 것이 틀림없구나. 어찌 이대로 너를 강남으로 보낼 수 있으리. 자, 다시 돌아가자."

방통은 대사가 깨어지는 듯한 느낌이 들자 정신이 아뜩했다. 그는 체념한 듯 눈을 감았다.

'만사가 수포로 돌아갔구나.'

방통은 몸부림치는 것을 포기하고 사내에게 말했다.

"넌 누구냐? 조조의 부하인가?"

"내 목소리를 잊어버렸는가. 나를 몰라보겠느냐 말이다."

"뭐라? 잊었느냐고?"

"난 서서다."

"뭐? 서서라고?"

"수경 선생의 문하 서원직徐元直이다. 그대가 사마휘 문하로 있을 때, 최주평崔州平, 제갈량 등과 가끔씩 본 적이 있지."

"아, 그 서서로구나."

서서가 놓아주자 방통은 망연히 서서를 바라보다 애원했다.

"서서, 공이라면 이 방통의 의중을 알고 있을 것이오. 만약 공이 이 계책을 조조에게 발설한다면 내 목숨은 물론이고 오의 81주의 백성들이 위군의 말발굽 아래 유린당하고 죽임을 당할 것이오. 오의 백성들을 위해 눈감아주시게."

서서가 말했다.

"그것은 그쪽의 입장이 아닌가. 오의 백성은 살릴 수 있을지 모르지만, 그대를 여기서 놓아주면 우리 83만의 인마는 모두 불에 타 죽을 것이네. 이는 가련하지 않다는 말인가?"

"음, 여기서 자네가 나를 발견한 것은 천운이네. 그러니 마음대로 하시게. 내가 여기까지 올 때는 위험을 감수하고 온 거네. 자, 죽이든 조조에게 끌고 가든 마음대로 하시게."

"과연 방통 선생이오."

서서는 평소의 호방한 모습으로 돌아가 웃으며 걱정하지 말라고 말했다.

“사실을 말하자면 예전에 내가 신야에 있을 때, 유 황숙과 주종의 관계를 맺은 후 입은 은혜는 지금도 잊지 않고 있소. 비록 몸은 조조의 진영에 있지만, 아침저녁으로 가슴에 새기고 있다오. 노모가 조조에게 붙잡히는 바람에 어쩔 수 없이 그의 휘하에 있었지만, 이제는 어머니도 돌아가셨으니 그럴 필요가 없소. 황숙과 헤어질 때, 비록 조조의 진영에 가더라도 평생 동안 다른 사람을 위해서는 계책을 세우지 않겠다고 굳게 약속했다오. 내가 이곳에 있으면서 오국의 사람들이 오가는 모습을 보고는 마음속으로 전말을 짐작하고도 남았지만, 어느 누구에게도 그 역逆에 역逆이 있다는 걸 말하지 않았소이다.”

서서는 그제야 본심을 털어놓으며 방통에게 한 가지 의논을 청했다.

“공이 오에 돌아가서 연환계와 화공을 쓴다면 당연히 위의 진영에 있는 나도 불에 타 죽을 것이오. 미연에 면할 수 있는 방법이 없겠소?”

방통은 아주 쉽게 해결할 수 있다며 서서의 귀에 대고 속삭였다. 서서는 방통의 말을 듣더니, 손뼉을 치며 ‘과연 명안이오!’라고 외쳤다. 그런 후 두 사람은 남몰래 강과 육지로 사라졌다.

얼마 지나지 않아 조조의 진중에 풍설이 떠돌았다.

“서량西涼의 마초馬超가 한수韓遂와 함께 대군을 이끌고 모반을 일으켰다. 허창이 비어 있다는 걸 알고 그곳을 향해 진군하고 있다…….”

70
광풍이 일어 깃대는 부러지고

연환계를 완성한 조조는 마침내 대함대를 이끌고 오로 향하고,
결전을 앞둔 주유는 광풍에 쓰러진 사령기에 깔려 피를 토하며 쓰러진다

조조군은 허창의 문을 나선 후 수천 리를 떠나왔다. 조조의 가슴에는 허창을 비운 후 불안한 마음이 끊이지 않았다.

서량의 마초와 한수 무리가 허를 찔러 봉기했다는 소문을 듣고 조조가 말했다.

"누가 허창으로 돌아가 나를 대신해 허창을 지킬 수 없는가? 아직 풍문에 지나지 않으니 사실 여부를 확인할 수 없지만, 만일의 경우를 대비해 누군가 가보아야 하겠다."

"제가 가겠습니다."

자진해서 앞으로 나선 사람은 서서였다. 다른 장수들은 오와의 대전을 앞두고 허창으로 돌아가는 것은 좋지 않다는 듯 모두 잠자코 있었다. 조조는 고개를 끄덕인 후 크게 기뻐하며 말했다.

"서서인가. 좋다, 그대가 가도록 하라."

"명 받들겠습니다. 반군이 아무리 날뛰어도 응징하여 허창을 지켜내겠습니다. 만일 급변이 있으면 신속히 연락드리겠습니다."

서서는 믿음직스럽게 말한 후 즉각 3천 명의 정예를 이끌고 허창을 향해 떠났다. 그러자 조조는 일단 안심하고 한층 오의 공략에 몰두했다.

때는 건안 13년(208년) 겨울 11월이었다.

밤이 되어 바람이 잦아들고 물결이 잠잠해지자 조조는 육지의 영채를 한번 둘러본 후 기함에 올랐다. 그런 다음 조조는 거대한 배의 선수에 '수帥' 자를 크게 쓴 기를 세우고, 뱃전에 궁노수 천 명과 칼과 창으로 무장한 병사를 늘어세운 후 수륙의 장수들을 모두 모아 강 위에서 연회를 열었다.

대강의 강물은 백색의 명주를 풀어놓은 듯 달빛에 아스라이 일렁이고 있었다. 저 멀리 남쪽으로는 오의 시상산에서 번산을 마주하고, 북쪽으로는 오림烏林의 봉우리, 서쪽으로는 하구의 만까지 술잔 속에 담겨 있는 듯한 심경이었다.

"아아, 남아의 위업이 즐겁지 않은가. 사방의 풍광을 눈 속에 담고 천공의 달그림자를 가슴에 담는다. 술잔을 들면 솟아나는 옥주玉酒가 있고 일어서 검을 휘두르니 오의 생사를 쥐고 있구나. 오는 강남의 옥토이다. 이를 내 손에 넣는다면 오늘 나와 함께 전력을 다한 제장들에게도 길이 그 부귀를 나눠줄 것이다. 제장들은 선전하라. 이때를 놓쳐 후회할 일을 만들지 않도록 하라."

조조는 술잔을 기울이며 장수들을 격려했다.

"저희가 오랫동안 훈련을 하는 것도, 승상의 은택을 누린 것도 바로 오늘날 부끄럽지 않기 위해서입니다. 어찌 소홀히 하겠습니까."

제장들도 모두 흔쾌히 조조의 말에 동조하며 술잔을 채우고 비웠다.

취기가 오르자 조조는 손을 들어 "모두 저쪽을 보아라" 하고 오국을 가리켰다.

"가련하구나, 주유와 노숙이여. 하늘의 뜻도 모르고 운이 다한 것도 모르다니. 그들의 진중에는 나와 은밀히 내통하는 자가 있다. 이미 오군은 가슴과 배에 병을 품고 있듯 안에서부터 와해되고 있는 것이다. 어찌 우리 대군의 일격을 당해낼 수 있으리."

조조는 감정이 한층 격해져 말했다.

"이는 하늘이 나를 돕는 것이다."

곁에 있던 순유가 조조의 소매를 잡아당기며 말했다.

"승상, 그런 말씀은 하지 않는 게 좋겠습니다."

조조는 어깨를 흔들며 큰 소리로 웃었다.

"이 배 안에 있는 자들은 모두 내 심복이 아닌가. 배의 바깥은 도도한 강이니 어느 곳에 이국의 귀가 있으리."

조조는 순유의 말을 조금도 신경 쓰지 않았다.

여흥은 계속되고 조조의 다정다감多情多感한 언행은 그치지 않았다. 그는 또 상류의 하구를 바라보며 말했다.

"오를 친 후에 또 하나 없애지 않으면 안 될 것이 있다. 유비, 공명과 같은 쥐새끼들이다. 아니, 이 대륙과 대강에 의지해서 살아가는 자로, 그들은 쥐새끼라기보다 송사리 같은 존재에 지나지 않을 것이다."

조조는 술을 들이킨 다음 잔을 내려놓더니 그대로 잠시 입을 닫았다. 교교한 달도 기울고 밤기운은 한층 차가워졌다. 마음이 아무리 젊다고 해도 몸에 사무치는 한기와 기침은 한낱 인간에 지나지 않다는 것을 깨닫게 했다. 문득 조조가 낮은 목소리로 중얼거렸다.

"나도 올해로 54세가 된다. 연전연승, 연연제패. 위도 어느새 대국이 되었지만 이 몸도 어느새 54세구나. 머리에도 서리가 보이는 나이이다. 제군들이여, 웃지 말라. 오를 쳤을 때 내게 단 하나 즐거움이 있다. 그것은 바로 교공의 이교를 보는 것이다."

조조가 자신의 솔직한 심경을 다른 사람들에게 들려주는 것은 드문 일이었다. 그날 밤의 조조는 어딘지 이상했다. 흥에 겨워 마음도 풀어지고 술의 기운도 뻗쳐 그만 감상이 튀어나오고 말았다.

교가의 이교는 동오의 절세미인이다. 조조는 일찍이 이교의 부친에게 때가 오면 강북으로 맞아들이겠다고 말한 적이 있었다. 그 후 오의 손책과 주유가 이교를 아내로 맞았다는 소식을 들었지만 그는 아직도 미련을 버리지 못했다. 조조는 오를 평정한 날 장수의 동작대에서 이교를 맞아들여 화조풍월花鳥風月을 즐기며 영웅의 마지막 생애를 편안히 보내고 싶다는 꿈을 꾸고 있었다.

제장들은 조조의 술회를 들을 때마다 입을 모아 그의 장수와 건강을 축언했다.

그때 홀연 한 마리 까마귀가 달을 스치며 날아갔다. 조조는 좌우를 둘러보며 말했다.

"지금 까마귀가 남쪽으로 날아가며 우는 소리를 들었는데 이 한밤중에 어찌 까마귀가 우는 것인가?"

대신 중 한 사람이 재빨리 대답했다.

"달이 너무 밝아 밤이 샌 줄 알고 운 듯합니다."

"그렇단 말인가."

조조는 더는 생각하지 않았다. 그리고 몸을 일으키더니 뱃머리에 서서 강물에 술을 세 잔 기울이며 기원했다. 그런 다음 검을 들어 올리며 장수들에게 말했다.

"나는 젊은 날 이 검으로 황건적을 치고 여포를 죽이고 원술을 멸망시켰다. 또한 원소를 평정하고 북쪽으로 군마를 달려 요동을 정벌했다. 지금 천하를 종횡하여 이곳 강남에 와서 강대한 오를 일거에 격파하려 하니 감개가 무량하다. 아, 대장부의 뜻이여. 오늘 밤 이 경관을 앞에 두고 있으니 회고의 정, 망오望吳의 감회를 억누르기 어렵구나. 이제 내 손수 시 한 편을 지어 부르려 하니 그대들은 모두 이에 화답하라."

조조는 즉흥적으로 부賦를 지어 부르기 시작했다. 장수들도 그에 화답하여 따라 불렀다.

달은 밝고 별은 드문데　　月明星稀
까막까치 남으로 날아가네　　烏鵲南飛
나무를 세 번 둘러보아도　　繞樹三匝

앉아 쉴 가지 하나 없네　　　　何枝可依

노래가 끝나자 양주揚州의 자사刺史 유복劉馥이 조조에게 그 시구가 불길하다는 말을 꺼냈다. 조조는 흥이 깨진 것에 격분하여 옆에 있는 검을 빼서 유복의 목을 베어버렸다.

술이 깬 후 자신이 한 짓을 알게 된 조조는 한없이 침통해했지만 후회해도 소용없었다. 조조는 유복의 아들 유희劉熙에게 아비의 시신을 전하며 고향에 묻게 했다.

***

며칠 후 수군의 총대장 모개와 우금 두 사람이 조조에게 보고를 올렸다.

"만灣에 있는 병선을 모두 쇠고리로 연결해서 말씀하신 대로 연환連環으로 배열을 끝냈습니다. 언제라도 전열을 펼칠 준비에 부족함이 없습니다."

조조는 기함에 올라 수군을 열병하고 전선의 배치를 정했다. 모개와 우금이 지휘하는 중앙의 선단에는 모두 황기를 꽂았다. 앞 열의 선단은 서황을 대장으로 하여 선수에는 모두 홍기를 꽂았다. 흑기의 선열은 여건呂虔의 선단으로, 그 왼편에는 악진의 부대가 청기를 펄럭이고, 오른편에는 하후연의 부대가 백기를 휘날리고 있었다.

또한 수륙의 구원군은 하후돈과 조홍의 2진이 맡고, 교통수호군과 감전사監戰使는 허저와 장료 등이 맡았다.
조조는 손으로 그늘을 만들며 말했다.
"이제까지 많은 전쟁을 치러왔지만, 군비의 규모에 있어 지금처럼 정성을 들인 예가 없다."
조조의 의중은 이미 오를 집어삼키고 있었다. 조조는 삼군에게 명했다.
"때가 왔다."
드디어 조조의 함대는 오를 향해 출정했다. 세 번의 북소리를 신호로 수채의 문이 삼면으로 열리자 선열은 한 치의 흐트러짐도 없이 대강으로 나갔다.
그날 삼강의 선로는 서북풍이 불어 거칠었으나, 연환으로 연결한 배들은 쇠고리로 인해 흔들림이 적었다. 병사들의 사기 또한 드높았고, 이를 본 조조가 기뻐하며 말했다.
"과연 방통의 신묘는 대단하구나."
풍랑이 멈추지 않자 전 함대는 강을 수십 리 내려가 오림의 만 입구에 정박했다. 그 부근의 육지까지 요새로 만들어놓은 것이었다. 이제 오의 본영인 남쪽 강기슭은 맑은 날이면 손가락질하는 것도 보일 정도로 가까웠다.
"승상, 제 말이 거슬릴지 모르지만 문득 바람을 보니 마음에 걸리는 것이 있습니다."
정욱程昱이 조조에게 말하자 조조는 뭐가 불안한지 물었다.
"쇠고리로 배의 선수와 선미를 서로 연결해놓으면 이런 날에는 배의 흔들림이 적어 병사들이 뱃멀미를 하지 않으니 지극히 명안인 듯합니다. 하지만 만일 적이 화공으로 공격해온다면 일대 혼란을 야기하지 않을까 싶습니다."

"하하하, 걱정하지 말게. 지금은 11월로 서북풍이 부는 계절인데 동남풍이 불 리 있겠는가? 우리 진영은 북쪽에 있고 오는 남쪽에 있네. 적이 만일 화공을 감행해온다면 그것은 저들 스스로 불을 뒤집어쓰는 것과 같네. 오에 인재가 없다고는 하나 설마 그 정도로 기상과 병법을 모르지는 않을 터이네."

"아, 과연 지당하신 말씀입니다."

제장들은 조조의 지혜에 모두 감복했다. 그를 따르는 휘하의 장병들은 대부분 청주, 기주冀州, 서주, 연주燕州 등지 태생으로 수군에 익숙하지 않은 자들뿐이라 연환계를 반대하는 사람이 거의 없었다.

풍랑이 다소 잠잠해지기를 기다리는 사이, 본래 원소의 대장으로 지금은 조조를 섬기는 연燕의 사람 초촉焦觸과 장남張南이 나서며 말했다.

"소장, 어릴 적부터 물에 익숙한 자들입니다. 청컨대 저희에게 20척의 배를 내주시어 서전緖戰의 선진에 설 수 있도록 해주십시오."

"그대들은 모두 북국 태생이 아닌가? 배 20척을 가지고 대체 무엇을 하려는 것인가?"

조조는 두 사람의 청을 들어주지 않았다.

초촉과 장남은 한층 큰 소리로 말했다.

"저희는 장강의 강변에서 자랐고, 배를 부리는 일이나 잠수하는 일은 평지에서 하는 일과 다르지 않습니다. 만일 패배하고 돌아온다면 군법으로 다스려주십시오."

"의기는 가상하지만 그리 서둘러 목숨을 재촉하지 말라. 이미 병선과 기함을 모두 쇠고리로 이어 주가走舸와 몽충蒙衝 외에는 자유로이 움직일 수 없다."

"저희는 큰 배를 바라는 것이 아닙니다. 몽충 5, 6척, 주가 10여 척, 모두 20척만 있으면 되옵니다."

"그것으로 무엇을 할 생각인가?"

"장남과 두 편으로 나눠 적의 강가에 돌입하여 오의 기세를 꺾어놓고 오겠습니다."

초촉은 간절히 청했다. 이에 조조도 그의 청을 받아들이긴 했지만, 20척으로는 위험하다 여겨 따로 문빙에게 30척의 병선과 병사 5백 명을 내어주었다.

한편 오의 진영에서도 결전의 준비에 여념이 없었다. 정보도 뒤를 이어 속속 들어왔다. 또 산 위에서는 밤낮없이 경계병이 강 위를 내려다보며 삼엄한 경계를 서고 있었다. 그때 경계병들이 갑자기 '왔다, 적의 배다'라고 외치며 산을 뛰어내려와 주유의 본진에 알렸다.

"두 편으로 나뉜 적의 몽충과 주가가 이쪽으로 오고 있습니다. 적입니다!"

그와 동시에 산 위에서 경계병이 올린 봉화가 전군에 울려 퍼졌다.

주유도 이내 모습을 드러내고 복작거리는 제장들을 향해 말했다.

"소란 피울 거 없다. 겨우 작은 배 몇 척일뿐이다. 누가 나서서 서전을 축하할 수 있게 공을 세워볼 자는 없는가?"

한당과 주태 두 사람이 나섰다. 둘은 이내 10여 척의 우혁선牛革船을 이끌고 좌우에서 북을 울리며 적선을 향해 나아갔다.

주유는 진영의 뒤쪽 산에 올라 손으로 그늘을 만들어 바라보았다. 강 위에서는 이미 포말을 일으키며 접전이 벌어지고 있었다. 3, 40척의 쾌속선이 서로 뒤엉켜 활을 쏘고 있었다. 위의 초촉과 장남은 강변을 향해 돌진을 시도했다.

"처음으로 땅을 밟는 자는 조 승상께 고해 공명첩空名帖의 제일 앞에 이름을 올리도록 하겠다. 물러서지 마라."

오의 대장 한당은 그것을 막기 위해 긴 창을 들고 배의 이물에 선 채 적의 배로 돌진했다. 초촉은 어림없다는 듯이 창을 휘두르며 맞서 싸웠지만, 거친 풍랑 때문에 승부가 날 듯싶지 않았다.

"한당, 언제까지 저런 놈과 시간을 끌고 있을 것인가."

오의 주태가 다가와 격려하며 손에 들고 있던 창을 던졌다.

주태가 던진 창이 초촉을 꿰뚫었다. 초촉은 물속으로 고꾸라졌다. 그 모습을 본 부장 장남은 고함을 치고 쇠뇌를 쏘며 주태의 배로 접근했다. 주태는 뱃전의 그늘에 몸을 엎드린 채 적의 배로 다가갔다. 두 배가 서로 지척으로 가까워지자 주태는 상대의 배로 뛰어올라 장남을 한칼에 베고는 배를 탈취했다.

강 위에서의 서전은 위의 완패로 끝났다. 두 명의 대장까지 죽자 위의 배들은 뿔뿔이 흩어져 도망쳤다.

"아군의 승리다."

전망대에 서서 싸움을 지켜보던 주유의 만면에 희색이 가득했다. 하지만 전황은 언제든지 변할 수 있는 법이었다. 이내 주유의 얼굴에도 일말의 불안감이 드리워졌다. 그것은 패전의 소식을 들은 조조가 분노하여 강을 뒤덮고도 남을 대규모 선단을 이끌고 단숨에 쳐들어올 것이 분명하기 때문이었다.

"내가 수군을 지휘한 지 10년이 되건만 위의 대선단과 같은 위용을 본 적이 없다. 어떻게 이것을 무찌를 수 있을까?"

그때 갑자기 강 위의 물결이 성난 듯 일렁이고 광풍이 불며 여기저기서 연기가 피어올랐다. 그러더니 조조가 타고 있는 기함의 '수帥' 자가 새겨진 깃대가 부러졌다. 당황해하는 조조의 진영이 보이는 듯했다. 임전 첫째 날의 일이었다. 이는 누구나 꺼리는 대흉大凶인 게 틀림없었다. 연환連環의 몽동艨艟은 허둥지둥 오림의 만으로 되돌아갔다.

"하늘이 도왔다. 천명의 가호가 우리 군에 있는 게 확실하다."

주유는 손뼉을 치며 크게 기뻐했다. 그때 강 위에서 불어온 소용돌이가 하늘을 뒤덮더니 남쪽 강기슭에서부터 주유가 있는 산까지 굵은 빗줄기를 앞세우며 들이닥쳤다.

그 순간 주유는 '앗' 하며 절규했다. 주위에 있던 장수들이 깜짝 놀라 달려가보니 주유의 옆에 있던 큰 사령기의 깃대가 광풍에 두 조각으로 부러져 주유의 몸을 덮친 듯했다. 주유는 그 밑에 깔리고 말았다.

"아아, 피를 토하셨다."

사람들이 놀라 주유의 몸을 일으켜 세우고 산 밑으로 옮겼지만, 주유는 정신을 잃고 아무 말도 하지 못했다.

71
동풍을 부르는 제갈량

주유가 화공을 쓰는데 동풍이 빠진 것을 근심하자
공명은 남병산에 칠성단을 쌓아 동남풍을 부르겠다고 장담하는데……

주유는 영중으로 옮겨졌지만 신음 소리를 내며 괴로워했다. 군의軍醫가 치료를 하는 한편 급히 전령을 띄어 손권에게 '기화奇禍를 당해 도독이 중태에 빠졌다'는 소식을 알렸다.

그 소식을 들은 오군의 사기는 의기소침하여 땅으로 떨어졌다. 노숙도 크게 걱정했다. 오와 위의 결전이 이제 막 시작된 시점이었다. 그는 급히 공명을 찾아가 대책을 의논했다.

"소식 들으셨습니까? 대관절 어찌하면 좋겠습니까?"

공명은 그다지 고민하지도 않고 오히려 노숙에게 이 일을 어떻게 생각하는지 반문했다.

"이번 일은 조조에게는 복福이겠지만 오에게는 치명적 화禍입니다."

"치명적? 그렇게 비관할 일도 아닙니다. 주 도독은 곧 쾌차하실 겁니다."

"그리 빨리 쾌차한다면 다행이겠습니다만……."

"자, 함께 병문안을 가보도록 하지요."

공명이 말하고 먼저 일어섰다.

두 사람은 배를 타고 주유의 진영에 들어갔다. 주유는 자리에 누워 신음을 하고 있었다. 공명이 그의 머리맡에 다가가서 작은 소리로 괜찮은지 묻자 주유는 눈을 뜨고 마른입으로 간신히 대답했다.

"아, 공명 선생이시오……."

"도독, 마음을 굳게 하십시오."

"몸을 움직이면 머리가 아프고 약을 먹으면 헛구역질이 나고……."

"뭐가 그리 불안하십니까? 제가 보기에는 도독에게 아무 이상이 없는 듯합니다."

"불안? 불안 따위는 전혀 없소이다."

"그렇다면 바로 일어나실 수 있을 겁니다. 자, 일어나보십시오."

"아니오, 머리를 들기만 해도 어지럼증이 생깁니다."

"그것은 마음의 병입니다. 그저 심리心理에 지나지 않습니다. 천체天體를 보십시오. 매일 구름이 끼었다가 개고, 조석으로 예측할 수 없는 바람과 구름이 번갈아 나타납니다. 또한 바람이 거칠다 하여 천체는 병들거나 괴로워하지 않습니다. 그저 현상입니다. 마음의 근심이 사라지면 금방 일어나실 겁니다."

"흐음……."

주유는 신음 소리를 내고는 입술을 깨물며 눈을 감았다. 공명은 일부러 껄껄 웃으며 말했다.

"마음을 평평히 하여 기氣의 흐름을 원활히 하면 병은 곧 사라질 터이지만, 병의 근원을 뿌리 뽑고자 한다면 찬 성질이 있는 약제를 쓸 필요가 있을 듯합니다."

"좋은 약이 있습니까?"

"있습니다. 한번 쓰면 즉각 기를 순順하게 하여 쾌차하실 겁니다."

주유는 벌떡 일어나 앉았다.

"선생, 바라건대 저를 위해, 아니 동오를 위해 양방良方을 내려주십시오."

공명은 노숙을 제외한 다른 사람들을 모두 물리고 붓을 들어 종이에 무언가를 써내려갔다.

> 조조를 치려면 화공을 써야 하니 欲破曹公 宜用火攻
> 모든 것을 갖추었으나 오직 동풍만 빠졌구나 萬事具備 只缺東風

공명은 글을 다 쓴 다음 주유에게 보이며 말했다.

"도독, 이것이 당신의 병의 근원입니다."

주유는 아연실색한 듯 공명의 얼굴을 바라보다 이윽고 웃음을 띠며 말했다.

"두 손 들었습니다. 선생에게는 아무것도 감출 수가 없소이다."

때는 북동풍이 부는 계절이었다. 북안의 위군에 화공을 쓰면 오히려 아군이 있는 남안으로 불이 번질 가능성이 컸다. 공명은 주유의 마음속 근심이 바로 거기에 있다는 것을 알고 핵심을 찌른 것이었다. 주유는 공명에게 숨겨봤자 이득 될 것이 없다는 걸 다시 한번 깨달았다.

"사태가 긴박하고 천기天氣는 어찌할 수 없으니 대체 어떻게 해야 하겠소?"

주유가 묻자 공명이 답을 했다.

"옛날 젊었을 무렵, 이인異人을 만나 팔문둔갑八門遁甲의 천서天書를 전수받은 적이 있습니다. 거기에는 풍백우사風伯雨師를 부리는 비법이 적혀 있었습니다. 만일 지금 도독이 동남풍을 원하신다면 제가 심혈을 기울여 그 천서로써 바람을 기원해보겠습니다."

공명이 그렇게 말하는 것은 심중에 천서와는 무관한 다른 자신감이 있었기 때문이다. 매년 11월이 되면 강의 흐름과 남국의 기온으로 인해 하루 이틀 계절을 잊은 남풍이 불어왔다. 그 변화를 후세의 천문학에서는 무역풍이라고 한다.

그런데 올해는 아직 그 무역풍이 불어오지 않았다. 공명은 오랫동안 융중에 살면서 매해 세심한 주의를 기울이며 기상을 살폈다. 한 해라도 무역풍이 불지 않은 해가 없었다. 그러니 올해도 가까운 시일 안에 그 현상이 일어날 것을 확신하고 있었던 것이다.

"11월 20일은 갑자에 해당합니다. 이날을 기일로 하여 제사를 올리면 3일 밤낮 사이에 동남풍이 불어올 것입니다. 남병산南屛山 위에 칠

성단七星檀을 쌓아주십시오. 이 공명이 혼신의 힘을 다해 반드시 하늘로부터 바람을 빌리겠습니다."

주유는 병도 잊고 즉각 진중을 나와 명을 내렸다. 노숙과 공명도 말을 달려 남병산에 올라 지형을 관찰하며 공사를 독려했다.

병사 5백 명은 단을 쌓고 제관祭官 120명은 제례에 따라 제사 준비를 진행했다. 동남쪽으로는 적토를 쌓아올려 방원方圓 24장丈, 높이 3척尺이 되는 삼중의 단을 둘러치고 아래의 한 겹에는 28수宿의 청기를 세우고, 왼편의 한 명은 긴 깃대에 닭의 깃털을 끼워 바람을 부르고, 오른편의 한 명은 칠성의 깃대를 들고, 뒤편의 두 명은 보검과 향로를 높이 들어 올리고 서 있었다.

제단의 밑에서는 다시 정기旌旗, 보개寶蓋, 대극大戟, 장창長槍, 백모白旄, 주번朱旛 등을 든 병사 24명이 마魔가 깃들지 않게 호위를 서고 있었다. 이는 누가 뭐래도 터무니없이 큰 공사이자 행사였다.

드디어 11월 20일이 되었다. 공명은 전날부터 목욕재계하여 몸을 정갈하게 했다. 그는 3일 밤낮 동안의 제사에 들어가기 위해 하얀 도포를 입고 맨발로 단에 올랐다. 그런데 공명은 이에 앞서 제단 아래에서 노숙을 불러 속삭였다.

"지금부터 저는 축수에 들어가는데, 다행히 하늘이 공명의 마음을 가엾이 여겨 3일 안에 바람을 불러일으킨다면 때를 놓치지 말고 일찍이 준비해온 계책으로 적을 치십시오. 공은 이러한 제 뜻을 도독에게 전하고 소홀함이 없도록 만전의 준비를 한 후 기다리십시오."

노숙은 즉각 말을 잡아타고 남병산을 달려 내려갔다.

***

노숙이 떠난 뒤에 공명은 단 아래에 있는 사람들에게 말했다.

"내가 바람을 기원하는 동안 방위를 이탈하거나 잡담하는 등의 행동은 일절 금한다. 또 어떠한 기묘한 일이 있더라도 놀라거나 떠들어서는 안 된다. 이를 어기는 자는 그 자리에서 목을 벨 것이다."

공명은 말을 끝낸 후 발길을 돌려 천천히 남면했다.

향을 피우고 물을 따라 하늘에 제사를 올린 지 반 시간이 지났다. 입으로 주문을 세 번 외우는데, 어느 누구도 감히 소리를 내지 못했고 천라만상은 한없이 숙연했다.

개밥바라기의 빛이 하얗게 하늘을 물들였다. 어느새 밤이 깊었다. 공명은 한 차례 단을 내려와 장막에서 휴식을 취했다. 그러고는 제관과 호위 병사들에게도 번갈아가며 밥을 먹고 잠시 쉬도록 했다.

공명은 초경初更에 다시 단에 올라 밤을 새워 제사를 올렸다. 하지만 한밤중의 하늘은 차가운 공기만 가득할 뿐, 아무런 조짐도 보이지 않았다.

한편 노숙은 주유에게 말해 만반의 준비를 재촉했고, 손권에게도 파발로 일의 전말을 보고했다. 주유는 지금 당장이라도 공명의 기원의 효험이 나타나서 그토록 바라던 동남풍이 불어오면 즉시 총공격을 감행하려 대기하고 있었다.

또한 황개가 일찍이 짜놓은 계획대로 20여 척의 쾌속선을 준비해서 배 안에 마른 건초와 잡목 더미를 가득 싣고, 유황과 화약을 푸른 장막으로 완전히 뒤덮고, 수상전에 능한 정예병 3백 명을 각 배에 나눠 태운 후 도독의 명을 기다리게 했다.

황개가 대장인 돌격대는 처음부터 비밀로 진행한 계략이었기 때문에, 황개와 미리 짠 감녕과 감택은 적의 간자인 채화와 채중을 교묘히 잡아두고 매일 술판을 벌이면서 '어떻게 하면 오의 진영을 탈출하여 조조의 진영에 무사히 갈 수 있을까' 하는 방법만 상의했다.

다음 날도 일찍 해가 저물어 일몰의 겨울 구름은 빨갛게 장강을 물들였다. 그때 손권에게서 전령이 왔다.

"오후吳候 휘하의 본군이 벌써 강을 거슬러 올라오고 있으며, 여기로부터 이미 80리 정도에 와 계십니다."

손권의 본진도, 이곳의 선봉과 중군도, 지금은 그저 주유 대도독의 명령이 떨어지기만을 기다릴 뿐이었다. 자연히 각 진영의 장수와 병사 들도 모두 침을 삼키고 주먹을 쥔 채, 초조한 심정으로 기다리고 있었다.

밤은 깊어질수록 평온했다. 별은 투명하고 구름도 움직이지 않았다. 삼강의 강물은 잠들지 않고 물고기 비늘같이 반짝였다. 그 강물에 작은 물결만 일 뿐이었다.

주유는 의심스러웠다.

"조금도 기원의 징조가 보이지 않으니 어찌 된 일이오? 혹시 이는 공명의 속임수가 아닐까? 아니면 호언장담해놓고, 스스로도 자신이 없어 칠성단에서 어쩔 줄 몰라 하며 후회하고 있는 건 아닐까?"

주유의 말을 듣고 노숙이 말했다.

"아닙니다. 공명은 그리 가벼이 입을 놀려 스스로 화를 부를 사람이 아닙니다. 조금 더 지켜보십시오."

"하지만, 노숙. 이번 겨울도 말미에 가까웠는데 동남풍이 불 리 없지 않소?"

주유의 입에서 그 말이 새어나온 지 불과 반 시각도 지나지 않았을 때였다. 하늘에 떠 있는 별빛이 점차 바뀌더니 큰 물결이 일고 구름이 모여들었다. 드디어 바람이 불기 시작했다. 동남풍 특유의 뜨뜻하고 미지근한 바람이었다.

"앗? 바람이다."

"불어온다."

주유와 노숙은 자신도 모르게 외치며 밖으로 나왔다. 둘러보니 진중에 줄지어 늘어서 있는 깃발들이 모두 서북쪽을 향해 휘날리고 있었다.

"아아, 동남풍이다. 동남풍."

기다리는 바람이었지만 두 사람은 아연실색했다. 갑자기 주유는 몸을 흠칫 떨면서 말했다.

"공명은 인간인가, 신인가. 어찌 천지조화의 변화를 부리고 귀신도 알지 못하는 조화를 이룬단 말인가. 이러한 자를 살려두면 후일 반드시 오국에 큰 해가 될 것이다. 지금 당장 죽이지 않으면……."

주유는 급히 정봉丁奉과 서성徐盛을 불렀고, 수륙의 병사 5백 명을 내주며 그들을 남병산으로 서둘러 보냈다.

노숙이 의아해하며 지금 보낸 이들이 무엇인지 묻자 주유는 나중에 말하겠다고 했다. 하지만 노숙이 더욱 의심스러워하며 공명을 죽이러 보낸 것이 아닌지 묻자 주유는 말없이 입을 다물었다. 노숙은 주유의 얼굴을 경멸하듯 노려보았다. 그사이 뜨뜻미지근한 바람은 한층 강하게 불어왔다.

육로와 수로로 나뉘어 남병산으로 간 5백 명의 병사 중 정봉의 병사 3백 명이 먼저 산에 올랐다. 칠성단을 올려다보자 제구와 깃발 등을 든 자는 방위의 위치에 목상처럼 늘어서 있었지만 공명의 모습은 보이지 않았다.

정보가 소리 높여 공명이 어디에 있는지 묻자 한 사람이 장막 안에서 쉬고 있다고 답했다. 서성의 부대와 함께 장막을 걷어보니 아무도 없었다. 샅샅이 살폈지만 끝내 찾지 못했다. 문득 한 병사가 도망쳤다고 외치자 서성은 발을 동동 구르며 고함을 쳤다.

"큰일이다. 아직 멀리 가지 못했을 것이다. 모두 추격해서 공명의 목을 베어오라!"

정봉도 지지 않고 말을 달렸다. 산기슭까지 와 강변에 이르렀을 때 한 사내를 만났다. 사내에게 이러이러한 자가 지나가지 않았는지를 묻자 사내가 대답했다.

"하얀 두루마기를 입은 사람이라면 작은 배를 타고 본류로 나가 그곳에서 기다리고 있던 큰 배를 타고 북쪽으로 사라졌습니다."

서성과 정봉은 당황했다.

"공명이다. 놓치지 마라."

그들은 소리치며 장강의 기슭까지 한달음에 내달려 배에 올랐다. 팽팽하게 돛을 펼친 서성과 정봉의 배들이 물결을 가르며 상류로 쫓아갔다. 그리고 이내 앞에 가는 수상한 배를 발견하자 손을 들어 소리쳤다.

"기다리시오. 그 앞의 배에 있는 사람은 제갈 선생이 아니오? 주 도독께서 하실 말씀이 있다 하여 급히 뒤를 쫓아온 사람이오. 말씀을 들어보시오."

곧 백의를 입은 공명의 모습이 배의 후미에 나타났다. 공명은 껄껄 웃으며 말했다.

"잘 오셨소, 사자. 수고하셨소이다. 주 도독의 말씀은 듣지 않아도 잘 알고 있소. 그보다 당장 돌아가서 동남풍도 불어오니 어서 빨리 공격하라고 전하시오. 나는 잠시 하구로 돌아가리다. 후일 좋은 기회가 있으면 또 만날 수 있으리."

공명이 말을 끝내자 백의의 그림자가 사라지고 배도 포말을 일으키며 어느새 멀어져갔다.

* * *

"놓쳐서는 안 된다."

서성은 뱃전을 두드려 병사들을 독려하며 공명의 배를 쫓았다. 공명은 그들이 다시 쫓아오는 것을 보며 웃고 있었지만 배 안에 앉아 있던 장수는 화가 났는지 벌떡 일어났다.

"집요한 놈들이군. 어디 한번 겁을 줘볼까."

그는 뱃전으로 나와 우뚝 서서 서성의 배를 향해 소리쳤다.

"눈이 있으면 보고 귀가 있으면 듣거라. 나는 상산의 조자룡이다. 유황숙의 명을 받들어 오늘 우리 군사를 맞이하여 하구로 돌아가는 중이다. 너희, 오의 무장이 무슨 연유로 이를 방해하는가. 무턱대고 쫓아와서 우리 군사에게 무슨 짓을 하려 하느냐?"

그러자 서성도 이물에 일어서서 응수했다.

"아니오. 제갈량 선생을 해하려는 것이 아니오. 주 도독의 분부로 선생에게 아뢸 것이 있소이다. 잠시 기다려달라는데 어찌 기다리지 않는 것이오?"

"그 살기등등한 병사들을 태우고 해할 생각이 없다니 어린아이도 속지 않을 것이다. 너희는 이것이 보이지 않는 것이냐?"

조자룡은 손에 든 화살의 시위를 당기며 말했다.

"이 화살 한 촉으로 너희를 쏘아 죽이는 것은 쉬운 일이나, 우리와 오는 절대로 조조 같은 사람이 아니다. 양국의 우호를 저해하는 것을 염려하여 굳이 쏘지 않을 뿐이니 더 이상 요사스런 혀를 놀리며 쫓아오지 않는 것이 좋을 게다."

조자룡은 말을 끝내자마자 힘껏 활을 잡아당겨 쏘았다. 서성은 깜짝 놀라며 목을 숙였지만, 조자룡은 그의 목을 노리고 쏜 것이 아니었다. 화살은 서성의 머리 위를 지나 뒤에 펼쳐져 있는 돛을 꿰뚫었다. 돛은 부러져 물속에 잠겼다. 그 때문에 배는 강 위에서 빙글빙글 회전하며 병사들을 태운 채 전복될 위기에 놓였다.

조자룡은 껄껄 웃으며 활을 버리고 아무 일도 없었던 듯 다시 공명과 마주 앉아 이야기를 나누었다. 서성이 물에 잠긴 돛을 펴서 다시 쫓아가려 했지만 이미 공명의 배는 아득히 저편으로 사라졌다.

"서성, 소용없네. 그만두게."

강기슭에서 큰 소리로 그를 만류하는 사람이 있었다. 정봉이었다. 정봉은 말을 타고 강을 따라 난 길로 공명을 쫓아오다 지금까지의 상황을 육지에서 지켜본 듯했다.

"공명의 신기에는 도저히 우리가 미치지 못하네. 또한 맞이하러 온 배에는 조자룡이 타고 있지 않았나. 상산의 조자룡은 일당백의 무장이네. 장판파 이래 그의 용명은 소문으로 들었네. 이 적은 수의 추격대로는 따라잡았다고 해도 당해낼 수 없을 걸세. 아무리 도독의 명이라도 개죽음을 당할 수는 없지 않은가. 돌아가세."

정봉이 손을 들어 돌아갈 것을 알린 후 말을 돌리자 서성도 배를 돌렸다.

"또 공명에게 당했단 말인가."

사건의 전말을 전해 들은 주유는 한숨을 쉬며 후회했다.

"이래서 나는 공명을 경계한 것이다. 공명은 결코 오를 위해 우리 진영에 온 것이 아니다. 아아, 역시 무슨 수를 쓰더라도 죽였어야 했다. 그가 살아 있는 한은 하루도 편히 잘 수 없을 것이다."

주유는 공명에게 깊이 감복한 적이 있었지만, 그 감복의 도가 넘자 그것은 바로 앞날의 공포로 바뀌었다. 주유가 유비를 먼저 치고 공명을 죽인 후에 조조와 싸우는 게 좋지 않느냐는 말까지 하자 노숙이 만류하며 말했다.

"작은 일에 얽매어 큰일을 저버려서는 안 됩니다. 모든 계책이 이미 완비되어 있습니다."

"그 말이 지극히 옳소!"

주유도 조조와의 결전을 위해 즉시 준비를 서둘렀다.

| 등장인물 |

손권孫權(182~252)
부춘현富春縣 사람. 오나라의 초대 황제로 자는 중모仲謀이며, 손견의 둘째 아들, 손책의 동생이었다. 15세의 어린 나이에 손책의 유업을 물려받아 강동에 웅거하며 이를 잘 지켜 수성의 명수로 평가받았다. 적벽에서 조조를 대파하여 강동의 기반을 굳혔으며, 조조의 아들 조비가 황제의 자리에 올랐을 때는 신하를 칭하며 애써 싸움을 일으키려 하지 않았다. 오왕이 된 지 7년 만인 229년에 황제를 칭했다. 재위 24년, 시호를 대황제大皇帝라 했다.

주유周瑜(175~210)
양주 여강군 서현 사람. 오의 대장군으로 자는 공근公瑾이다. 어려서부터 총명하여 신동으로 이름 높았으며 손책과 의형제를 맺고 그의 유언에 따라 손권을 섬겼다. 조조가 오를 공격하자 유비와 연합하여 적벽대전에서 조조를 대파했다. 제갈량의 지략을 경계하여 제거하려 하지만 번번이 실패하고 조인과의 강릉전투에서 독화살을 맞고 요절했다.

공융孔融(153~208)
곡부현曲阜縣 사람. 후한 말기의 정치가, 유학자로 자는 문거文擧다. 공자의 20세손으로 자부심이 높았으며 북해의 상으로 있다가 후에 조조 밑에 있었으나 늘 바른 말을 하여 조조에게 미움을 샀다. 조조가 신야의 유비를 치려할 때 간언했다가 목숨을 잃었다.

능통凌統(189~237)
여항현餘杭縣 사람. 오의 무장으로 자는 공적公績이다. 아버지 능조가 감녕의 화살에 맞아 목숨을 잃자 감녕과 대립하며 복수의 기회를 노렸다. 적벽대전에서 커다란 공적을 세웠으며 합비전투에서 위기에 처한 손권을 구했다. 합비에서 감녕의 도움을 얻어 감녕과의 오랜 원한을 풀게 되었다.

감녕甘寧(?~222)
임강현臨江縣 사람. 오의 무장으로 자는 흥패興霸이다. 젊었을 때는 무뢰한들과 어울려 다니며 여러 가지 악행을 저질렀다. 후에 마음을 고치고 유표, 황조 밑으로 들어가나 예전의 평판이 좋지 않아 크게 쓰이지 못하자 오로 건너갔다. 적벽대전에서 커다란 공을 세웠으며 관우가 오를 공격했을 때도 잘 방어했다.

노숙魯肅(172~217)
양주 임회군 동성현 사람. 오의 책사로 자는 자경子敬이다. 일찍부터 주유와 친교를 쌓았고 주유가 손권에게 천거했다. 손권에게 천하대업을 건의했고 조조가 오를 노리자 제갈량을 오로 불러들여 유비와의 동맹을 성사시켜 적벽대전에서 조조를 대파하는 데 공을 세웠다. 주유의 뒤를 이어 병권을 맡았고 병으로 죽기 전 여몽을 후임으로 삼았다.

제갈근諸葛瑾(174~241)
서주 낭야군 양현 사람. 오의 대신으로 자는 자유子瑜이다. 제갈량의 형으로 한말의 난을 피해 강동으로 들어와 손권을 섬겼다. 적벽대전을 앞두고 오와 동맹을 맺기 위해 온 제갈량과 재회했다. 손권의 신임 아래 제갈량이 섬기는 촉과의 외교에서 괴로운 임무를 맡을 때가 많았지만 오를 위해 일생을 헌신했다.

감택闞澤(?~243)
회계 산음 사람. 오의 문신으로 자는 덕윤德潤이다. 집안 대대로 농부였으나 효렴으로 천거되어 중서령까지 지냈으며 도향후에 봉해졌다. 언변이 뛰어나 적벽대전 때, 황개의 항복 밀서를 가지고 조조를 설복하여 사항계를 성공시켰다. 유비가 관우의 원수를 갚기 위해 쳐들어오자 육손을 대도독으로 천거했다.

주태周泰(?~?)
양주 구강군 하채현 사람. 오의 장수로 자는 유평幼平이다. 손권과 함께 선성을 지키다 산월의 기습을 받자 목숨을 걸고 손권을 지켰으며, 이후에도 손권이 합비와 유수의 싸움 등에서 위기에 처할 때마다 단기필마로 손권을 구해냈다. 손권은 유수성에서 주연을 열어 그동안의 주태의 상처들을 보이며 푸른 비단을 내려 그의 전공을 기렸다.

정보程普(152~?)
유주 우북평군 토은현 사람. 오의 장수로 자는 덕모德謀이다. 손견을 따라 황건적을 토벌했고 양인에서 동탁을 격파했다. 손견이 죽은 후, 손책을 따라 여강을 쳤고, 손책이 장강을 건너 유요 등을 칠 때도 활약했다. 적벽대전에서는 부도독으로 선봉에 서서 조조를 격파하는 데 공을 세웠다.

한당韓當(149~227)
유주 요서군 영지현 사람. 오의 무장으로 자는 의공義公이다. 동오의 손견, 손책, 손권 삼대를 모두 섬긴 오의 삼대 노장군 중 한 명이다. 손견의 동탁 토벌, 손책의 강동 진출에 공을 세웠다. 손권의 대에서는 적벽대전에서 활약했고, 여몽과 함께 형주를 공략해 관우를 물리쳤다. 궁술과 마술에 뛰어났다.

유기劉琦(173~210)
후한 말의 군웅 유표의 장남으로 유표의 후처 채씨가 동생인 유종을 총애하고, 자신은 미워하자 신변의 위험을 느끼고 제갈량의 권유로 강하태수로 부임했다. 조조에게 쫓기던 유비가 도움을 요청하자 군사를 이끌고 와서 강하성으로 맞아들였다. 적벽대전 이후에 형주자사가 되었지만 얼마 후 병사했다.

❖3세기 초 삼국 정립 시기의 세력도

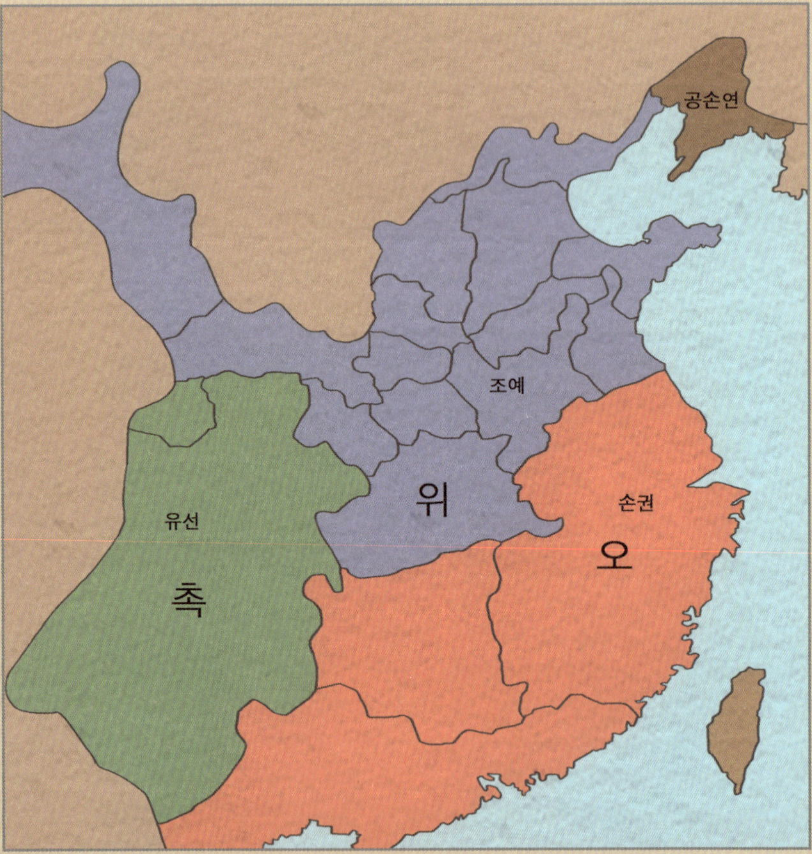

북벌은 결코 간단한 일이 아니었다. 싸움에서 이겨도 군량이 떨어지기도 하고, 도읍에서 이변이 일어나기도 하고, 일진일퇴의 공방전이 펼쳐져 성과는 거의 없었다. 그 사이에 손권이 제위에 올라 스스로 황제라 칭하여 중국 대륙에 드디어 세 개의 나라가 탄생하게 된다. 제갈량은 북벌을 거듭하나 오히려 부하에게조차 신뢰를 얻지 못하는 상태에 빠지고 일곱 번째 북벌 때 병을 얻어 오장원에서 목숨을 잃게 된다. 이를 기회로 삼아 제갈량 밑에 있던 위연이 모반을 일으키나 제갈량의 밀명을 받은 마대에게 살해당한다. 제갈량이 죽었다는 소식이 위에 전해지자 황제 조예는 크게 기뻐했으며, 모든 재산을 탕진하고 만년에는 폭군이 되어버린다.

❖주요사건 지도

선비
대막
부여
옥저
동부선비
고구려
현토
창려
유성
요동
낙랑
대방
삼한
상곡
어양
주천
장액
양
강
호
중산국
기
청
서하
상당
업
북해국
평양
태산
금성
안정
관도대전(200년)
낭야국
공명이 죽은 오장원(234년)
장안
하동
낙양
관도
서
오장원
위수
영천
초
광릉
동해
강
기산
음평
옹
위
허창
남양
예
양
건업
한중
한
번성
삼고초려 장소
합비
재동
문산
파서
양양
강하
무창
여강
백제성
파동
형
회계
성도
이릉
적벽
신도
임해
한가
유비의 백제성 전사
동정
적벽대전 장소(208년)
장사
임천
강양
월준
수
강
형양
오
건안
촉
영릉
계양
영창
건녕
운남
임하
교
창오
합포
교지
남해